Originaire de Dublin, **Cecelia Ahern** publie son premier roman, *P.-S. I Love You*, à l'âge de vingt et un ans. Le succès ne se fait pas attendre et ce best-seller est adapté au cinéma. Ses livres sont aujourd'hui traduits dans le monde entier.
Pour plus d'informations sur ses publications, rendez-vous sur son site Internet à l'adresse suivante : www.cecelia-ahern.com

De la même autrice :

Les Jours meilleurs (Prix des Lectrices 2018)
Le Joueur de billes
L'année où je t'ai rencontré
Postscriptum
Entendez les femmes rugir !

www.editions-hauteville.fr

Cecelia Ahern

Entendez les femmes rugir !

Traduit de l'anglais (Irlande) par Fabienne Vidallet

Hauteville

Hauteville est un label des éditions Bragelonne

Titre original : *Roar*

Originellement publié en Grande-Bretagne
par HarperCollins Publishers

ISBN : 978-2-38122-314-8

Bragelonne – Hauteville
60-62, rue d'Hauteville – 75010 Paris

E-mail : info@editions-hauteville.fr
Site Internet : www.editions-hauteville.fr

Pour toutes les femmes qui…

« Je suis une femme, écoutez-moi rugir,
assez pour ne pas être ignorée. »

Helen Reddy et Ray Burton

Sommaire

1

La femme qui disparaissait lentement

1

Un léger coup est frappé à la porte puis celle-ci s'ouvre. Rada, l'infirmière, entre dans la chambre et referme la porte derrière elle.

— Je suis là, déclare la femme à voix basse.

Rada scrute la pièce en se guidant au son de la voix.

— Je suis là, je suis là, je suis là, répète doucement la femme jusqu'à ce que Rada cesse de la chercher.

Son regard est trop haut et trop concentré sur la gauche, plus au niveau de la fiente d'oiseau sur le rebord de la fenêtre que la pluie érode depuis trois jours.

La femme soupire tout bas depuis son siège devant la fenêtre qui surplombe le campus de l'université. Lorsqu'elle a été admise dans cet hôpital universitaire, elle espérait vraiment qu'on trouverait un remède à son mal, mais au bout de six mois d'hospitalisation, elle se sent comme un rat de laboratoire que les chercheurs et les médecins triturent et trifouillent pour tenter désespérément de comprendre ce qui l'affecte.

On lui a diagnostiqué un désordre génétique rare et compliqué qui efface lentement ses chromosomes. Ils ne s'autodétruisent pas, ne se brisent pas, ils ne mutent même pas – ses organes sont parfaitement normaux et chaque examen indique que tout va bien. Pour dire les choses simplement, elle disparaît mais elle est toujours là.

Au début, elle s'effaçait graduellement. On le remarquait à peine. Les gens disaient souvent « Oh, je n'avais pas vu que tu étais là » et ils appréciaient mal son volume ; ils la bousculaient et lui marchaient sur les pieds mais elle ne s'en était pas inquiétée. Pas tout de suite.

Elle s'estompait de manière égale. Ce n'était pas comme si soudain, il lui manquait une main, un orteil ou une oreille, non, c'était une disparition harmonieuse ; elle diminuait. Elle devenait un frémissement, comme une vague de chaleur sur une autoroute. Elle n'était qu'un contour indistinct avec un centre flou. Si on se concentrait suffisamment, on remarquait à peine sa présence, en fonction du décor et de l'environnement. Elle s'était vite rendu compte que plus la pièce était encombrée et décorée, plus il était facile de la voir. Devant un mur nu, elle était quasiment invisible. Elle se servait du papier peint à motif comme d'une toile et s'asseyait sur des fauteuils au tissu chamarré ; sa silhouette floutait les motifs et les gens plissaient des yeux, intrigués. Même quand elle était devenue presque invisible, elle luttait toujours pour être vue.

Les chercheurs et les médecins l'avaient examinée pendant des mois, les journalistes l'avaient interviewée, les photographes avaient fait de leur mieux pour la mettre en lumière et capturer son image, mais aucun d'entre eux n'essayait vraiment de l'aider. En réalité, pour aimables et attentionnés que certains fussent, plus sa maladie empirait, plus ils se montraient enthousiastes. Elle disparaît et personne, pas même les meilleurs experts, ne comprend pourquoi.

— Vous avez reçu une lettre, dit Rada, l'arrachant à ses pensées. J'ai pensé que vous voudriez la lire tout de suite.

Piquée par la curiosité, la femme s'arrache à ses pensées.

— Je suis là, je suis là, je suis là, répète-t-elle à voix basse, comme on le lui a appris.

Rada suit le son de sa voix, l'enveloppe dans sa main tendue en direction de l'air.

— Merci, déclare la femme en lui prenant l'enveloppe des mains pour l'examiner.

Elle est d'un vieux rose sophistiqué qui lui rappelle étrangement une invitation à un goûter d'anniversaire pour enfant et elle ressent la même excitation. Rada est impatiente, ce qui emplit la femme de curiosité. Elle reçoit souvent du courrier – des dizaines de lettres chaque semaine, du monde entier ; des experts qui lui proposent leurs services, des flagorneurs qui désirent devenir ses amis, des fondamentalistes religieux qui souhaitent l'excommunier, des hommes glauques qui voudraient assouvir leurs désirs corrompus sur cette femme que l'on peut sentir sans la voir. Mais cette enveloppe est différente des autres, avec son nom rédigé en grandes lettres manuscrites.

— Je reconnais l'enveloppe, lance Rada, tout excitée, en s'asseyant à côté d'elle.

La femme ouvre l'enveloppe luxueuse avec soin. Elle a quelque chose de somptueux, à la fois prometteur et rassurant. Elle en tire une carte écrite à la main.

— Professeur Elizabeth Montgomery, lisent-elles en chœur.

— Je le savais ! Enfin ! s'exclame Rada en pressant la main qui tient le feuillet.

2

— Je suis là, je suis là, je suis là, je suis là, je suis là, répète la femme à l'équipe médicale venue l'aider à déménager dans le nouvel établissement qui sera son foyer pour un certain temps.

Rada et les quelques infirmières avec qui elle s'est liée d'amitié l'accompagnent jusqu'à la limousine que le professeur Elizabeth Montgomery lui a envoyée. Les experts ne sont pas tous venus lui dire au revoir ; leur absence est une façon de protester contre son départ, après tout ce qu'ils ont fait pour elle.

— Je suis dedans, dit-elle à voix basse.

Et la portière se referme.

3

Disparaître ne lui cause aucune souffrance physique. Émotionnellement, c'est autre chose.

Le sentiment de sa disparition a commencé au tout début de sa cinquantaine mais elle n'a pris conscience de son effacement physique que trois ans plus tôt. Le processus a été lent mais régulier. Elle entendait « Je n'avais pas vu que tu étais là » ou « Je ne t'ai pas entendue entrer », ou un collègue s'interrompait en pleine conversation pour lui résumer ce qu'il venait de dire alors qu'elle était là depuis le début. Elle était fatiguée de leur rappeler qu'elle avait tout entendu et la fréquence de ces remarques avait commencé à l'inquiéter. Elle s'était mise à porter des vêtements de couleur vive, à s'éclaircir les cheveux, à parler plus fort, à donner son avis à tout bout de champ et à marcher d'un pas plus assuré ; elle avait fait tout ce qui était en son pouvoir pour se démarquer de la foule. Elle avait envie de pincer la joue des gens pour les obliger à tourner le visage dans sa direction et les forcer à la regarder dans les yeux. Elle voulait leur hurler : *Regardez-moi* !

Dans les pires moments, elle rentrait chez elle désespérée. Elle se regardait dans le miroir juste pour vérifier qu'elle était toujours là, pour se le rappeler ; elle transportait même un petit miroir de poche qu'elle sortait dans le métro quand elle était certaine d'avoir disparu.

Elle avait grandi à Boston puis s'était installée à New York. Elle pensait qu'une ville de huit millions d'habitants était l'endroit idéal pour trouver l'amitié et l'amour, socialiser et commencer à vivre. Et pendant longtemps, elle avait eu raison, mais ces dernières années, elle avait compris que plus elle était entourée de monde, plus elle se sentait seule. Parce que sa solitude était amplifiée. Elle était en congé à présent, mais elle avait jadis travaillé au service financier d'une énorme entreprise qui employait cent cinquante mille employés dans cent cinquante-six pays. Dans son immeuble de bureaux sur Park Avenue, ils étaient presque trois mille et pourtant, plus les années passaient, plus elle se sentait négligée et invisible.

À trente-huit ans, elle avait été frappée par une ménopause précoce. Ç'avait été intense. Elle transpirait tellement la nuit qu'elle avait souvent été obligée de changer deux fois ses draps. Elle ressentait une violente colère et une intense frustration. Durant ces années, elle avait recherché la solitude. Certains tissus irritaient sa peau et aggravaient ses bouffées de chaleur, qui, en retour, accroissaient ses sautes d'humeur. En deux ans, elle avait pris dix kilos. Elle avait acheté de nouveaux vêtements mais rien ne lui allait correctement. Elle se sentait mal dans sa peau, peu assurée durant les réunions dominées par les hommes et dans lesquelles elle se sentait auparavant parfaitement à sa place. Elle avait l'impression que tous les hommes présents savaient, que tous remarquaient la soudaine rougeur de son cou et la transpiration sur son visage lorsque ses vêtements lui collaient à la peau au milieu d'une présentation ou durant un déjeuner professionnel. Elle ne voulait pas qu'on la regarde à cette époque. Elle aurait voulu que personne ne la voie.

Quand elle sortait le soir, elle voyait de jeunes corps féminins vêtus de minuscules robes et d'escarpins ridiculement hauts en train de se trémousser sur des chansons qu'elle connaissait et pouvait fredonner parce qu'elle vivait encore sur cette planète même si elle n'était plus faite pour elle, tandis que des hommes de son âge prêtaient plus attention aux jeunes femmes sur la piste qu'à elle.

« La femme qui rétrécit » et « La femme qui disparaît » : c'est ainsi que les journaux l'ont baptisée ; à cinquante-huit ans, elle a fait les gros titres dans le monde entier. Les spécialistes sont venus la voir de partout pour sonder son corps et son esprit avant de repartir sans avoir rien pu conclure. Malgré cela, de nombreux articles avaient été écrits, de nombreuses récompenses décernées et des éloges attribués aux pontes de leurs disciplines.

Six mois se sont écoulés depuis sa dernière disparition. Elle n'est plus qu'un miroitement à présent et elle est épuisée. Elle sait que personne ne peut la guérir ; elle voit tous les spécialistes arriver pleins d'enthousiasme, l'examiner avec excitation avant de repartir lassés. Et chaque fois qu'elle assiste à la mort de leur espoir, le sien s'érode un peu plus.

4

Comme elle approche de Provincetown, à Cape Cod, sa nouvelle destination, l'incertitude et la peur cèdent la place à l'espérance en voyant ce qui l'attend. Le professeur Elizabeth Montgomery l'attend devant la porte de sa clinique ; l'ancien phare abandonné se dresse comme un immense fanal d'espoir.

Le chauffeur ouvre la portière. La femme descend de la voiture.

— Je suis là, je suis là, je suis là, je suis là, dit-elle en remontant l'allée dans la direction du professeur.

— Qu'est-ce que vous dites ? demande le professeur Montgomery, perplexe.

— On m'a dit de répéter ça à l'hôpital, répond-elle calmement. Pour que les gens sachent où je suis.

— Non, non, non, hors de question de parler ainsi ici, réplique Montgomery brusquement.

La femme se sent d'abord réprimandée et contrariée d'avoir agi de travers dès son arrivée mais elle se rend soudain compte que le professeur l'a regardée droit dans les yeux, a enroulé une couverture en cachemire autour de ses épaules et qu'elle la guide à présent vers l'escalier du phare tandis que le chauffeur s'occupe de ses bagages. C'est la première fois que quelqu'un d'autre que le chat de l'université croise son regard depuis longtemps.

— Bienvenue au Phare Montgomery pour l'avancée des femmes, poursuit Elizabeth Montgomery en l'entraînant à l'intérieur. C'est un peu verbeux et narcissique mais ça frappe les esprits. Au début, je l'avais baptisé « La *Retraite* Montgomery pour les femmes » mais j'ai vite changé. Se retirer, c'est un terme négatif ; ça veut dire s'éloigner de quelque chose de difficile, de dangereux ou de désagréable. Reculer, faire un pas en arrière, se tasser, se désengager. Non. Pas ici. Ici, on fait tout le contraire. On avance. On va de l'avant, on progresse, on se transcende, on grandit.

Oui, oui, oui, c'est ce dont elle a besoin. Pas de retour ni de regard en arrière.

Le docteur Montgomery la conduit jusqu'à la réception. Le phare, quoique beau, a l'air sinistrement vide.

— Tiana, voici notre nouvelle invitée.

Tiana la regarde droit dans les yeux et lui tend une clé.

— Bienvenue.

— Merci, murmure la femme. Comment a-t-elle fait pour me voir ?

Le docteur Montgomery lui presse l'épaule d'une main réconfortante.

— Nous avons fort à faire. Commençons, voulez-vous ?

Leur première séance se déroule dans une pièce qui surplombe la plage de Race Point. Le fracas des vagues, l'odeur iodée de l'air et des bougies parfumées et le cri des goélands, loin de l'atmosphère stérile de l'hôpital qui lui a servi de forteresse, permettent à la femme de se détendre.

Le professeur Elizabeth Montgomery, soixante-six ans, surdouée et surdiplômée, six enfants, un divorce, deux mariages et la femme la plus glamour qu'elle ait jamais croisée, s'assied sur un fauteuil en rotin recouvert de coussins et sert du thé à la menthe dans des tasses qui s'entrechoquent.

— Ma théorie, déclare le professeur Montgomery en ramenant les jambes sous elle, est que vous êtes responsable de votre propre disparition.

— Moi ? lâche la femme d'une voix aiguë en sentant monter sa colère.

Le professeur Montgomery lui adresse son magnifique sourire.

— Vous n'êtes pas seule responsable. La *société* vous a aidée. Les coupables, ce sont l'adulation et la sexualisation des jeunes femmes. Ce sont l'intérêt que l'on porte à la beauté et à l'apparence, la pression pour se conformer aux attentes des autres d'une manière qui ne touche absolument pas les hommes.

Sa voix est hypnotique. Aimable. Ferme. Dénuée de colère. De jugement. D'amertume. De tristesse. Elle est, c'est tout. Comme le reste.

La femme commence à avoir la chair de poule. Elle se redresse, le cœur battant. Elle n'a jamais entendu ce genre de propos avant. C'est la première théorie nouvelle depuis des mois et elle la bouleverse, physiquement et émotionnellement.

— Comme vous l'imaginez aisément, nombre de mes collègues masculins ne sont pas d'accord avec moi, constate-t-elle, ironique, en sirotant son thé. C'est difficile à avaler. Pour eux. J'ai donc décidé de travailler de mon côté. Vous n'êtes pas la première femme qui disparaît que je rencontre. (La femme reste bouche bée.) J'ai testé et analysé ces femmes, exactement comme ces experts l'ont fait avec vous, mais il m'a fallu du temps pour découvrir comment traiter correctement votre maladie. J'ai dû vieillir pour la comprendre pleinement. J'ai étudié et commenté ce sujet en long, en large et en travers ; lorsque les femmes vieillissent, elles sont repoussées hors du monde, elles ne sont plus visibles à la télévision ni au cinéma, pas plus que dans les magazines de mode, et on ne les voit dans les publicités que pour promouvoir des traitements contre les maladies liées à la vieillesse et des remèdes et des crèmes pour lutter contre les ravages de l'âge. Ça vous rappelle quelque chose ?

La femme acquiesce.

Montgomery poursuit :

— Les femmes matures sont représentées à la télévision comme des sorcières envieuses qui s'approprient le destin de l'homme ou de la femme plus jeune ou comme des femmes dépendantes des autres et incapables de diriger leurs propres vies ; de plus, dès qu'elles atteignent cinquante-cinq ans, elles cessent d'exister sur le petit écran. Comme si elles n'étaient plus là. Confrontée à ça, j'ai découvert que les femmes étaient capables d'intérioriser ces « réalités ». Mes recherches ont été dénigrées, reléguées au rang de diatribes féministes, mais je ne fulmine pas, je me contente d'observer.

Elle sirote son thé à la menthe et regarde la femme qui a lentement disparu pour se mettre à l'unisson de ce qu'elle entendait.

— Vous avez déjà vu des femmes comme moi ? demande cette dernière, toujours sidérée.

— Tiana, à la réception, était dans le même état que vous quand elle est arrivée ici il y a deux ans.

Elle prend le temps de digérer l'information.

— Qui d'autre avez-vous vu en arrivant ? demande le professeur.

— Tiana.

— Qui d'autre ?

— Vous.

— Qui d'autre ?

— Personne.

— Regardez mieux.

5

La femme se lève et gagne la fenêtre. La mer, le sable, le jardin. Elle marque une pause. Elle aperçoit un miroitement sur la balancelle de la véranda et, non loin, une silhouette floue aux longs cheveux noirs contemple la mer. Une silhouette presque irisée plante des fleurs, agenouillée dans le jardin. Plus elle regarde, plus elle voit de femmes à des stades divers de disparition. Comme des étoiles surgissant dans le ciel nocturne, plus elle entraîne son regard, plus elles apparaissent. Il y a des femmes partout. Elle est passée devant elles en arrivant.

— Les femmes doivent voir les autres femmes, elles aussi, déclare le professeur Montgomery. Si nous ne nous voyons pas mutuellement, si nous ne nous voyons pas nous-mêmes, comment s'attendre à ce que les autres nous distinguent ?

La femme est bouleversée.

— La société vous a dit que vous n'étiez pas importante, que vous n'existiez pas, et vous l'avez écoutée. Vous avez laissé ce message pénétrer les pores de votre peau, vous ronger de l'intérieur. Vous vous êtes dit que vous ne comptiez pas et vous l'avez intégré.

La femme acquiesce, surprise.

— Alors, que faire ?

Le professeur Montgomery serre sa tasse de ses deux mains pour se réchauffer et plonge son regard dans celui de la femme comme pour communiquer avec une autre partie d'elle, plus profonde, à qui elle envoie des signaux et des messages.

— Je dois croire que je vais réapparaître de nouveau, répond la femme.

Mais sa voix est rauque comme si elle n'avait pas parlé depuis des années. Elle l'éclaircit.

— Plus que ça, la presse le professeur Montgomery.

— Je dois croire en moi.

— La société ne cesse de nous ordonner de croire en nous-mêmes, réplique-t-elle, dédaigneuse. Les mots sont faciles,

les expressions banales. Qu'est-ce que vous devez croire plus précisément ?

Elle réfléchit puis comprend qu'il ne s'agit pas seulement de trouver la bonne réponse. Que veut-elle croire ?

— Que je suis importante, nécessaire, compétente, utile, valide… (Elle baisse les yeux sur sa tasse.) Sexy. (Elle respire lentement par le nez et sent sa confiance croître.) Que je suis méritante. Que j'ai du potentiel, des possibilités, que je peux encore relever de nouveaux défis. Que je peux apporter ma pierre à l'édifice. Que je suis intéressante. Que je ne suis pas finie. Que les gens savent que *je suis là*.

Sa voix se brise sur ces mots.

Le professeur Montgomery pose sa tasse sur la table en verre et met la main sur la sienne.

— Je sais que vous êtes là. Je vous vois.

Et à cet instant, la femme sait avec certitude qu'elle reviendra. Qu'elle trouvera le moyen. Pour commencer, elle se concentre sur son cœur. Le reste suivra.

2

La femme sur l'étagère

Tout avait commencé peu de temps après leur premier rendez-vous, quand elle avait vingt-six ans et que tout brillait, flambant neuf. Elle avait quitté le bureau plus tôt pour rejoindre son nouvel amant, excitée à l'idée de le voir, comptant les heures jusqu'à leurs retrouvailles, et elle avait trouvé Ronald chez lui dans son salon en train de frapper un mur à coups de marteau.

— Qu'est-ce que tu fais ?

Elle avait ri devant l'intensité de son expression déterminée et du corps couvert de crasse de son petit ami nouvellement reconverti dans le DIY. Elle le trouvait encore plus séduisant.

— Je construis une étagère pour toi.

Il s'était à peine interrompu pour lui jeter un coup d'œil avant de reprendre sa tâche.

— « Une étagère » ?

Il avait continué à jouer du marteau puis vérifié que l'étagère était bien droite.

— C'est ta façon de me proposer d'emménager avec toi ? avait-elle repris en riant, le cœur battant. Je crois que tu es censé me donner un tiroir, pas une étagère.

— Bien sûr que je veux que tu emménages. Tout de suite. Et je veux que tu démissionnes et que tu t'installes sur cette étagère pour que tout le monde puisse te voir et t'admirer comme moi. Tu es la plus belle femme du monde. Tu n'auras pas besoin de lever le petit doigt. Tu ne feras rien. Tu te contenteras de rester assise sur cette étagère et d'être adorée.

Son cœur s'était gonflé et ses yeux s'étaient remplis de larmes. Le lendemain, elle s'était installée sur cette étagère. À un mètre cinquante au-dessus du sol, dans la niche de droite près de la cheminée. C'est là qu'elle avait rencontré la famille et les amis de Ronald pour la première fois. Ils l'avaient entourée, un verre à la main, émerveillés par le nouvel amour de Ronald. Ils avaient dîné à la table de la salle à manger adjacente et même si elle ne pouvait pas les voir, elle les entendait et pouvait participer. Elle se sentait suspendue au-dessus d'eux – adorée, chérie, respectée par ses amis, adulée par sa mère, enviée par ses ex-petites amies. Ronald levait les yeux vers elle avec fierté et son air radieux disait tout. *Tu m'appartiens.* Elle rayonnait de jeunesse et de désir, près de la vitrine dans laquelle il rangeait ses trophées commémorant ses victoires au football américain quand il était jeune et ses plus récents succès au golf. Au-dessus était fixée une truite clouée sur un support de bois avec une plaque en cuivre, la plus grosse truite qu'il ait jamais pêchée, avec son frère et son père. Il avait déplacé ce poisson pour construire l'étagère et les hommes de sa vie la respectaient encore davantage pour ça. Quand sa famille et ses amis à elle venaient lui rendre visite, ils savaient qu'elle était en sécurité, couvée, idolâtrée et, plus important, aimée.

Elle était la chose la plus importante de son monde. Tout tournait autour d'elle et de sa position dans la maison, dans sa vie. Il cédait à tous ses caprices, s'agitait autour d'elle. Il voulait qu'elle reste en permanence sur cette étagère. La seule chose aussi importante dans sa vie était le Jour de la Poussière. Ce jour-là, il polissait et faisait briller tous ses trophées et bien sûr, il la soulevait, l'étendait, et ils faisaient l'amour. Brillante et lustrée, revigorée et rafraîchie, elle reprenait sa place sur l'étagère.

Ils s'étaient mariés, elle avait démissionné, s'était occupée de ses enfants, les avait bercés, avait passé des nuits entières à les veiller sur l'étagère puis à les regarder dormir, gazouiller et grandir sur le tapis et dans le parc à ses pieds. Ronald aimait qu'elle soit seule sur l'étagère, il employait des nounous pour qu'elle puisse avoir son espace, rester à l'endroit qu'il avait bâti pour elle, afin qu'elle ne perde pas une partie d'elle-même auprès de ses enfants et qu'ils conservent leur relation unique. Elle avait entendu parler de ces couples déchirés par l'arrivée des enfants, de ces maris qui se sentaient délaissés à la naissance des bébés. Elle ne voulait pas que ça leur arrive, elle voulait être là pour lui et se sentir adorée. L'étagère était sa place. De cet endroit, elle s'intéressait profondément à tout le monde et, à cause de sa position géographique dans la maison, tout le monde l'admirait. Ce n'avait été que plus tard, lorsque les enfants avaient grandi et quitté la maison, vingt ans après qu'elle s'était installée sur l'étagère, que la solitude s'était emparée d'elle.

Avec la brusquerie d'un signal d'alarme.

Tout avait commencé avec l'angle du téléviseur. Elle ne pouvait pas voir ce que Ronald regardait. Ça ne l'avait jamais dérangée auparavant parce qu'elle était toujours ravie de voir les visages de ses enfants en train de fixer l'écran plutôt que de regarder l'écran lui-même. Mais le canapé était vide à présent, la pièce silencieuse, et elle avait besoin d'une distraction. D'une échappatoire. De compagnie. Ronald avait acheté un nouveau téléviseur, un écran plat qu'il avait fixé au mur et qu'on ne pouvait pas incliner ; la télévision s'était soudain trouvée hors de vue, exactement comme ses enfants. Puis il y avait eu les fêtes que Ronald organisait sans l'inviter ni l'avertir et qui se déroulaient autour d'elle, avec des gens qu'elle n'avait jamais rencontrés et des femmes dont elle se méfiait, là, dans sa maison – sous son nez, littéralement.

Elle contemplait d'en haut Ronald qui continuait sa vie sous elle comme si elle n'était pas dans la pièce, comme si elle ne faisait pas partie de son existence. Elle arborait un sourire pour dissimuler sa confusion et tentait de se raccrocher aux branches, de se joindre à eux, mais personne ne l'entendait depuis l'étagère et ils étaient fatigués de lever les yeux et de hausser le ton. Ils avaient tourné la page. Ronald oubliait de remplir son verre, de vérifier qu'elle allait bien, de la présenter. On aurait dit qu'il avait oublié son existence. Puis il avait agrandi la maison ; ça lui avait pris des mois mais depuis qu'il avait terminé et que la cuisine donnait sur le jardin arrière, toutes les fêtes et les dîners avaient lieu là-bas. La pièce avec la télévision, qui avait été une pièce de réception, le centre de leur monde, n'était plus qu'un petit salon confortable. Il avait perdu sa grandeur. Elle avait le sentiment de ne plus faire partie de la vie de Ronald.

Et voilà qu'on est samedi soir, et qu'elle a passé la journée seule pendant qu'il jouait au golf et que les enfants vivaient leur vie.

— Ronald, dit-elle.

Installé sur le canapé, il regarde quelque chose qu'elle ne voit pas. Il émet un bruit mais ne lève pas les yeux vers elle.

— Quelque chose cloche là-haut.

Elle entend le tremblement de sa voix et sent sa poitrine se serrer. *Quand tu m'as mise là-haut, c'était pour que tout le monde puisse me voir, que je sois le centre de tout, mais maintenant… maintenant tout se déroule sans moi, hors de ma vue. Je me sens tellement déconnectée.* Elle ne peut pas le dire, les mots ne sortent pas. Même les penser l'effraie. Elle aime son étagère, elle est confortable, c'est sa place, elle a toujours été là, c'est là qu'elle devrait rester. Il l'a placée là pour lui ôter toutes les inquiétudes et les responsabilités de la vie, il a fait ça *pour elle*.

— Veux-tu un autre coussin ? demande-t-il.

Il en saisit un à côté de lui et le lui lance. Elle l'attrape, le regarde puis pose les yeux sur Ronald, surprise, le cœur battant, blessée. Il se lève.

— Je peux en acheter un autre, plus grand, déclare-t-il en éteignant le téléviseur avec la télécommande.

— Je ne veux pas un nouveau coussin, dit-elle à voix basse, stupéfaite de sa propre réponse.

D'habitude, elle adore ce genre de choses.

Mais on dirait qu'il ne l'entend pas, ou alors il l'entend et l'ignore. Elle ne sait pas.

— Je sors. À plus tard.

Elle fixe la porte fermée et écoute le moteur de la voiture dans un état de choc total. Ça a grandi lentement au fil des ans mais c'est à ce moment précis qu'elle comprend. Tous les petits signes s'additionnent et la frappent, manquant de la renverser de son perchoir. Il l'a placée sur cette étagère, une femme choyée qu'il adorait et voulait protéger et exhiber, et maintenant que tout le monde l'a vue, admirée, et l'a félicité, *lui*, de ses réussites, il ne reste plus rien. Elle est devenue un meuble, un bibelot comme le reste de ses trophées, mise de côté dans un antre confortable. Elle est incapable de se rappeler la dernière fois qu'a eu lieu le Jour de la Poussière ; depuis combien de temps ne l'a-t-il pas descendue pour la faire reluire ?

Elle est raide. Elle s'en rend compte pour la première fois. Son corps a besoin de bouger. Elle a besoin de place pour pousser. Elle a passé tellement d'années assise là-haut comme une extension de Ronald et de ses réussites qu'elle ne sait pas ce qu'elle représente pour elle-même. Elle ne peut pas blâmer son mari ; elle est montée de son plein gré sur l'étagère. Elle s'est égoïstement délectée de l'attention, des louanges, de l'envie et de l'admiration. Elle aimait être nouvelle, fêtée, et lui appartenir. Mais elle a été idiote. Pas idiote de croire que c'était merveilleux mais idiote de penser que ça pouvait suffire.

Tandis que son esprit tourbillonne, le coussin qu'elle serrait contre elle pour se rasséréner lui tombe des mains et atterrit mollement sur le tapis moelleux avec un petit chuintement. Elle le contemple et autre chose la frappe soudain.

Elle peut descendre de l'étagère. Elle peut démissionner. Elle en a toujours eu la possibilité, bien sûr, mais elle avait l'impression d'être à sa place naturelle et pourquoi en changer ? Sa respiration s'accélère à cette idée dangereuse, la poussière lui prend la gorge et elle tousse, produisant un sifflement qu'elle entend pour la première fois.

Elle n'est pas obligée de prendre la poussière. Elle se baisse. Un pied sur le fauteuil où Ronald avait l'habitude de s'asseoir pour lui tenir les pieds en regardant la télévision – avant l'installation de l'écran plat. Elle pose la main sur le mur pour ne pas tomber. La truite est la seule chose qu'elle parvient à agripper. Ses pieds recouverts de bas glissent sur l'accoudoir. Sa main s'agite, paniquée, à la recherche d'une prise, et saisit la bouche ouverte du poisson. La truite se balance sous son poids. Depuis toutes ces années, elle n'est retenue que par un clou. C'est tellement précaire. On aurait pu croire que son mari aurait mieux sécurisé quelque chose d'aussi important pour lui. Elle sourit à cette idée. Le clou qui maintient la truite s'arrache et alors qu'elle place toute sa confiance dans le fauteuil dans lequel elle s'affale, elle regarde la truite tomber du mur et atterrir sur la vitrine. Elle fait exploser la vitre qui abrite les trophées de football et de golf. Tout s'effondre avec fracas. Puis le silence s'installe.

Elle le rompt en gloussant nerveusement.

Puis elle pose lentement un pied sur le sol. Et un autre. Elle se redresse et sent ses articulations raides craquer. Le sol qu'elle a contemplé pendant si longtemps, dont la vue lui est si familière, est étrange sous ses pieds. Elle agite les orteils sur le tapis épais, plante les talons dans ses fibres et s'ancre dans cette nouvelle surface. Elle observe la pièce qui lui paraît soudain totalement étrangère vue sous cet angle.

Et elle se sent soudain obligée de faire quelque chose de sa nouvelle vie.

Lorsque Ronald rentre du pub, il la trouve un club de golf à la main, son meilleur bois n° 1. Ses coupes de foot et de golf gisent sur le sol, recouvert de verre brisé. La truite le dévisage de ses yeux morts.

— C'était trop poussiéreux là-haut, déclare-t-elle, à bout de souffle, tout en abattant de nouveau le club sur l'étagère en bois.

Ça lui fait tellement de bien qu'elle recommence.

L'étagère se fend, envoyant voler des éclats de bois dans toutes les directions. Elle se baisse. Il se recroqueville.

Lorsque Ronald ôte lentement les mains de son visage, elle ne peut s'empêcher de rire en découvrant son air choqué.

— Ma mère gardait tous ses sacs à main de marque dans des housses de protection. Elle les rangeait dans son armoire et les gardait pour les occasions spéciales et ils y sont restés jusqu'à sa mort. Toutes ces choses magnifiques et adorées n'ont jamais vu la lumière du jour parce que même les rares occasions n'étaient pas assez spéciales à son goût. Elle attendait toujours un événement plus extravagant au lieu de les porter tous les jours pour illuminer ses journées. Elle me disait que je n'appréciais pas assez les choses, que je devrais chérir davantage mes possessions, mais si elle était encore de ce monde, je pourrais lui dire qu'elle s'est trompée sur toute la ligne. Elle aurait dû apprécier les choses du quotidien, se rendre compte de leur valeur et en tirer le meilleur parti possible. Mais elle ne l'a pas fait ; elle a enfermé toutes les possibilités.

Ronald ouvre et ferme la bouche mais aucun son n'en sort. Il ressemble à sa truite encadrée qui s'est fracassée sur le sol.

— Donc, déclare-t-elle fermement en balançant de nouveau le club de golf, je reste en bas.

Et c'est ce qu'elle fait.

3

La femme à qui il poussa des ailes

Le médecin a affirmé que c'était hormonal. Comme les poils qui ont soudain poussé sur son menton après la naissance de ses enfants, avec le temps, les os de son dos ont commencé à saillir de sa peau, s'étirant depuis sa colonne vertébrale comme les branches d'un arbre. Elle a décidé de ne pas faire la radio suggérée par le docteur et se moque de son sermon sur la densité osseuse et l'ostéoporose. Elle ne ressent aucun affaiblissement dans son corps, mais plutôt une force grandissante qui se propage depuis sa colonne et s'arque le long de ses épaules. Dans l'intimité de sa maison, son mari caresse le contour de ses os dans son dos et quand elle est seule, elle se déshabille pour examiner son corps changeant dans le miroir. De profil, elle aperçoit la forme qui émerge sous la chair de ses omoplates. Quand elle s'aventure dehors, elle est contente de porter un hijab qui retombe amplement sur ses épaules et dissimule l'étrange excroissance.

Elle aurait peur de ces changements si elle ne ressentait pas une immense vitalité grandir en elle.

Ça ne fait pas longtemps qu'elle est arrivée dans ce pays et les autres mères à l'école la surveillent même si elles prétendent le contraire. Le rassemblement quotidien devant la grille de l'école l'intimide. Elle retient son souffle et accélère le pas quand elle aperçoit le portail ; elle baisse le menton, détourne les yeux et serre plus fort la main de ses enfants en les conduisant à leurs classes respectives. Les habitants de cette jolie ville se croient polis et éduqués, aussi se permettent-ils peu de commentaires, mais ils font comprendre leurs sentiments d'une autre manière. Le silence peut être aussi menaçant que les mots. Consciente des regards en biais et des silences gênés, elle traverse la tension tandis que la ville rédige en silence des lois qui rendront la présence d'une femme dans son genre plus difficile et qui l'empêcheront de se vêtir comme elle le fait. Les précieuses grilles de l'école. Ces grilles protègent leurs enfants et ces groupes de mères sont les gardiennes de ces enfants. Si seulement elles savaient tout ce qu'elles ont en commun avec elle.

Même si ce ne sont pas elles qui essaient de leur rendre la vie difficile, à elle et à sa famille, ce sont des gens qui leur ressemblent. Et les hommes avec qui elles dorment. Peut-être qu'après leurs parties de tennis et leurs thés, ils se douchent et regagnent leurs bureaux pour appliquer des lois, empêcher les réfugiés et les immigrants de pénétrer dans leur pays ; ces gens bien comme il faut, qui boivent du cappuccino, jouent au tennis, lèvent des fonds et se soucient davantage des semaines de la lecture et des ventes de gâteaux que de la dignité humaine. Ils sont si cultivés qu'ils voient rouge lorsque les envahisseurs extraterrestres de leurs histoires se manifestent dans la vraie vie.

Elle sent le regard de son fils posé sur elle pendant qu'ils marchent ; leur « fils de guerre », comme sa famille l'appelle, né pendant la guerre, dans une vie dévorée de douleurs : économique, sociale, émotionnelle. Son fils anxieux, toujours tendu, qui tente en permanence de deviner quelle catastrophe va se produire, de quelle manière terrifiante et dégradante ses congénères peuvent le surprendre, la cruauté de la vie qui surgit comme un diable à ressort. Il se prépare toujours, rarement capable de se détendre et de se délecter des joies de l'enfance. Elle lui sourit en essayant d'oublier ses soucis et de ne pas déverser en lui des messages négatifs.

C'est la même histoire tous les matins de la semaine et le soir au moment de les récupérer ; son angoisse la submerge et son fils de guerre le sent. Ça se produit de nouveau au supermarché quand elle subit une remarque insultante ou lorsque son ingénieur de mari très diplômé tente de convaincre poliment quelqu'un qu'il peut faire mieux que balayer les rues ou tout autre job ingrat qu'on veut bien lui donner. Elle a entendu dire qu'au Canada les mosquées ne faisaient pas face à la Mecque, qu'elles étaient détournées de quelques degrés. C'est perturbant, c'est le moins qu'on puisse dire ; mais elle peut aller plus loin, elle a une théorie, elle pense que le monde est sorti de son axe. Si elle le pouvait, elle volerait dans l'espace pour réparer ça et pour que la Terre puisse tourner comme il faut.

Son mari est reconnaissant pour tout ce qu'on leur donne, ce qui ne fait qu'alimenter sa fureur. Pourquoi devraient-ils se montrer reconnaissants alors qu'ils travaillent dur, comme s'ils n'étaient que des pigeons picorant les miettes jetées par les passants ?

Elle tourne au coin de la rue, sa petite fille et son petit garçon à la main, et aperçoit l'école. Elle se prépare mais son dos la fait souffrir. Il a été douloureux toute la nuit, malgré les massages attentionnés de son mari ; elle a attendu qu'il s'endorme pour se coucher sur le sol afin de ne pas le déranger. Même si son dos pulse douloureusement tout le temps, la souffrance augmente parfois. Elle a remarqué qu'elle devient plus intense chaque fois que la rage la prend, qu'elle ressent une colère si forte qu'elle doit lutter contre l'envie de secouer brusquement le monde.

Son mari a insisté pour qu'elle aille consulter pour son dos. Ça a été une telle dépense d'argent pour rien qu'elle a refusé de se rendre au deuxième rendez-vous. Ils doivent mettre de l'argent de côté pour les urgences. Et puis, la douleur lui rappelle ses deux grossesses : ce n'est pas la souffrance de la dégradation mais de la vie qui s'épanouit en elle. Sauf que cette fois-ci, la nouvelle vie que son corps alimente est la sienne.

Elle se redresse mais son dos est lourd et elle est obligée de se voûter de nouveau. Elle aperçoit le portail de l'école, entouré des grappes de mères qui bavardent. Certains regards sont bienveillants, évidemment ; elle a droit à un salut et un bonjour. Certains regards ne la voient même pas, ils l'ignorent, préoccupés par leurs emplois du temps stressants, perdus dans leurs pensées, leurs programmes, en eux-mêmes. Ces gens ne l'offensent pas. Ce sont les autres. Le groupe. Les sacs de tennis sur leurs épaules, les jupes blanches tendues sur leurs fesses rebondies et leurs leggings, la chair compressée aux coutures, si serrée qu'elle essaie de se frayer un chemin dehors. Ce groupe-là.

L'une d'entre elles la remarque. Ses lèvres bougent à peine quand elle parle. La ventriloque de la discrimination. Une autre paire d'yeux. Puis une autre. Encore du ventriloquisme, mais moins réussi cette fois. Les murmures, les regards. C'est la réalité de sa nouvelle vie : ses moindres faits et gestes sont scrutés à la loupe. Elle est étrangère, elle n'y peut rien, elle ne veut pas leur ressembler, elle ne veut pas appartenir à leur groupe et elles se méfient d'elle à cause de ça.

Elle est en retard ce matin et elle s'en veut. Pas parce que ses enfants auront quelques minutes de retard mais parce qu'elle arrive au moment le plus dangereux. Les mères ont déjà déposé leurs enfants et elles traînent près des grilles, têtes rapprochées, elles font des plans, organisent des collectes, des sorties, des fêtes auxquelles ses enfants ne seront pas conviés. Il est impossible de pénétrer dans l'école sans les croiser. Elles sont nombreuses et le chemin est étroit ; soit elle se presse contre le mur et fait avancer ses enfants en file indienne, soit elle passe près des voitures au risque de se salir contre les 4 × 4 poussiéreux. Ou alors elle peut passer au milieu d'elles. Mais ça veut dire attirer leur attention et peut-être être obligée de leur parler.

Elle s'en veut d'hésiter et de sentir la peur monter en elle à cause de cette grappe de femmes idiotes. Elle n'a pas fui un pays ravagé par la guerre, laissant tous ceux qu'elle aimait et tout ce qu'elle possédait derrière elle, pour ça. Ce n'est pas pour ça non plus qu'elle a pris place sur un bateau pneumatique bondé sans rien d'autre que les vêtements qu'elle avait sur le dos, tandis que la mer clapotait, menaçante, à leurs pieds et que ses enfants tremblaient, blottis contre elle. Dans les ténèbres. Dans le silence. En espérant voir apparaître les côtes. Endurer tout ça puis se retrouver dans un container, dans le noir, sans air, avec trop peu de nourriture, la puanteur des excréments dans le seau dans le coin et la peur au cœur – pas pour la première fois – d'avoir scellé le destin de ses enfants, d'avoir creusé leurs tombes avec sa décision. Elle n'a pas traversé tout ça pour être arrêtée dans son élan par ces femmes.

La douleur dans son dos s'intensifie. Elle se propage depuis ses reins jusqu'à ses épaules. Une souffrance qui irradie tout en lui procurant un étrange soulagement. Comme les contractions pendant le travail, qui vont et viennent de plus en plus fort comme des vagues puissantes de force surhumaine.

Quand elle s'approche des femmes, elles cessent de parler et se tournent vers elle. Elles lui bloquent le passage, il va falloir qu'elle leur demande de s'écarter. C'est puéril mais vrai. La douleur dans son dos est tellement forte qu'elle l'empêche de parler. Elle sent le sang lui monter à la tête et son cœur bat bruyamment dans ses oreilles. Sa peau se tend sur ses omoplates. Elle a l'impression qu'elle va s'ouvrir en deux, exactement comme lorsque ses enfants sont nés. Elle lève le menton, se redresse et regarde les femmes droit dans les yeux, ni effrayée ni intimidée. Elle sent un pouvoir immense, une liberté infinie, quelque chose que ces femmes ne peuvent pas comprendre – comment le pourraient-elles ? Leur liberté n'a jamais été menacée, elles ne savent pas comment la guerre transforme les hommes, les femmes et les enfants en spectres, comment elle fait de leurs esprits des cellules et de la liberté un fantasme moqueur.

La peau de son dos est tendue et elle sent le tissu de son abaya noire s'étirer encore et encore. Puis on entend une déchirure et elle sent l'air sur sa chair.

— Maman ! s'écrie son fils en la regardant avec de grands yeux. Qu'est-ce qui se passe ?

Toujours inquiet de ce qui pourrait arriver. Elle l'a conduit vers la liberté mais il est toujours en prison, elle s'en rend compte tous les jours. Sa fille n'est pas comme ça, elle est plus jeune et s'adapte plus facilement, même si les deux verront toujours la vie à travers le voile de la vérité.

L'abaya se déchire intégralement et elle sent une tension violente dans son dos, qui la tire vers le haut. Ses pieds décollent du sol avant de se reposer. Elle prend ses enfants avec elle.

Son fils est effrayé, sa fille glousse. Les femmes avec les sacs de tennis la dévisagent, abasourdies. Derrière elle, elle aperçoit une femme seule qui se hâte de quitter l'école et qui s'immobilise en souriant, les mains sur la bouche, surprise et ravie.

— Oh, maman ! murmure sa fillette en lui lâchant la main pour faire le tour de sa mère. Tu as des ailes ! Des ailes magnifiques !

La femme jette un coup d'œil par-dessus son épaule et elle les voit : des plumes majestueuses d'un blanc de porcelaine, plus de mille par aile de plus de deux mètres d'envergure. En contractant et décontractant les muscles de son dos, elle découvre qu'elle peut les contrôler, que depuis tout ce temps, son corps se préparait à voler. Ses rémiges primaires sont au bout de ses doigts. Sa fille couine de plaisir, son fils se cramponne à sa main, il se méfie des femmes qui les dévisagent.

Elle se détend, replie ses ailes et les enroule autour de ses enfants pour les protéger. Elle baisse la tête et se blottit contre eux – ils ne sont plus que trois, enveloppés de douceur blanche et duveteuse. Sa fille rit. Elle regarde son fils et il lui adresse un sourire timide, s'abandonnant à ce miracle. La sécurité. Le trésor insaisissable.

Elle rouvre lentement ses ailes et les déploie entièrement, puis elle lève le menton. Elle se sent comme un aigle au sommet de la plus haute montagne. Fière, en pleine possession de ses moyens.

Les femmes lui barrent toujours la route, trop choquées pour bouger.

La femme sourit. Sa mère lui a dit un jour que la seule façon d'aller au bout est d'avancer tout droit. Sa mère avait tort ; elle peut s'élever au-dessus des autres.

— Tenez-vous bien, mes chéris.

Elle sent leur étreinte confiante autour de ses mains : on ne peut pas les séparer.

Son envergure est gigantesque.

Ces petites mains sont la seule motivation dont elle ait besoin. Elle a toujours tout fait pour eux. Et ce sera toujours le cas. Une vie meilleure. Une vie heureuse. Une vie sûre. Tout ce à quoi ils ont droit.

Elle ferme les yeux, inspire et sent sa puissance.

Ses enfants avec elle, elle s'élève vers le ciel et s'envole.

4

La femme qui fut nourrie par un canard

Elle s'assied sur un banc dans le parc tous les midis, le même banc, le même parc, à côté du lac. Le bois est froid sous ses fesses. Elle jure, se relève, tire sur sa veste pour se protéger et se rassied. Elle déballe son sandwich baguette jambon fromage et étale le papier alu sur ses genoux. Une tomate écrasée suinte à travers le pain et le détrempe. Ça la pousse à bout.

— Putain de tomate de merde de mes deux.

Elle peut tolérer ses insupportables collègues de bureau. Elle peut tolérer cet homme répugnant qui s'est installé à côté d'elle dans le bus ce matin, qui s'est curé le nez durant tout le trajet et a roulé ses crottes de nez en boule comme si elle ne le voyait pas. Mais pas la tomate. La putain de tomate est la cerise sur le gâteau. Elle voulait un simple jambon fromage et cet ajout non désiré a ramolli son pain et collé le fromage à la mie, formant une substance visqueuse.

— Connasse de tomate, marmonne-t-elle en jetant le sandwich par terre.

Que les canards le mangent.

Tous les midis pendant la pause-déjeuner, elle se rend au parc municipal. Son bureau se trouve non loin. Actions, spéculations et collègues débiles. Ce banc est le plus tranquille, à l'écart des autres. Elle vient ici pour nourrir les canards tout en râlant contre les gens qui l'irritent au plus haut point. Elle évacue ses frustrations suscitées par son peigne-cul de patron, par ses collègues délirants et le marché boursier instable. Elle nourrit les canards comme elle frapperait un punching-ball.

La plupart de ses collègues profitent du déjeuner pour se rendre à la salle de sport, ils chassent leurs problèmes en courant pendant trois quarts d'heure avant de regagner leurs bureaux avec arrogance, puant le gel douche et le déodorant, dégoulinant de testostérone. Elle préfère l'air frais et le calme, quel que soit le temps. Elle a besoin de maugréer et de fulminer ; chaque fois qu'elle jette un morceau de pain, c'est un problème en moins et un peu de sa colère qui reflue. Mais elle n'est pas certaine que ça fonctionne vraiment – parfois, elle se surprend à s'énerver, agitée par une frénésie bouillonnante, la tête pleine de tout ce qu'elle aurait dû dire – des remarques pertinentes et des arguments qu'elle aurait dû assener au bureau.

Elle fixe le morceau de pain détrempé qu'elle a jeté sur le sol. Quelques canards se le disputent et le picorent, mais il finit par ne pas être à la hauteur de la bataille effrénée qu'il aurait dû déclencher, ce qui la conforte dans l'opinion que le sandwich n'est pas appétissant.

— Vous auriez dû le couper en morceaux, dit une voix masculine, interrompant le cours de ses pensées.

Elle lève les yeux et regarde autour d'elle, surprise. Il n'y a personne.

— Qui a parlé ?

— Moi.

Ses yeux se posent sur un colvert qui se tient à l'écart des autres canards qui picorent le sandwich en se donnant des coups de bec.

— Salut, dit-il. À voir votre tête, j'en déduis que vous m'entendez.

Elle ouvre grand la bouche. Elle est sans voix.

Il éclate de rire.

— D'accord, c'était une conversation sympa, déclare-t-il avant de se dandiner vers le lac.

— Attendez ! Revenez ! (Elle sort de sa transe.) J'ai du pain pour vous !

— Non, merci, répond-il tout en se dirigeant néanmoins vers elle. Vous ne devriez pas donner du pain aux canards, vous savez. Indépendamment du fait que le pain change la composition chimique et bactériologique de l'eau, ce qui augmente le risque de grippe aviaire, c'est mauvais pour les canards. On recommande plutôt les petits pois surgelés, le maïs ou l'avoine. Ce genre de chose.

Elle le dévisage, à court de mots.

— Ne le prenez pas mal, c'est gentil de votre part, c'est vrai, mais le pain blanc, c'est le pire, il n'a aucune valeur nutritionnelle. Vous avez entendu parler des ailes d'ange ?

Elle secoue la tête.

— Ça ne m'étonne pas. C'est causé par un déséquilibre nutritif dans le régime des canards. Ça provoque une déformation de nos ailes qui peut entraver notre vol ou nous empêcher totalement de voler, ce qui n'est pas super sympa.

— Oh, je suis vraiment désolée. Je l'ignorais complètement.

— Ce n'est pas grave. (Il l'examine. Il ne peut pas s'en empêcher.) Ça vous ennuierait que je m'asseye à côté de vous ?

— Pas du tout.

Il vole jusqu'au banc.
— Le travail vous déprime encore ?
— Comment le savez-vous ?
— Vous venez tous les jours. « Connard de Colin. » « Abruti de Peter. » « Putain de marchés mondiaux. » « Putain de Slimming World. » « Connasses de tomates. »
— Vous avez entendu tout ça ?
— « Entendu » ? On l'a senti. Chaque fois que vous approchez, on se blinde. Vous nous lancez des morceaux de pain comme si c'étaient des grenades.
— Pardon, lance-t-elle en se mordant la lèvre inférieure.
— Ce n'est pas grave. On se dit que ça vous fait du bien même si de temps en temps vous éborgnez un canard.
— Merci d'être aussi compréhensif.
— Nous sommes tous humains, après tout.
Elle le regarde, interdite.
— C'était de l'humour de volatile, glousse-t-il. Mais, sérieusement, tout le monde a besoin d'un endroit où se détendre. Et se sentir en sécurité.
Son regard se perd au loin.
Elle l'observe.
— Vous en avez un, vous aussi ?
— Bien sûr. Il y a un fleuve immense au Sénégal où je passe l'hiver. J'y retrouve une grouse super chouette. On admire les levers et les couchers de soleil et on se promène sur la rive. C'est mon endroit à moi.
— Ça a l'air magnifique.
— Ça l'est.
Ils restent assis en silence.
— Et si on échangeait ? demande-t-il soudain.
— Vous me proposez d'aller au Sénégal ? Je ne suis pas certaine que votre grouse me trouve à son goût.
Le colvert éclate de rire.

— Inversons le repas.

Elle glousse.

— Vous avez l'intention de me jeter du pain ?

— D'une certaine manière. De vous donner du grain à moudre.

— D'accord.

— Je n'ai aucun droit de vous dire ça et c'est pour ça que je ne suis pas intervenu avant mais vous avez l'air plus ouverte aujourd'hui, vu que vous êtes capable de m'entendre. Vous avez l'air en colère. Très stressée et frustrée. J'ai l'impression que vous n'aimez pas beaucoup votre travail.

— J'aime mon travail. Si je n'avais pas de collègues, je l'adorerais.

— À qui le dites-vous. Si j'étais le seul canard de cet étang, la vie serait beaucoup plus simple, croyez-moi. Pour m'occuper, j'observe les gens et je vous ai remarquée. Vous n'êtes pas très douée avec les gens.

— Ni avec les canards, apparemment, réplique-t-elle en essayant de ne pas prendre la mouche.

Elle s'était toujours prise pour une femme sociable. Elle se tenait à l'écart de tout le monde, ne posait jamais de questions et n'entrait jamais en conflit avec personne…

— Vous vous y prendrez mieux avec les canards à partir de maintenant. Quant aux humains : vous devriez dire à Colin de vous faire confiance. Rappelez-lui que vous aviez raison pour le compte de Damon Holmes. Si la situation a empiré, ce n'est pas votre faute mais celle du tremblement de terre au Japon.

Elle hoche la tête.

— Dites à Paul de cesser de vous interrompre en réunion. Dites à Jonathan que vous n'appréciez pas les mails cochons et que les ânes, ce n'est pas votre truc. Dites à Christine chez Slimming World que vous aimeriez bien qu'elle arrête de raconter partout que votre mari a été son premier petit ami.

Il lui a peut-être fait cadeau de sa virginité mais c'est à vous qu'il a donné son cœur. Et dites à votre mari que vous n'aimez pas les tomates ; il les ajoute dans votre sandwich parce qu'il sent votre stress. C'est sa façon de faire quelque chose de spécial pour vous. Il ignore qu'au moment du déjeuner, le pain est tout mou et que cette mollesse vous agace.

La femme acquiesce et enregistre tout.

— Et cessez de vous cacher ici et de laisser les choses s'envenimer. Gérez tout avec franchise. Calmement. Ne vous laissez pas marcher sur les pieds. Parlez aux gens. Comportez-vous comme une adulte. Et ensuite venez ici juste pour le plaisir de nourrir les canards.

Elle sourit.

— Avoine, maïs et petits pois.

— Ce sera parfait.

— Merci, canard. Merci pour les conseils.

— De rien, répond-il en volant jusqu'à terre avant de se diriger vers le lac en se dandinant. Bonne chance, ajoute-t-il en nageant vers le centre tout en évitant de justesse le morceau de pain qui vole vers sa tête depuis l'autre côté.

La femme se lève, étourdie, et se rassied aussitôt. Le canard a dit quelque chose qui la fait réfléchir.

« *Arrêtez de vous cacher. Parlez aux gens.* »

Elle a déjà entendu ces conseils, mais c'était il y a longtemps. Quand elle était enfant, tout le monde lui disait ça : sa mère pendant les anniversaires de ses camarades, son père quand il l'emmenait quelque part, ses instituteurs, tous les adultes qui croisaient sa route, jusqu'à ce qu'elle décide très jeune de ne plus fréquenter personne. Après ça, la seule fois où elle a entendu ces mots une fois adulte, c'était dans la bouche de son petit ami de l'époque, qui ne tarderait pas à devenir son ex, même si ses paroles exactes avaient été : « Arrête de te cacher. Parle-moi. »

Elle s'était toujours cachée et n'avait jamais envie de parler. Enfant, elle avait peur de s'exprimer parce qu'elle savait qu'elle n'avait pas le droit de dire ce qu'elle voulait. Ils voulaient qu'elle soit normale et se comporte normalement mais rien n'était vraiment normal et c'était ce qu'elle voulait leur dire. Si elle ne pouvait pas évoquer la réalité, alors elle n'avait rien à ajouter et la fuite était devenue son sport favori. Il n'y avait qu'une seule personne qui l'avait vraiment comprise et ne lui avait jamais dit ça, même quand elle était gamine. Elle sent ses yeux se remplir de larmes en pensant à lui : papi.

Le mariage de ses parents était explosif. Elle était fille unique et chaque fois que ça bardait à la maison, son grand-père venait la chercher pour l'emmener faire une promenade en voiture. Ils bavardaient, parlant de tout et de rien. Elle se sentait en sécurité avec lui parce qu'elle l'était vraiment. Elle adorait l'odeur de ses gilets en laine, sa façon d'enlever son dentier qu'il faisait semblant de faire parler pour la faire rire. Elle aimait sentir sa grosse main ridée, dans laquelle la sienne était petite et perdue, et le parfum du tabac de sa pipe sur sa veste imperméable. Elle aimait être loin de chez elle et, encore plus, être *enlevée.* Elle avait toujours l'impression qu'il la sauvait et qu'il surgissait toujours quand il fallait, comme par enchantement. Pour la première fois, elle devine qu'il venait parce que sa mère l'avait appelé ; cette révélation la surprend après avoir passé tant d'années à penser à ces événements d'un seul point de vue.

Quand elle était avec son grand-père, il l'aidait à oublier tout ce qui l'effrayait. Il n'éclairait pas les recoins les plus sombres de son esprit mais lui faisait oublier l'existence même des ténèbres.

Il ne la poussait pas à expliquer quoi que ce soit. Il savait déjà. Il ne lui ordonnait pas de cesser de se cacher parce qu'il l'aidait à s'échapper et cette évasion enfantine était devenue l'endroit où elle se cachait adulte.

Il l'emmenait nourrir les canards.

Lorsque les cris commençaient, suivis des coups, des insultes et des larmes, il surgissait. Elle entendait le klaxon de sa voiture, descendait l'escalier en courant et franchissait la porte en retenant son souffle comme un soldat fuyant le champ de bataille en évitant les grenades sans un regard en arrière. Elle bondissait dans la voiture et soudain, le silence se faisait. Le silence autour et en elle.

Ils nourrissaient les canards ensemble et avec lui elle était en sécurité.

Il s'exprimait comme le canard avec qui elle venait de discuter.

Elle est assise sur le banc dans le parc près du lac, abasourdie, et elle se souvient de lui, elle le voit, elle l'entend, elle le sent de nouveau. Elle pleure en souriant et sourit en pleurant, puis, plus légère, elle se lève et se dirige vers son bureau.

5

La femme qui découvrit des morsures sur sa peau

Elle remarqua la marque sur sa peau le jour où elle reprit le travail après neuf mois de congé maternité. La matinée avait été stressante. Elle avait fait et refait son fourre-tout pour le boulot la veille au soir comme une enfant anxieuse à la veille de la rentrée, malgré les préparatifs sans fin, les réflexions, les petits pots de purée fraîchement préparés dans le congélateur et dans le frigo pour le lendemain, les déjeuners des enfants déjà prêts de même que les cartables, le sac à langer, les vêtements de rechange au cas où ils se saliraient en faisant du sport après les cours, ou auraient un accident de pipi ou de la diarrhée à cause du nouveau lait, l'uniforme scolaire propre et repassé, le survêtement prêt pour les activités extra-scolaires – et pourtant, malgré toute cette organisation et l'évocation de tous les scénarios possibles, ils étaient en retard.

À cause de toutes ces réflexions, tous ces préparatifs, les solutions de secours, elle n'avait pas dormi ; ses pensées se bousculaient dans sa tête et en plus de ça, elle devait gérer son angoisse de la reprise. Serait-elle capable de reprendre le travail là où elle l'avait laissé ? Mettrait-elle la pagaille comme à la maison – elle avait ajouté des bulles de savon dans le poulet et ne s'en était rendu compte que lorsqu'elle avait soufflé dans une boîte de tomates en dés devant ses enfants perplexes. Serait-elle fonctionnelle ? Était-elle toujours compétente ? Avait-on distribué ses portfolios ? Ses clients seraient-ils contents de la revoir ? Et si son remplaçant s'était montré plus efficace, plus rapide, plus pertinent, *meilleur* ? Et s'ils cherchaient ses défauts, l'examinaient à la loupe pour trouver une raison de licencier la femme aux trois enfants ? Des gens voulaient son job, des gens qui pouvaient rester au bureau plus tard, arriver plus tôt le matin, modifier leur emploi du temps au dernier moment. Des hommes jeunes, des hommes moins jeunes avec des enfants, des jeunes femmes, des femmes sans enfants parce qu'elles n'en voulaient pas, ne pouvaient pas en avoir ou craignaient de tout perdre en en faisant.

Elle avait déposé son enfant de six ans à l'école, celui de trois ans à la maternelle Montessori et le bébé de neuf mois à la crèche. Chaque fois qu'elle en laissait un, elle avait le cœur de plus en plus brisé. Ils avaient tous hurlé quand elle les avait laissés et lui avaient lancé un regard triste qui semblait dire : « Pourquoi tu m'abandonnes ? » Images de leurs visages défaits, torturés et accusateurs gravées au fer rouge dans son esprit. Pourquoi leur infligeait-elle ça ? Elle avait passé neuf mois formidables à la maison – stressants, certes, mais délicieux, avec au moins une fois par jour un pétage de plombs qui l'avait davantage effrayée que les enfants mais au moins ils étaient ensemble, elle les aimait et ils le sentaient. Pourquoi leur infligeait-elle ça, alors ? La plus grande partie de son salaire passait dans la crèche. Elle aurait pu s'en sortir sans travailler s'il l'avait fallu, ils pouvaient économiser encore davantage. L'argent n'était pas un problème. Enfin, un peu, mais là n'était pas la question. Elle reprenait le travail parce qu'elle en avait besoin. Elle adorait son job. Elle voulait bosser. Son mari voulait qu'elle retourne au boulot, pas uniquement parce que son salaire permettrait de payer le prêt immobilier mais parce qu'il aimait la femme qu'elle devenait quand elle travaillait, celle qui était un peu plus satisfaite, un peu plus utile, un peu plus compétente et un peu moins grincheuse. Même si elle ne ressentait pas du tout ça en ce jour de reprise.

Elle regarda son bébé dans les bras de l'étrangère dont le badge disait qu'elle s'appelait Emma et son cœur se serra. Elle détestait Emma. Elle adorait Emma. Elle avait besoin d'Emma. Le bébé hurla et elle sentit ses seins se contracter et couler. Son chemisier en soie était déjà taché, pas par les enfants pour une fois, mais par son propre corps. Elle mit le chauffage à fond et dirigea la ventilation vers ses seins humides, glissa une feuille de chou dans chacun de ses bonnets et chercha à la radio quelque chose qui soit capable de lui faire oublier qu'elle venait d'abandonner ses enfants.

Ce soir-là, alors qu'elle examinait son corps au sortir de la douche, elle remarqua la marque rouge. Elle était sur son sein droit qui était la partie la plus charnue de son anatomie.

— C'est une irritation cutanée due à la chaleur, affirma son mari.

— Non.

— Tu as toujours ces marques quand tu prends une douche chaude.

— L'eau n'était pas très chaude. Et ça fait vingt minutes que je suis sortie de la douche.

— Ta peau est sèche, alors.

— Non. J'ai mis du lait pour le corps.

— C'est quoi, alors ?

— C'est ce que je te demande.

Il baissa la tête pour examiner son sein de plus près et plissa les yeux.

— Dougie t'a mordue ? On dirait une morsure.

Elle secoua la tête. Pas dans son souvenir. Mais peut-être que si. Mais il l'avait à peine regardée quand elle était allée le chercher à la crèche et il s'était endormi aussitôt dans la voiture, du coup elle l'avait couché tout de suite. Elle se souvint d'avoir bataillé pour le donner à Emma ce matin. Elle ne se rappelait pas qu'il l'ait mordue, mais peut-être que si.

Elle dormit bien cette nuit-là malgré cette journée éprouvante, un pipi au lit, un biberon non programmé et un somnambule. Les deux plus grands finirent la nuit dans le grand lit avec leur père et elle dans la chambre d'amis avec le bébé. La meilleure nuit possible étant donné les circonstances.

Le lendemain, la marque sur sa poitrine avait viré au pourpre et elle en découvrit une autre. Elle s'en rendit compte après le déjeuner ; elle était enfin parvenue à s'asseoir toute seule dans un restaurant du coin et à commander de la nourriture pour elle, à finir son thé pendant qu'il était encore chaud, puis elle s'était rendue aux toilettes seule pour la première fois depuis longtemps. Elle crut d'abord qu'elle s'était assise sur une épingle ou une punaise mais ne trouva rien de la sorte sur son siège de bureau. Dans la cabine des toilettes, elle sortit son miroir de poche et découvrit une marque encore plus large, ovale et rouge, sur la chair blanche de ses fesses. Elle ne la fit pas voir à son mari mais se montra prudente avec les enfants pour s'assurer qu'aucun d'entre eux ne la mordait à son insu.

Son inquiétude s'installa vraiment durant un voyage d'affaires à Londres. Trop de regards dans l'avion – dans lequel elle avait réussi à s'asseoir seule, sans avoir besoin de partager une ceinture ou un fauteuil ni d'occuper ses enfants pour qu'ils ne donnent pas de coups de pied dans le siège de devant ni ne courent dans l'allée en hurlant à pleins poumons – la poussèrent à se précipiter vers les toilettes dès qu'ils eurent atterri. Elle découvrit que son cou était entièrement recouvert de marques rouges beaucoup plus grandes que les précédentes et qui étaient indubitablement des morsures aux minuscules traces de dents bien visibles. Elle dissimula son cou sous un foulard malgré la chaleur qui régnait dans la voiture qu'elle partageait avec ses collègues masculins et une fois à l'hôtel, elle remarqua que les morsures avaient gagné son bras gauche. Elle se connecta à Skype, parla à ses enfants, qui étaient trop surexcités pour lui prêter attention, puis montra les morsures à son époux.

Sa colère et sa méfiance étaient évidentes.

—*Avec qui* es-tu partie ?

Ils se disputèrent et elle fut incapable de trouver le sommeil, furieuse et blessée, alors que pour une fois elle avait le lit pour elle toute seule. Pour couronner le tout, l'alarme incendie de l'hôtel se déclencha à 1 heure du matin et elle se retrouva sur le trottoir en chemise de nuit, glacée, pendant une demi-heure avant de pouvoir regagner sa chambre.

Une fois rentrée chez elle, le bébé refusa de l'approcher ; il ne quittait pas les bras de son père et dès qu'elle avançait vers lui, il se mettait à hurler comme si on lui sciait les jambes. Ce qui était exactement l'impression qu'elle avait la concernant. Son mari la surprit en train de sangloter dans la salle de bains : lorsqu'il vit son corps gonflé et recouvert de marques de toutes les nuances de bleu, il comprit que quelque chose n'allait pas du tout. Elle souffrait terriblement.

Elle alla consulter le médecin le lendemain. C'était un samedi et elle n'avait aucune envie d'y aller – elle voulait rester avec ses enfants – mais elle céda sous l'insistance de son mari et sa belle-mère proposa de s'occuper des enfants l'après-midi. La douleur empirait d'heure en heure.

Le docteur se montra dérouté mais soupçonneux. Il confirma qu'il s'agissait bien de morsures, lui prescrivit des antalgiques et une crème puis lui fourra des brochures sur les violences conjugales dans le sac à main en lui disant de revenir si ça persistait.

Trois semaines plus tard, elle était méconnaissable. Les morsures avaient gagné son visage ; ses joues et son menton étaient couverts d'hématomes et la pointe de ses oreilles semblait avoir été grignotée. Elle n'avait pas manqué un seul jour de travail – impossible, après un congé maternité de neuf mois ; elle avait trop à prouver et trop à rattraper. Mais elle était épuisée. Elle avait l'air ravagée et blême. Le médecin lui avait prescrit une prise de sang. Les résultats étaient normaux, rien ne permettait de comprendre ce qui causait les morsures. Avec son mari, ils fumigèrent la maison, se débarrassèrent de la moquette et la remplacèrent par du parquet au cas où les acariens seraient responsables. Tous les matins de la semaine, elle disait au revoir à ses enfants, qui ne pleuraient plus quand elle les laissait, ce qui la culpabilisait encore davantage et la faisait pleurer durant tout le trajet. Elle étalait une couche de fond de teint ultra couvrant sur son visage pour passer pour une employée compétente. Le week-end, lorsqu'elle voyait des amis, elle se tartinait le corps de maquillage pour recouvrir ses jambes mordues et jouait le rôle de la femme et de l'amie extrêmement attentive.

Le soir, elle essayait de maintenir le bébé éveillé dans la voiture en rentrant, parfois en abaissant les vitres pour laisser entrer l'air frais, en chantant à tue-tête, la radio à fond, n'importe quoi pour passer du temps avec lui éveillé. Mais quoi qu'elle fasse, ses paupières palpitaient, incapables de rester ouvertes après 18 h 30. Elle conduisait plus vite et évitait les conversations et les coups de fil juste avant 17 heures. Elle quittait le bureau le plus vite possible pour retrouver son bébé mais chaque tour de roue fermait davantage ses longs cils.

En peu de temps, elle se retrouva à l'hôpital, branchée à tout un tas de tuyaux et de machines. Incapable d'être chez elle avec ses enfants ou au travail, elle était submergée par la culpabilité. Ils venaient lui rendre visite mais ça lui fendait le cœur. Ne pas pouvoir jouer avec eux et les serrer contre elle dévastait son âme. Son bureau essaya de s'accommoder de son télétravail temporaire mais elle ne pouvait pas se consacrer entièrement à la tâche. Elle avait l'impression de décevoir tout le monde.

Sa chair était dévorée par des centaines de marques qui avaient commencé comme des mordillements mais s'étaient transformées en morsures profondes et sanglantes. La douleur était paralysante mais l'incapacité d'être présente pour tout le monde tout le temps était encore pire. Depuis son hospitalisation, son état s'était détérioré ; le nombre de morsures augmentait de jour en jour et elle constata avec horreur ce soir-là qu'une escarre écarlate s'était développée sur son poignet, juste au niveau du pouls.

Les analyses de sang et les scanners n'avaient rien révélé pour l'instant mais depuis qu'elle était seule à l'hôpital, elle avait eu le temps de réfléchir, bénéficiant de précieuses heures seule, ce dont elle était privée depuis qu'elle était devenue mère. Ligotée à son lit par des tuyaux et des tubes, elle ne pouvait ni bouger ni se lever sans alerter les infirmières. Elle ne travaillait plus et n'avait pas d'êtres humains à aider et réconforter, il n'y avait qu'elle, seule dans une chambre, avec ses pensées. Elle faisait les cent pas dans sa tête et au bout d'un moment, même son esprit fatigua, s'arrêta et s'assit en pianotant. Il attendait.

L'impression de suffoquer finit par disparaître et elle se mit à respirer. Sous l'effet de son souffle régulier, ses pensées commencèrent à changer. Tout était séparé, organisé, rangé dans les bonnes boîtes : le jour où ça était arrivé, puis ça, les choses qu'elle avait dites et aurait dû dire, les expériences qu'elle avait décidé de balayer ou de revivre différemment. Un nettoyage de printemps de son esprit jusqu'à ce que tout soit bien classé dans sa tête et que la surface soit claire. Un esprit clair dans une pièce claire.

Elle regarda autour d'elle. Comment avait-elle fini là ?

Elle posa les doigts sur son poignet pour sentir son pouls et se rendit compte qu'il s'était calmé. La machine à côté d'elle, reliée à son index par un câble, le confirma. Le tigre en cage en elle avait cessé de faire les cent pas. Lorsqu'elle chercha son pouls du doigt qui n'était pas relié à l'oxymètre, elle effleura la morsure la plus récente. Elle suivit les contours des dents sur sa peau, doucement, lentement, méthodiquement, encore et encore, et se souvint de son apparition.

Cet après-midi-là, elle avait reçu la visite de son mari et de ses enfants. Ils étaient tout excités à l'idée de la voir, et ils avaient sauté partout dans sa chambre, déchaînés. Ils avaient utilisé l'équipement hospitalier comme terrain de jeux pour leurs jouets ; Barbie vêtue d'une robe fabriquée avec la perfusion, Batman Lego en danger sous une roue du lit, un ours en peluche bondissant sur la télécommande pour tenter de trouver un nouvel algorithme pour le pays du caca. Ses enfants s'étaient blottis contre elle sur le lit, avaient volé son dessert sur le plateau et raconté à toute allure ce qui s'était passé dans leurs vies excitantes et bien remplies. Elle avait écouté, le cœur gonflé d'amour, adorant le son de leurs petites voix, leurs mots encore hésitants, leur grammaire fautive mais compréhensible qu'elle n'avait jamais eu envie de corriger. Son mari était assis dans le fauteuil près du lit, il lui laissait la place sous le projecteur, lui permettait de profiter de ces instants avec ses bébés et il la regardait en tâchant de dissimuler son inquiétude.

Et puis la visite avait pris fin, l'heure était venue de la quitter et les infirmières, qui avaient gentiment fermé les yeux devant le nombre de visiteurs, avaient frappé un léger coup à la porte pour les prévenir. Elle les avait regardés enfiler leurs manteaux et leurs bonnets en laine qui écrasaient leurs joues tendres et avait vu leurs mains potelées disparaître dans leurs gants. Des bisous mouillés sur ses joues et ses lèvres, des petits bras à peine capables de l'enlacer ; elle les avait respirés sans vouloir les lâcher. Mais elle l'avait dû pourtant.

Elle caressa sa morsure.

Le sentiment familier s'était répandu en elle, cette sensation qui la prévenait qu'une morsure mystérieuse était sur le point de se développer sur sa peau. C'était la première fois qu'elle l'identifiait ; elle pensait depuis le début qu'elles étaient spontanées, sporadiques, totalement aléatoires, et elle découvrit en cet instant précis que ce n'était pas le cas.

Elle avait embrassé son mari qui profitait de son attention à son tour et s'était de nouveau excusée.

— Arrête de t'excuser, avait-il lancé gentiment. Guéris.

Elle avait aussi demandé pardon aux enfants.

— Ce n'est pas ta faute si tu es malade, maman, avait affirmé une petite voix.

Elle les avait regardés partir, avait entendu leur bavardage bruyant et le début d'une dispute dans le couloir et elle s'était sentie navrée. Navrée d'être navrée. Navrée d'éprouver de la culpabilité.

Ses doigts cessèrent de caresser son poignet. La culpabilité. Quand elle déposait son bébé à la crèche, elle se sentait coupable. Quand elle ne pouvait pas aller chercher les plus grands à l'école, elle se sentait coupable. Quand elle ne pouvait pas prendre un jour de congé parce qu'ils étaient malades, elle se sentait coupable. Elle se sentait coupable d'avoir une maison en bazar. Elle s'était sentie coupable quand elle avait découvert qu'une de ses amies avait traversé un événement dramatique sans l'en informer et qu'elle ne s'en était pas aperçue : elle n'avait pas remarqué son regard fatigué et son air déprimé qui dissimulaient la vérité. Elle se sentait coupable d'oublier d'appeler ses parents, pour noter dans un recoin de son esprit de le faire avant d'être distraite par quelque chose. Elle se sentait coupable au travail de ne pas être chez elle et chez elle de ne pas être au travail. Coupable de dépenser trop d'argent dans une paire de chaussures. Coupable de dérober une part de pizza destinée aux enfants. Coupable de sécher ses séances de sport.

Elle avait accumulé tant de culpabilité qu'elle avait l'impression d'être la culpabilité incarnée.

Elle s'en voulait de toujours penser qu'elle devrait se trouver ailleurs. Elle s'en voulait de se sentir obligée de se justifier, de tout expliquer, elle détestait se sentir jugée même quand elle ne l'était pas. Elle détestait vivre dans sa tête.

Ça n'allait pas. Ça n'allait pas du tout. Elle savait que ces pensées étaient irrationnelles parce qu'elle aimait sa carrière, qu'elle était une mère compétente avec beaucoup d'amour à donner.

Elle caressa de nouveau son poignet du bout des doigts. Elle le retourna pour examiner sa peau. La morsure la plus récente semblait plus pâle. Elle n'avait pas disparu mais elle était moins vilaine, moins à vif et rouge qu'avant. Elle s'assit, le cœur battant, et tenta de respirer plus lentement et de calmer son esprit agité. Les chiffres sur la machine affichaient son rythme cardiaque. Rien de bon ne sortait de son esprit encombré.

La culpabilité.

C'était ça.

La culpabilité était littéralement en train de la *dévorer*.

Sa peau était devenue une couverture de culpabilité.

Ça la terrifiait, mais comprendre d'où venait sa mystérieuse maladie de peau suffit à allumer une étincelle d'espoir. Il suffisait de savoir ce qui n'allait pas pour pouvoir trouver une solution. C'était ce qu'elle affirmait à ses enfants quand ils étaient inquiets. L'inconnu alimentait la peur.

Excitée, elle retroussa les manches de sa chemise de nuit et observa sa peau. Ces morsures aussi étaient en train de disparaître; les plus graves étaient moins rouges et enflammées. Tandis qu'elle les étudiait une par une, elle se souvint du moment exact où elles étaient survenues. Le voyage d'affaires à Londres. La deuxième nuit d'affilée où elle avait fait appel à une baby-sitter. La sortie au musée qu'elle n'avait pas pu accompagner. L'anniversaire de leurs dix ans de mariage où elle avait tellement bu qu'elle avait vomi sur les jonquilles du jardin et dormi sur le carrelage de la salle de bains. La troisième fois qu'elle avait refusé d'aller dîner chez une amie.

Toutes ces morsures étaient des instants, des moments où elle ne s'était pas sentie à la hauteur des attentes des autres.

Mais elle savait que c'était faux. Les gens qui l'aimaient le lui avaient affirmé. Ils le lui avaient répété tous les jours et c'était leurs voix qu'elle devait écouter.

Elle descendit du lit, détacha la perfusion de son bras et ôta l'oxymètre de son index. La machine se mit à biper frénétiquement. Elle l'ignora, s'empara de sa valise et commença à la remplir.

— Que faites-vous ? demanda Annie, la formidable infirmière qui s'était occupée d'elle pendant son séjour.

— Merci pour tout ce que vous avez fait pour moi, Annie. Je suis vraiment désolée de vous avoir fait perdre votre temps. (Elle s'interrompit. Encore la culpabilité.) Non, en réalité, je ne suis pas désolée. Merci. J'apprécie votre gentillesse et votre compétence mais je dois y aller. Je me sens mieux.

— Vous ne pouvez pas partir, dit gentiment Annie.

— Regardez.

Elle tendit les bras. Annie les contempla, surprise. Elle caressa les morsures en voie de guérison. S'agenouilla, souleva l'ourlet de la chemise de nuit de la femme pour examiner ses jambes.

— Comment est-ce possible ?

— J'ai laissé la culpabilité me ronger, répondit la femme. Me dévorer. Mais c'est fini.

Du moins l'espérait-elle. Elle pouvait le faire. Elle pouvait tout faire parce qu'elle le voulait et le devait. Parce que c'était sa vie, la seule qui lui serait jamais donnée, et qu'elle comptait bien la vivre du mieux possible, profiter de chaque instant, travailler, passer du temps avec sa famille et refuser de s'excuser auprès de quiconque et encore moins d'elle-même.

Annie prit la mesure de sa détermination et sourit.

— Pourquoi vous précipiter chez vous, alors ?

La femme s'immobilisa pour réfléchir. Elle recommençait.

— Les morsures se sont atténuées mais elles n'ont pas disparu. Si vous forcez, elles risquent de revenir. Je vous suggère de vous recoucher, d'aller mieux et ensuite de rentrer chez vous. Reposée.

Oui, décida la femme. Une nuit de plus, sans culpabilité, une nuit à dormir. Et ensuite elle rentrerait. Chez elle. Elle se retrouverait. Et fêterait tout sans culpabilité.

6

La femme qui croyait que son miroir était brisé

— X, R, S, C, B, Y, L, R, T…, dit-elle en lisant les lettres sur le panneau face à elle.

— Vous pouvez ôter votre main à présent, dit l'ophtalmo.

Elle baisse la main qui recouvrait son œil droit et lui lance un regard impatient.

— Votre acuité visuelle est excellente, commente-t-il.

— Je ne comprends pas ce que ça veut dire.

— Ça fait référence à la clarté de votre vision indépendamment des facteurs optiques et neuraux ; l'acuité visuelle de la rétine à l'intérieur de l'œil, la santé et le fonctionnement de la rétine et la sensibilité de la faculté interprétative du cerveau.

— Harry, j'ai été ta baby-sitter. Je t'ai surpris en train de danser torse nu devant le miroir en chantant Rick Astley avec ton déodorant pour micro.

Il cille et rougit. Il reformule :

— Ça veut dire que vous avez dix sur dix à chaque œil. Votre vision est parfaite.

Elle soupire.

— Non. Je te l'ai déjà dit. Ce sont mes yeux. Je sais de quoi je parle.

— Oui. (Il s'agite sur son siège. Son professionnalisme disparaît, remplacé par sa nervosité de jeune homme.) C'est ce que je ne comprends pas. Vous êtes persuadée que votre vision est mauvaise mais vous n'avez ni migraine, ni yeux douloureux, ni vision floue et vous lisez parfaitement. Votre vision de loin est parfaite aussi, vous arrivez même à lire la petite ligne du bas, ce que la plupart des gens ne parviennent pas à faire. Je ne comprends pas ce qui cloche.

Elle lui lance le même regard que celui auquel il a eu droit quand elle l'a surpris en train de fumer une cigarette, la tête à la fenêtre de la salle de bains. Il avait prétendu qu'il avait de la diarrhée mais elle avait utilisé une pièce pour déverrouiller la porte de l'extérieur. Et elle lui avait flanqué une vraie diarrhée. C'était une baby-sitter terrifiante. Et même s'ils avaient vingt ans de plus tous les deux, son regard intimidant l'effrayait toujours.

Il essaie de se souvenir qu'il est adulte à présent, marié avec deux enfants. Il possède une maison de vacances au Portugal. Il a remboursé la moitié de son prêt immobilier. Elle ne peut plus lui faire de mal. Il se redresse.

Elle inspire. Expire. Compte en silence jusqu'à trois. Il a beau être qualifié et avoir fait des études, c'est toujours l'adolescent stupide qu'elle avait surpris en train de se branler dans une chaussette.

— Ça a commencé il y a quelques semaines, explique-t-elle.

— Qu'est-ce qui a commencé ?

— Le problème avec mes pieds.

Il la regarde, ahuri.

— Vous êtes sarcastique, c'est ça ?

— Évidemment. Pourquoi je suis là, d'après toi ?

— Vos yeux.

— Mes « *yeux* », répète-t-elle sèchement.

Harry l'adulte, l'époux et le père a disparu. C'est de nouveau l'adolescent humilié. Le souvenir de la chaussette.

— Je ne peux pas dater le problème avec exactitude mais je dirais qu'il a commencé il y a trois semaines. Quand je me suis réveillée le lendemain de mon anniversaire, j'étais dans un état lamentable. Impossible de me reconnaître, mais j'ai mis ça sur le compte des shots de tequila, tu vois. Du coup, il m'a fallu quelques jours pour comprendre que ce n'était pas la gueule de bois et que quelque chose n'allait pas du tout.

— Quoi exactement ?

— Ils me voient de travers.

Il déglutit.

— Vos yeux vous voient de travers ?

— Ils ne me voient pas comme ils le devraient. Ils me montrent une version différente de moi. La mauvaise version. Ce n'est *pas* moi. Quelque chose cloche. Ce n'est peut-être pas mes yeux le problème, j'ai peut-être besoin d'une radio ou d'une IRM. Ce n'est peut-être pas le cristallin – et si c'était la pupille ou l'iris ou… une autre partie.

— Si j'ai bien compris…

Il se penche en avant, les coudes sur les genoux. Il a de longues cuisses, de longs bras et de longs doigts ; il est très séduisant pour quelqu'un qui l'a autant enquiquinée. Un petit sourire danse sur ses lèvres et ça la met hors d'elle. Elle devine qu'il réprime un rire. Elle n'aurait pas dû venir le consulter.

— Vous êtes ici parce que quand vous vous regardez dans le miroir, vous vous voyez différemment ?

— Oui, répond-elle calmement. Mes yeux ne me montrent pas ce que je ressens. Par conséquent, le message qu'ils m'envoient est faux. Tu comprends ? J'ai l'air différente, mais ce n'est pas du tout comme ça que je me sens. Et ce que je vois me fait peur.

Elle entend le tremblement de sa voix, lui aussi et son sourire disparaît aussitôt. Il s'adoucit, l'air un peu inquiet. Elle se souvient de sa façon de se blottir contre elle avec du pop-corn dans son pyjama en pilou avec des singes imprimés dessus quand il avait fait un cauchemar. Il n'a pas toujours été insupportable.

— Vous ne pensez pas qu'il peut y avoir une autre explication ? demande-t-il gentiment.

Elle réfléchit : il essaie de lui dire quelque chose. Il fait preuve de tact et soudain – paf – tout devient très clair. Quelle idiote elle a été ! Elle renverse la tête en riant.

— Bien sûr ! Pourquoi n'y ai-je pas pensé avant ? C'est tellement évident ! Ce ne sont pas mes yeux le problème.

Il semble soulagé qu'elle ne s'effondre pas là, sur sa chaise, dans son bureau. Il se redresse en souriant.

Elle bat des mains avec enthousiasme et se lève.

— Merci beaucoup, Harry, tu m'as été d'un grand secours.

Il se lève aussi, gêné.

— Vraiment ? J'en suis ravi. Vous ne me devez rien.

— Oh, ne sois pas bête. (Elle attrape son sac à main.) J'ai accepté plein d'argent de ta part – enfin, de celle de ta famille – pendant des années et nous savons tous les deux que je ne le méritais pas.

Elle s'esclaffe, ravie d'avoir résolu le mystère. Ce ne sont pas ses yeux le problème.

Il prend son argent, embarrassé. Elle refuse la facture.

— Et… qu'est-ce que vous comptez faire, alors ?

— Eh bien, si mes yeux ne sont pas à blâmer, alors quoi d'autre ? Je vais faire réparer le miroir, évidemment !

Le vitrier, Laurence, se gratte la tête, debout devant la psyché de sa chambre.

—Vous voulez que je fasse quoi, au juste ?

—Que vous le répariez, s'il vous plaît.

Un silence.

—C'est bien ce que vous faites, non ? D'après votre site Internet, vous êtes spécialiste des vitres et des miroirs.

—Oui, je fais surtout du sur mesure. Mais j'installe et je remplace aussi des miroirs et des vitres, je répare les encadrements, les éclats de verre, ce genre de trucs.

—Parfait.

Il a toujours l'air perplexe. Il a balayé la chambre du regard en entrant. Elle se demande s'il a remarqué qu'une seule personne y dormait, juste elle, pas de mari, plus maintenant. On dirait bien que le pire est passé ; ses amies divorcées affirment qu'il y a de la lumière au bout du tunnel. Elle l'espère vraiment parce qu'elle est à bout et son problème d'yeux n'arrange rien.

—Quel est le problème ? demande-t-elle.

—Le problème, c'est qu'il n'y a pas de problème avec le miroir.

Elle rit.

—Est-ce que je vous paie pour que vous posiez un diagnostic ?

Il sourit. Il a des fossettes. Elle a soudain envie de se coiffer. Elle aurait dû prêter davantage attention à son apparence avant son arrivée.

—Il y a un problème, croyez-moi. Est-ce que vous pouvez remplacer le miroir ? Je voudrais garder le cadre.

Elle sourit, plus largement qu'elle ne l'avait prévu : le sourire du vitrier est contagieux. Elle se mord l'intérieur de la joue pour s'arrêter mais ça ne marche pas. Les yeux de l'homme se mettent à errer sur elle et la chair de poule l'envahit.

— Il est fissuré ?

Il détourne les yeux pour examiner le miroir, qu'il caresse du plat de la main. Elle ne peut pas s'empêcher de le regarder.

— Non. Mais il est cassé.

— Comment ça ?

Il fronce les sourcils en se grattant de nouveau le crâne.

Elle lui raconte alors sa visite chez l'ophtalmo, qui n'a rien donné ; la conclusion logique à laquelle le médecin et elle sont parvenus est que le miroir est cassé.

Il la dévisage d'un air curieux mais bienveillant. Il ne la juge pas.

— Vous avez peut-être déjà entendu parler de ce genre de problème ? demande-t-elle.

Il semble sur le point de dire quelque chose mais se reprend.

— Oui, répond-il. C'est un problème courant.

— Oh, bien, lâche-t-elle, soulagée. Si ce n'était pas le miroir, je n'aurais pas su vers qui me tourner ensuite.

— Est-ce que c'est la seule glace que vous utilisez ?

— Euh… (C'est une question étrange. Elle n'y a jamais songé avant.) Oui. Oui, absolument.

Depuis quelque temps, elle évite les miroirs. Depuis que sa vie a mal tourné, elle ne supporte plus de se voir. Ce n'est que lorsqu'elle a recommencé à se regarder qu'elle a remarqué le problème.

Il hoche la tête. Balaie de nouveau rapidement la pièce du regard. Il a peut-être compris qu'une seule personne y dormait. Est-ce si évident que ça ? Elle veut que ça le soit.

— Je vais l'emporter dans mon atelier. Je vais ôter la vitre et en tailler une autre aux mêmes dimensions. Et je peux aussi rafraîchir le cadre, lui redonner du peps.

Elle hésite.

— J'en prendrai soin, ne vous inquiétez pas. Je sais qu'il est important pour vous.

La femme revoit sa mère en train de poser devant. Des photos d'elle enfant, assise sur le sol à ses côtés en train de la regarder se préparer à sortir. Elle aurait aimé l'accompagner, elle trouve que sa mère est une créature exotique à laquelle elle ne ressemblera jamais. Elle sent le parfum de sa mère, celui qu'elle réserve aux soirées spéciales.

Tourne, maman.

Et elle obéissait. Toujours. Robes plissées tourbillonnantes. Jupes gonflées. Fentes sur le côté qui ne dissimulaient pas grand-chose.

Elle jette de nouveau un coup d'œil au miroir. Elle ne voit pas la petite fille. Elle ne s'attendait pas vraiment à l'apercevoir, n'est-ce pas ? Elle est face à une version d'elle-même qu'elle n'aime pas. Plus vieille. Elle détourne les yeux. Elle n'est pas elle-même. Non. Ce miroir doit disparaître.

— Je pourrais changer de miroir, je suppose...

— Non, ne faites pas ça. Vous voulez celui-là. (Il caresse délicatement le cadre.) Je vais l'arranger, il sera parfait pour vous.

Elle réprime un gloussement d'écolière.

— Merci.

Avant qu'elle referme la porte sur lui, il ajoute :

— Vous me promettez de ne vous regarder dans aucun miroir avant que celui-ci soit prêt ?

— Je vous le promets, acquiesce-t-elle.

Puis elle referme la porte, le cœur battant.

Il lui téléphone le lendemain pour lui dire qu'il aimerait bien qu'elle passe à son atelier pour choisir un miroir. Elle se demande si c'est vraiment nécessaire. Peut-être que c'est juste une excuse pour la revoir ? Elle l'espère.

— Ce ne sont pas tous les mêmes ? demande-t-elle.

— « Les mêmes » ? proteste-t-il d'un ton faussement outragé. Nous avons des miroirs plats, sphériques et sans tain. Je ne veux prendre aucune décision tant que je ne sais pas ce que vous aimez.

Le jour suivant, elle entre son adresse dans son GPS. Elle a passé du temps à se préparer. Elle a utilisé le miroir de la salle de bains ; en appliquant son maquillage, elle a trouvé son reflet un peu bizarre mais plus près de la version d'elle-même à laquelle elle était habituée. Elle s'est sentie prise de vertige et idiote de se faire des films comme ça.

Elle s'attendait à un entrepôt sale ou à un magasin, un endroit froid et sans âme avec des surfaces dures mais ce n'est pas ce qui l'attend. Au bout d'une jolie route de campagne surgit une ancienne grange restaurée près d'un cottage au toit de chaume. L'intérieur ressemble à un magazine de design ; un atelier empli des miroirs les plus spectaculaires qu'elle ait jamais vus.

— J'utilise du bois de récupération pour les cadres, explique-t-il en lui faisant faire le tour de l'atelier dont les murs disparaissent sous des miroirs de toutes formes et de toutes tailles. Voici le dernier. Il est presque fini, le bois vient d'une racine que j'ai ramassée en me promenant, poursuit-il en désignant la forêt qui s'étend sur plusieurs hectares au-delà de la grange. Ça n'a pas besoin d'être un bois grandiose. (Il tend un doigt vers un miroir de salle de bains.) Celui-ci vient d'une palette.

Elle caresse tous les encadrements, impressionnée par son talent, un peu embarrassée d'avoir contacté un homme aussi doué pour réparer sa glace.

Il a restauré la grange tout seul, raconte-t-il en expliquant les fenêtres et la lumière qui les traverse. Elle ne comprend pas tout ce qu'il dit mais c'est beau. Cet homme était fait pour passer sa vie à travailler sur des miroirs. Elle ressent quelque chose quand elle le regarde, quelque chose qu'elle n'a pas senti depuis longtemps, une vie, quand elle était quelqu'un d'autre. La personne qu'elle n'aime plus.

Il s'approche d'elle, pose les mains sur ses deux bras et la fait pivoter. Le geste intime la surprend.

— Votre miroir est là, dit-il en le désignant.

Elle l'aperçoit dans un coin de la pièce. Il a fait exactement ce qu'il avait annoncé, il l'a ramené à la vie. Il a poli et verni le cadre et elle le voit comme il était dans la chambre de ses parents, près de l'armoire, les chaussures de son père alignées près de lui, le fer à friser de sa mère branché et posé sur le sol.

Elle s'en approche et s'immobilise devant. Elle contemple son reflet, le vitrier derrière elle. Elle s'observe attentivement.

— Vous l'avez déjà réparé, constate-t-elle en souriant.

Elle est de retour. C'est de nouveau elle. Elle a l'air plus jeune, comme si elle s'était offert un soin du visage ou qu'elle avait investi dans une nouvelle crème hydratante hors de prix, ce qui n'est pas le cas. Elle savait bien que c'était la faute du miroir depuis le début.

— Je croyais que vous m'aviez fait venir pour choisir un miroir, vous m'avez bien eue ! s'exclame-t-elle en riant.

— Vous êtes contente ? demande-t-il, les yeux illuminés par l'éclat des dizaines de miroirs qui réverbèrent la lumière dans la pièce et lui donnent un air radieux.

— Oui, il est parfait, répond-elle en l'examinant de nouveau.

Elle remarque un point rouge sur le miroir et elle tend une main pour le toucher. Ses doigts heurtent la surface lisse mais elle ne sent rien. Perplexe, elle pivote pour le regarder en face.

— Quel genre de miroir avez-vous utilisé ?

— Regardez de plus près, ordonne-t-il avec un air étrange.

On dirait un tour de magie. Elle se tourne de nouveau lentement vers le miroir. Observe le cadre, le miroir, tout sauf son visage parce qu'il est derrière elle et qu'elle se sent gênée et excitée à la fois. La tache rouge est toujours là et elle se demande si c'est un test même si elle a déjà essayé de la toucher et qu'elle sait qu'elle n'est pas là.

— Connaissez-vous le terme contraste simultané ?

Elle secoue la tête.

— C'est un terme de peintre.

— Vous peignez aussi ?

— C'est juste un hobby. Ça veut dire que notre œil perçoit certaines couleurs différemment quand elles sont placées les unes à côté des autres. Elles ne sont pas altérées, mais la perception qu'on en a, si.

Il la laisse digérer l'information.

— Regardez-vous de nouveau, ordonne-t-il gentiment.

Elle obéit et s'examine attentivement cette fois. Ses yeux parcourent son visage plus vieux, ses joues plus rondes, les pattes-d'oie autour de ses yeux, son ventre plus rond. Elle écarte son chemisier de sa taille, embarrassée, et aperçoit soudain de nouveau le point rouge. Mais au lieu de tendre la main vers le miroir, elle baisse les yeux sur son corps et remarque l'autocollant sur son bras.

— Comment est-il arrivé là ? demande-t-elle en l'ôtant.

Un sourire radieux étire ses lèvres.

— C'est vous qui l'y avez collé, comprend-elle en se souvenant de la surprise qu'elle a éprouvée quand il l'a touchée pour la faire pivoter.

Il en a profité pour placer l'autocollant sur son bras.

— Le test du miroir. Tous les fabricants de miroir le font, explique-t-il en plaisantant.

— La première fois que je l'ai vu, j'ai cru qu'il était sur la glace, constate-t-elle en comprenant en quoi consiste le test. La deuxième fois, j'ai compris qu'il était sur moi.

Il acquiesce.

— Ce n'est pas le miroir, c'est moi, répète-t-elle.

Et le message lui parvient enfin.

— Ce n'était pas le miroir qui était cassé mais moi.

Il hoche de nouveau la tête.

— Mais je ne dirais pas que vous étiez *cassée.* Tout est une question de perception. Je ne voulais pas toucher le miroir. Il est parfait comme ça.

Elle se tourne pour lui faire face. Elle étudie son visage, son corps. Elle est plus vieille. Elle a davantage vieilli cette année que lors des cinq années précédentes, mais elle est comme ça à présent. Elle change, elle vieillit, d'une certaine manière, elle est plus belle, mais d'une autre, c'est difficile à encaisser.

— Alors ? demande-t-il. Vous voulez toujours le remplacer ?

— Non. Il est parfait, merci.

7

La femme qui disparut six pieds sous terre et qui rencontra bien d'autres femmes dans ce cas

Tout était la faute de la présentation au travail. Elle détestait les exposés depuis l'école et les deux idiots au fond de la classe qui sifflaient « tsss » en direction de son visage écarlate. Ils insultaient tout le monde mais elle était une cible facile – sa figure s'enflammait aussitôt qu'elle entendait le son de sa propre voix et qu'elle sentait les regards inquisiteurs posés sur elle.

Avec l'âge, la rougeur brûlante avait diminué mais ses nerfs s'agitaient de manière incontrôlable, ce qui se manifestait par un sévère tremblement du genou. Elle se demandait ce qui était pire. Le visage rouge qui n'affectait pas son élocution ou le tremblement de genou qui faisait vibrer tout son corps, provoquant des frissons comme si elle était exposée au froid malgré ses aisselles trempées de sueur. Sa jupe tremblait aussi, ce qui lui donnait l'air d'un personnage de dessin animé ; elle pouvait presque entendre ses os s'entrechoquer comme si on les avait mis dans un sac pour les secouer. Elle était aussi obligée de dissimuler ses mains ou de fermer les poings. C'était pire si elle devait tenir une feuille parce que le papier ne mentait jamais. Il valait toujours mieux le poser sur la table et serrer les poings ou tenir un stylo. Elle essayait dans la mesure du possible de s'asseoir et de porter un pantalon moulant parce que plus il était large, plus le tissu la trahissait, mais à la taille ample pour pouvoir respirer. Il fallait être aussi décontractée que possible et préférer boire un café ou un thé dans un gobelet en carton pour éviter l'entrechoquement de la tasse sur la soucoupe.

Ce n'était pas comme si elle n'était pas qualifiée. Bien au contraire. Elle parcourait son appartement comme si elle donnait un TED Talk. Chez elle, c'était la plus compétente et inspirante rapporteuse de chiffres de ventes trimestriels que le monde ait jamais vue. Elle était Sheryl Sandberg donnant sa conférence, Michelle Obama parlant de *n'importe quoi*, elle était une guerrière détaillant les faits et les graphiques, tellement sûre d'elle chez elle, le soir, toute seule.

La présentation se passait bien même si elle n'était pas aussi inspirée et bouleversante que sa répétition de la veille, elle utilisait moins d'aperçus pertinents de sa propre vie et absolument aucun humour, contrairement à l'improvisation comique qu'elle avait déversée sur son public fantôme. C'était plus sûr et plus direct, aussi parfait que possible, à l'exception de sa façon agaçante de répéter « en soi », expression qu'elle n'avait jamais utilisée de sa vie auparavant et qui s'était glissée dans presque toutes ses phrases. Elle était déjà en train d'anticiper le verre qu'elle irait prendre avec ses amis dans la soirée et la façon dont ils poufferaient en l'entendant se moquer d'elle-même avec une autodérision hilarante. Ils porteraient un toast à son « En soi ! » et passeraient la soirée à l'utiliser à toutes les sauces ; ils en feraient un défi, voire un jeu à boire.

— Excusez-moi, monsieur le barman (elle imaginait une amie accoudée au bar, le sourcil haussé), pourrais-je avoir un autre cosmo, en soi ?

Et ils éclateraient tous de rire.

Mais elle s'était laissé emporter par ses pensées et était devenue trop arrogante. Tout s'était déroulé à merveille jusqu'à ce qu'elle se mette à rêvasser et qu'elle se déconcentre. Elle n'était plus dans le truc. Elle était entourée par son équipe ; ceux qui avaient terminé leur part de la présentation étaient soulagés, les autres attendaient impatiemment leur quart d'heure de gloire. La porte s'ouvrit soudain et Jasper Godfries pénétra dans la pièce. Le P.-D.G. Le nouveau P.-D.G. qui n'avait jamais assisté à une réunion de ce genre de sa vie. Son cœur battit plus vite. Son genou et ses mains en profitèrent pour se mettre à trembler. Peau brûlante, souffle court. Son corps était soudain passé en mode survie.

— Désolé de vous interrompre, dit Jasper à la cantonade. J'étais coincé au téléphone avec l'Inde.

Il n'y a pas de chaise libre parce que personne ne s'attendait à le voir. Les gens bougent pour lui faire de la place et elle se retrouve debout face à tout le monde et à leur nouveau patron. Ses genoux s'entrechoquent, son cœur bat à tout rompre.

Ses collègues regardent les feuilles qu'elle tient dans la main, certains avec amusement, d'autres avec pitié, et font semblant d'ignorer son tremblement violent. Jasper Godfries a les yeux rivés sur elle. Elle essaie de se détendre, de contrôler sa respiration et de calmer son esprit mais elle est incapable de penser clairement. Tout ce à quoi elle songe en cet instant c'est *le P.-D.G., le P.-D.G., le P.-D.G.* Dans la centaine de scénarios auxquels elle a pensé toute la semaine, elle n'a jamais envisagé cette possibilité.

Réfléchis, réfléchis, s'ordonne-t-elle tandis que tout le monde attend.

— Et si tu reprenais depuis le début ? suggère sa boss, Claire.

Connasse.

La voix dans sa tête pousse un hurlement paniqué mais elle sourit.

— Merci, Claire.

Elle baisse les yeux sur ses notes, revient à la première page et tout devient flou. Elle ne voit rien, elle ne pense plus à rien, elle ressent seulement. Son angoisse est physique. Tout se loge dans son corps. Ses genoux, ses jambes et ses doigts tremblent. Un cœur qui bat trop vite ; ils doivent certainement percevoir ses vibrations sous son chemisier. Une crampe dans son estomac qui se noue. Rien, rien dans sa tête.

Claire dit quelque chose pour la presser. Ils tournent tous les pages pour revenir au début. Au début. Elle ne peut pas le faire. Ne peut pas recommencer. Elle ne s'est pas préparée à le faire deux fois.

Sa gorge se serre, son estomac se relâche. Panique. Elle sent une bulle d'air s'échapper lentement et en silence de ses fesses. Heureusement le pet ne fait aucun bruit mais il ne faut pas longtemps pour que l'odeur chaude et épaisse de sa panique emplisse la pièce. Elle atteint Colin en premier. Il sursaute et porte la main à son nez. Il sait que c'est elle. L'odeur ne va pas tarder à arriver jusqu'à Claire. C'est le cas. Elle écarquille les yeux et porte discrètement elle aussi la main à son nez et à sa bouche.

Elle baisse de nouveau les yeux sur son dossier ; elle tremble comme une feuille, pire qu'avant et, pour la première fois en vingt-cinq ans, elle sent le brasier rougeoyant monter à ses joues et lui brûler la peau.

Et elle entend l'expression « en soi » franchir ses lèvres, suivie par un gloussement nerveux. Ils lèvent tous les yeux de leurs notes pour la dévisager. Tous les regards, surpris, amusés ou irrités, l'examinent. La jugent. Un silence affreux et menaçant plane sur la pièce et elle n'a qu'une envie : fuir en courant ou que le sol s'ouvre et l'avale.

Et c'est alors que ça se produit. Un trou noir splendide et attirant s'ouvre entre elle et la table de conférence. Sombre, prometteur, profond, accueillant. Elle ne réfléchit pas. Elle aimerait être n'importe où, pourvu que ce soit ailleurs.

Elle saute.

Elle tombe dans l'obscurité et atterrit dans le noir.

— Aïe. (Elle se frotte les fesses. Puis elle se souvient de ce qui s'est produit et enfouit le visage entre ses mains.) Oh, merde.

— Toi aussi, hein ?

Elle lève les yeux et aperçoit une femme à côté d'elle. Elle porte une robe de mariée et son badge indique qu'elle s'appelle *Anna.* Elle ne veut pas savoir ce qu'a fait Anna, elle ne veut penser à rien d'autre qu'à son erreur stupide.

— Où sommes-nous ? demande-t-elle.

— À Honteville, gémit Anna. Oh, bon sang, je suis tellement débile. (Elle la regarde, le visage tordu par la souffrance.) Je l'ai appelé Benjamin. Je l'ai appelé Benjamin, répète Anna, paniquée, en regardant la femme comme si cette dernière pouvait comprendre la gravité de sa bêtise.

— Ce n'est pas son prénom ?

— Non ! aboie Anna. (Sa nouvelle compagne sursaute.) Il s'appelle Peter. *Peter.*

— Oh, ça ne ressemble pas du tout à Benjamin, fait remarquer la femme.

— Non. Benjamin était mon premier mari. (Elle s'essuie les yeux.) En plein milieu de mon discours de mariage, j'ai appelé mon nouveau mari par le *mauvais prénom.* Si tu avais vu sa tête.

— La tête de Benjamin ?

— Non ! Celle de *Peter.*

— Oh.

Anna ferme les yeux comme pour essayer de tout effacer.

— Ma pauvre, la plaint la femme, qui se sent un peu moins embarrassée.

Au moins, elle ne s'est pas ridiculisée à son mariage, seulement devant son patron et les collègues qu'elle voit tous les jours. Non, c'est toujours horrible, en fait. Elle soupire et grimace.

— Et toi, qu'est-ce que tu as fait ? demande Anna.

— J'ai paniqué et pété pendant une présentation de boulot, devant mes collègues et le nouveau P.-D.G. que j'espérais impressionner.

— Oh.

La voix d'Anna tremble un peu et la femme devine qu'elle essaie de réprimer un rire.

— Ce n'est pas drôle, proteste-t-elle en enfouissant de nouveau ses joues brûlantes entre ses mains.

Le plafond s'ouvre soudain, il y a un éclair aveuglant et du sable tombe. Elles se protègent les yeux. Une femme atterrit près d'elles.

— Oh là là, gémit-elle.

D'après son badge, elle s'appelle *Yukiko.*

— Que s'est-il passé ? demande la femme à Yukiko, impatiente d'oublier sa propre humiliation et le souvenir du visage de ses collègues quand l'odeur de son pet a gagné la table.

Yukiko lève la tête, l'air peiné.

— J'ai traversé toute la plage de l'hôtel avec un sein à l'air. (Elle ajuste son bikini à ce souvenir.) Je me demandais pourquoi tout le monde me souriait. Je croyais que les gens étaient sympas… j'ai souhaité disparaître six pieds sous terre, explique-t-elle en regardant autour d'elle.

Le plafond s'ouvre de nouveau et elles entendent un piano. Une délicieuse odeur de nourriture envahit l'endroit.

Une femme atterrit sur ses pieds. *Marie.* Elle se met immédiatement à tirer sur sa jupe, qui s'est coincée dans sa culotte, dévoilant ses fesses, et elle s'enfonce dans l'obscurité en marmonnant quelque chose en allemand. Les trois femmes ne prennent pas la peine de lui poser de question.

— Combien de temps on va rester là ? demande Yukiko.

— Avec un peu de chance, pour toujours, répond la femme en s'asseyant dans un recoin sombre.

Elle songe de nouveau à sa présentation, à l'expression sur les visages de ses collègues, et elle frissonne.

— Je suis là depuis un bail. Le plafond s'ouvre sur l'endroit d'où on vient et on peut repartir par là. Deux femmes sont parties avant moi, explique Anna. Je suppose qu'elles savaient qu'il était temps pour elles de s'en aller.

— Probablement lorsque la gêne disparaît, suppose Yukiko en s'asseyant, les bras enroulés autour de son corps presque nu. (Elle revit le moment sur la plage.) J'avais le sein à l'air..., gémit-elle avant d'enfouir son visage entre ses mains.

Un autre trou s'ouvre et une femme déboule dans le puits.

— Bon sang, dit-elle en se tenant la tête entre les mains. T'es vraiment conne, Nora. Pourquoi tu ne réfléchis jamais avant de parler ?

Anna s'esclaffe. Elle ne rit pas de quelqu'un mais de la situation.

— Peut-être que Peter trouvera que mon erreur est marrante. On avait plaisanté sur l'éventualité que je me trompe mais je ne pensais pas que ça arriverait vraiment. Je pourrais peut-être prétendre que c'était une blague.

Un petit trou apparaît au-dessus d'elle.

— Ou admettre la vérité, suggère la femme.

— Que s'est-il passé ? demande Yukiko.

— Elle a confondu le prénom de son mari avec celui de son ex-mari pendant son discours de mariage.

Yukiko écarquille les yeux.

Le trou au-dessus d'Anna se referme aussitôt. Anna n'est pas prête à remonter et elles ont compris les règles du jeu. Personne ne peut quitter ce trou avant d'être prête. Elles risquent d'y passer un peu de temps.

— Vous ne m'aidez pas des masses, gémit Anna en portant les mains à son visage. Oh, Seigneur. Ses parents, ses frères, son horrible sœur, ils ne me le pardonneront jamais.

— Mais il y a pire comme erreur, non ? demande la femme. Peter ne te quittera pas parce que tu as fait une bêtise. Un mariage, c'est stressant, tu étais nerveuse. Tu as certainement dit *le* prénom que tu ne voulais surtout pas prononcer. C'est bien moins grave que si l'un de vous deux était malade ou adultère, ou si vous vous étiez engueulés.

— Ou si tu avais marché jusqu'à l'autel le sein à l'air, ajouta Yukiko.

— Ou pété devant toute l'église, renchérit la femme.

Yukiko la regarde en plissant le nez. Anna éclate de rire.

— C'est vrai.

— C'était juste une erreur de prénom, déclare gentiment la femme.

— Je suppose que tu as raison, dit Anna en souriant. (Le soulagement envahit ses traits.) Merci, les filles.

Le même trou réapparaît dans le plafond. Elles entendent un bruit de chasse d'eau et un homme qui crie : « Anna ! Anna ! Sors de là s'il te plaît ! »

— Tu t'es planquée dans les toilettes ? demande la femme.

Anna hoche la tête et lève les yeux.

— Il est temps d'assumer.

— Bonne chance, murmure la femme.

— Merci. À toi aussi.

Elle relève sa robe de mariée au-dessus de ses genoux pour pouvoir escalader le trou. Elles la regardent se rajuster en fixant la porte verrouillée des toilettes. Quand elle prend une profonde inspiration et pose la main sur le verrou, le trou se referme et elle disparaît de leur vue.

Juste à ce moment-là, un autre trou se forme et elles voient des toilettes.

— C'est encore Anna ? demande Yukiko.

— Non, c'est une autre pièce, répond la femme en s'approchant pour mieux voir.

L'odeur qui se répand est tellement atroce qu'elles trottinent à l'autre bout du puits en se couvrant le nez et la bouche.

La femme qui tombe se relève et contemple le trou qui se referme avant de tourner la tête vers elle. *Luciana.*

— Oh, merde, dit la femme en grimaçant tout en se bouchant le nez. Ça pue.

— Je sais, répond Luciana. Et plein de femmes m'ont entendue chier et attendent leur tour. C'est répugnant. Je compte rester ici jusqu'à ce que l'odeur se dissipe.

— Il se peut que tu sois obligée de payer un loyer, grommèle Yukiko en se bouchant le nez.

Un autre trou s'ouvre et une femme tombe en jurant. Elle regarde les trois femmes face à elle. Elle se met à faire les cent pas en se mordillant la lèvre inférieure puis finit par s'arrêter. Elle s'appelle Zoe.

— Je viens de demander à une maman devant l'école quand elle devait accoucher. Elle n'est pas enceinte, juste grosse. Je la vois tous les jours et c'était devant les autres mères.

Elle gémit. Un trou se forme plus loin et une autre femme tombe à terre en geignant.

— J'ai glissé devant sa table en me rendant au bar.

Une voix s'élève de l'autre côté du puits.

— Je n'ai pas pu m'arrêter de rire pendant l'enterrement.

Et une voix plus lointaine, creuse, tourmentée.

— Je me suis approchée pour le prendre dans mes bras et on s'est embrassés.

— Oh, ça va, ce n'est rien tout ça, s'agace Marie, la femme dont la robe était coincée dans sa culotte. (Elle a un accent allemand et elle émerge de l'obscurité en fumant une cigarette, comme si elle sortait d'un film d'espionnage prévisible.) Ce n'est pas comme si vous aviez traversé tout le restaurant avec votre jupe coincée dans votre culotte, marmonne-t-elle.

Les autres femmes poussent un petit cri.

Le plafond s'ouvre de nouveau et une autre femme fait son apparition, nue, enroulée dans un drap, l'air hagard. Le badge sur sa poitrine nue révèle qu'elle s'appelle *Sofia*. Personne ne lui pose de question, elles n'ont pas besoin de savoir à quelle situation elle vient d'échapper et elle les ignore en retour, perdue dans ses pensées.

Une voix frêle émerge du fond de l'obscurité et, le regard de la femme s'habituant à l'absence de lumière, elle aperçoit soudain un corps assis qu'elle n'avait pas remarqué auparavant. Cette femme était certainement là avant elle. La silhouette pose quelque chose sur le sol et le fait glisser dans sa direction. Lorsqu'il arrive près de ses pieds, la femme le ramasse : il s'agit d'un badge qui porte le nom de *Guadalupe.*

Guadalupe ouvre la bouche : sa voix est rauque et grave comme si ça faisait longtemps qu'elle n'avait pas bu.

— Rends-le-moi.

La femme obéit et lui renvoie le badge. Guadalupe l'attrape et le fait disparaître dans les ténèbres. Elle n'ose même pas le porter.

— J'ai envoyé un mail à la mauvaise personne. Ce message le concernait, il n'aurait jamais dû le lire, dit-elle en les regardant avec de grands yeux. Je revis sans arrêt le moment où j'ai appuyé sur « envoyer ». J'aimerais revenir en arrière.

Une fois son explication terminée, elle recule et regagne le coin obscur dans lequel elle se terrait.

— Depuis combien de temps es-tu là ? demande la femme.

— Je ne partirai jamais, croasse Guadalupe.

Marie ricane et tire sur sa cigarette. La femme décide alors qu'elle ne restera pas coincée dans ce trou pour l'éternité, elle ne peut pas pleurer sur son sort et regretter son erreur pendant aussi longtemps. Elle a une vie à vivre.

Un autre trou se forme et une femme glamour est précipitée dans le puits. Elle porte une magnifique robe de soirée et les regarde, en état de choc.

— J'ai gagné.

— Tu as « gagné » ? répète la femme. Félicitations. Qu'est-ce que tu as gagné ?

— Un prix. Pour lequel j'ai travaillé toute ma vie.

— C'est génial. Mais ça n'a pas l'air de te réjouir.

— Je suis tombée, murmure-t-elle, toujours hébétée. J'ai trébuché sur les marches qui menaient à la scène. Devant tout le monde. *Tout le monde.*

— Ooooh, s'exclament-elles en chœur.

— Aïe, grimace Luciana.

Le plafond s'ouvre de nouveau. La femme aperçoit le bois de la table de conférence et devine le pied de Colin, sa chaussette arc-en-ciel. Elle ne veut pas rester mais elle n'est pas encore prête à partir et elle panique.

— Hé, respire à fond, conseille Zoe.

La femme obéit et elles prennent ensemble une grande inspiration.

— Inspire par le nez, intervient Marie.

— Et expire par la bouche, ajoute Yukiko.

La femme regarde par le trou. Ce ne sont que des gens, des gens qu'elle connaît. Elle connaît son métier, elle est plus que préparée, elle bosse toujours à fond avant une présentation.

Au moins, elle ne s'est pas trompée de prénom le jour de son mariage, sa jupe ne s'est pas coincée dans sa culotte et son sein n'a pas jailli de son maillot de bain. Elle n'a pas demandé à sa collègue en surpoids si elle était enceinte. Elle ne s'est pas trompée de destinataire. Elle a foiré sa présentation et s'est humiliée. Mais ce n'était pas en direct à la télévision. C'est rattrapable.

Les femmes autour d'elle la dévisagent en attendant sa décision. Un autre trou s'ouvre et une jeune femme les rejoint, perplexe.

— Le Canada, c'est bien les États-Unis, non ? demande-t-elle. (Elle comprend à leurs expressions qu'elle s'est trompée.) Non ! Bien sûr que non. Idiote.

Elle se frappe la tête et marmonne :

— Pire entretien d'embauche.

La femme lève de nouveau les yeux vers le trou. Au moins, elle, elle ne dit pas de bêtise. Ça pourrait toujours être pire. Tout le monde éprouve de la nervosité à un moment ou un autre. Mais le pet... Il faudra qu'elle accuse quelqu'un. Elle doit se ressaisir et tourner la page.

— Tu fais quoi, alors ? demande Marie et aspirant la dernière bouffée de sa cigarette.

La femme sourit.

— Je remonte.

— Bonne chance. Moi, je reste ici pour toujours, répond Yukiko.

— Tu remonteras, crois-moi. Il y a toujours pire que soi, affirme la femme.

Elle entend au loin une femme atterrir sur le sol avec un cri :

— Mais cette femme ressemblait à un homme !

Elle prend une profonde inspiration et remonte.

Elle se retrouve aussitôt à l'endroit qu'elle a quitté, devant la table, le dossier en mains. Le temps n'a passé que pour elle. Pour ses collègues, c'est comme si elle n'avait jamais quitté la pièce. Tous les yeux sont rivés sur elle. Elle ne tremble plus. Le pire a eu lieu. Et elle a survécu.

— Excusez-moi, dit-elle d'un ton assuré. Reprenons depuis le début, si vous le voulez bien. J'ai surligné les ventes en Afrique du Sud sur le graphique et comme vous pouvez le voir, elles ont connu une forte augmentation au dernier trimestre, ce dont je suis ravie. Mais on peut faire encore beaucoup mieux. Pour ça, j'ai dressé une liste de propositions que vous trouverez page deux.

Lorsqu'elle tourne la page, les femmes qui sont toujours dans le puits lui sourient, pouces dressés, et le trou se referme.

8

La femme qui commanda la saucisse du jour avec son assortiment de salsifis et de céleri

Sarah, la jeune serveuse, s'éloigne de la table des hommes d'affaires, les joues en feu. Elle a entendu le commentaire que les hommes ont échangé sur son compte à mi-voix. Elle a passé sa vie à essuyer ce genre de remarque. Elle aimerait que quelqu'un d'autre s'occupe de cette table mais elle est dans sa section. Si elle les avait accueillis à leur arrivée, elle aurait pu les placer ailleurs, mais elle était en cuisine en train de transmettre une commande à ce moment-là et la voilà obligée de gérer ce groupe sûr de lui dont au moins un membre trouve son zézaiement amusant. Il y a toujours quelqu'un pour s'en moquer.

Sarah sent une paire d'yeux braquée sur elle lorsqu'elle va transmettre la commande au chef. Une femme, assise seule à une table, la regarde. Elle pénètre dans la cuisine, donne la commande, essaie de se ressaisir, cesse de trembler, contrôle la colère qui bouillonne en elle et gagne la table de la femme.

— Voulez-vous un verre en attendant ? lui demande Sarah.

— Une eau pétillante sans citron ni glaçons.

Sarah se fige. La cliente zozote, elle aussi. Elle se demande si elle agit ainsi pour se moquer d'elle mais elle a l'air sincère.

Tout en passant derrière le bar pour préparer sa boisson, Sarah observe la femme. Cette dernière ôte ses escarpins sous la petite table et fait lentement rouler ses chevilles d'avant en arrière et sur le côté. Puis elle défait ses cheveux qui tombent en cascade dans son dos et bouge la tête dans tous les sens.

Il est clair qu'elle a eu une longue journée mais elle n'a pas l'air stressée, juste fatiguée. Elle rattache ses cheveux, mais plus lâchement, en une queue-de-cheval haute qui dégage son cou et son visage.

Elle sort un tube de crème de son sac à main en cuir, le presse un peu et se masse les mains lentement, les yeux dans le vague, perdue dans ses pensées. La serveuse la regarde, incapable de détourner les yeux ; il y a quelque chose d'hypnotisant dans ses gestes lents et assurés. On dirait qu'elle les a répétés à l'avance dans le même ordre. Elle range la crème et sort un tube de baume qu'elle se passe sur les lèvres, toujours perdue dans ses pensées. Elle fait disparaître le baume dans son sac et la serveuse se demande ce qui suivra. Probablement un téléphone. Peut-être un carnet. Une grosse mallette est posée près de ses pieds, sous la table. Elle a l'air chère, en cuir avec des boucles dorées, un peu usée. C'est une serviette qui ne sert pas de manière occasionnelle et elle a l'air importante, avec son contenu, comme la femme. Sarah le devine à la façon dont la femme la protège de ses jambes, elle la maintient contre le mur et s'assure qu'elle ne tombe pas et que personne ne puisse la lui voler. Elle contient probablement des documents légaux, ce qui ne serait pas étonnant vu qu'en entrant, la femme a ôté la robe noire des avocats qu'elle a posée sur le dossier de sa chaise. Les avocats gagnent leur vie en parlant, ce que Sarah trouve stupéfiant, parce qu'elle évite de prendre la parole, surtout en public, depuis toujours.

Sarah a dix-neuf ans et elle zozote depuis son enfance. Sa langue n'a jamais voulu lui obéir malgré les nombreuses séances d'orthophonie. Elle est trop grosse et touche ses dents de devant, dirigeant son souffle en avant chaque fois qu'elle prononce les sons « s » et « j » qui sont invariablement transformés en « z ». Ce stigmatisme interdental – ou frontal – est censé être réversible mais il est devenu chez elle ce trouble langagier, bien loin de l'habitude adorable et drôle qu'on lui prêtait quand elle était enfant. Lorsque ceux qui trouvaient ça mignon ont commencé à lui dire qu'il était temps de s'en débarrasser, elle a compris qu'il fallait trouver une solution au problème. Mais il n'a pas disparu, il est resté là et à l'école on se moquait d'elle tout le temps. Maintenant qu'elle est adulte et qu'elle doit gérer ce job à mi-temps en plus de ses études, on la tourne moins en ridicule – mais elle voit bien que les gens haussent les sourcils, amusés, et que les hommes qu'elle rencontre en boîte perdent tout intérêt pour elle dès qu'elle ouvre la bouche.

Son orthophoniste affirmait que c'était sa tête et non sa langue, qui refusait d'obéir. On aurait presque pu croire qu'elle voulait parler comme ça. Mais elle savait bien que c'était faux. Depuis que son zozotement avait cessé d'être adorable, elle avait appris à ne parler que lorsque c'était vraiment nécessaire. C'était fou de découvrir tout ce qu'elle n'avait pas besoin d'exprimer. Elle était devenue une excellente auditrice et une observatrice aiguisée.

Sarah étudie les vêtements de la femme. Tailleur noir, sur mesure, cher – comme la crème et le baume. Elle devine que la femme vient directement du tribunal ; parfois les avocats viennent jusque-là pour déjeuner ou dîner, mais en général, ils préfèrent les restaurants plus près du palais de justice. Elle peine à détourner les yeux de la femme : son attitude la fascine. Elle a commandé son eau pétillante sans glaçons avec assurance et sans s'excuser. Dans la bouche de Sarah, le moindre mot sonne comme une excuse depuis l'enfance. Même son prénom est un défi. Il lui arrive de mentir en fonction de son interlocuteur et de son degré d'assurance. Son pseudonyme favori est Briana ; elle parvient à le prononcer avec la confiance en elle d'une jeune femme qui s'appellerait vraiment ainsi et elle se demande souvent si sa vie serait différente, non pas sans zézaiement, mais avec un prénom qu'elle serait capable d'articuler.

La cliente finit par refermer le menu et le repousse de ses doigts manucurés. Ce sont ses vrais ongles, recouverts d'un vernis transparent, au bout naturellement blanc.

— Vous avez fait votre choix ? demande Sarah en revenant vers elle.

Elle pose le verre d'eau pétillante sur la table, sans glaçons ni citron. Elle remarque que le son de sa propre voix a changé. Elle veut plaire à cette femme, elle veut qu'elle l'apprécie, elle veut être son amie. Elle possède une autorité que Sarah lui envie. Elle admire sa façon de parler sans être embarrassée.

— Oui, merci, répond aimablement la femme en levant les yeux vers elle.

Sarah entend de nouveau le zozotement et son cœur manque un battement. Ce n'était pas une plaisanterie : elle ne s'était pas trompée la première fois.

— Super, répond-elle, à bout de souffle.

Elle n'utilise jamais ce mot et elle est surprise de l'entendre franchir ses lèvres.

Les clients de la grande table s'esclaffent soudain et le bruit se répand dans tout le bistrot. Les hommes ne se moquaient pas de Sarah mais elle ne peut s'empêcher de penser que leur rire est dirigé contre elle.

La femme jette un coup d'œil en direction des hommes, rouvre le menu, semble réfléchir de nouveau à sa commande puis elle sourit comme si elle avait pris une décision.

— Pourriez-vous dire au chef que je veux la saucisse du jour, s'il vous plaît, avec son assortiment de salsifis et de céleri ?

Les larmes montent aux yeux de la serveuse et sa peau se couvre de chair de poule. Elle déteste demander aux gens s'ils veulent savoir ce qu'est le plat du jour. Elle évite de l'évoquer tous les jours et essaie de trouver une astuce pour désigner le tableau sans parler. « Et voici le plat du jour. »

— Vous le ferez, n'est-ce pas ? demande la femme.

Mais en réalité, elle ne le lui demande pas, elle le lui ordonne d'un ton encourageant.

Sarah se dandine d'un pied sur l'autre, mal à l'aise.

— Je vais l'écrire.

— Vous devriez le lui dire.

Le chef est coléreux. Il vaut mieux l'éviter – c'est la première chose qu'on lui a dite quand on l'a embauchée. Il n'est pas patient, ni avec elle ni avec les autres, mais surtout avec elle. Il y avait un serveur bègue mais il n'a pas supporté les moqueries et il a démissionné pour un job dans lequel il n'a pas besoin de parler. Personne dans ce restaurant n'a le temps d'écouter et c'est une caractéristique qu'on retrouve dans le monde réel. Sarah a souvent été interrompue par des gens impatients de finir ses phrases à sa place, parfois pour lui faciliter la vie, mais surtout parce qu'ils n'ont pas de patience pour ceux qui ont besoin de prendre leur temps. Elle a l'habitude qu'on lui tourne le dos au beau milieu d'une conversation ou qu'on pose les yeux sur sa bouche quand elle parle. Les troubles du langage agacent les gens. Et parfois un commentaire suffit à faire taire quelqu'un à jamais.

— Vous pouvez le faire, affirme la femme.

Sarah hoche la tête, prend une profonde inspiration et se dirige d'un pas assuré vers la cuisine, la commande en main.

Le chef ne crie pas : tête baissée, en nage, il met la dernière touche aux sept plats principaux d'une table.

— Bon timing, dit-il en salant la dernière sole meunière.

Elle doit avoir l'air bizarre.

— Qu'est-ce qui ne va pas ? demande-t-il.

— J'aimerais vous annoncer la prochaine commande à haute voix.

Il fronce les sourcils. Il n'a pas de temps à consacrer aux conneries.

— La femme de la 4 voudrait… (Sarah baisse les yeux pour lire la commande d'une voix légèrement tremblante mais elle la connaît par cœur, aussi elle relève les yeux et redresse le menton.) Elle voudrait la saucisse du jour avec son assortiment de salsifis et de céleri.

Il l'observe un instant. Elle pose la commande sur le passe-plat et il la lit comme pour confirmer qu'il a bien entendu. Elle attend sans bouger. Elle ne sait pas trop pourquoi mais c'est un moment révolutionnaire dans sa vie. Qu'est-ce qui peut bien arriver après ?

Des trucs normaux, apparemment.

— Top, finit-il par lancer. Sers ces assiettes avant qu'elles refroidissent, ajoute-t-il en faisant retentir la sonnette.

Elle sourit, s'empare des assiettes et retourne dans la salle, les joues rouges, la tête haute, euphorique comme après un premier saut en parachute, étourdie par l'altitude.

— Et maintenant, dit la femme lorsque Sarah lui apporte sa saucisse, que me recommandez-vous pour le dessert ?

Sarah se prépare.

— Personnellement, je ne saurais mieux recommander que le sabayon glacé au citron et au cidre.

La femme applaudit chaleureusement.

Elle mange lentement, pensive, avec des gestes méthodiques. Puis elle remet ses chaussures et sa robe d'avocat et paie en laissant un pourboire généreux.

Sarah passe le reste de sa journée dans un état d'exaltation. Quelque chose a été déverrouillé, comme si un code secret avait été transféré d'une femme à l'autre, une formule magique qui lui aurait appris à s'accepter comme elle est et à ne pas s'excuser d'être elle-même, à parler quand elle en a envie et à ne jamais retenir ses mots de peur d'être maltraitée.

Tout ça grâce à une femme qui zozote et qui a commandé la saucisse du jour avec son assortiment de salsifis et de céleri, une eau pétillante sans citron ni glaçons et en dessert un sabayon glacé au citron et au cidre.

9

La femme qui mangeait les photos

Elle cherchait une photo de son fils bébé pour un projet scolaire et aussitôt qu'elle ouvrit l'album photos, elle se perdit dans ses souvenirs, aspirée dans un vortex temporel dont elle était incapable de s'échapper. Une photo en particulier agit comme un catalyseur. On y voyait Scott à quatre mois, les joues si rebondies qu'on aurait pu y stocker de la nourriture pour un an, ses petites jambes potelées en l'air, en train de hurler de rire. Il la regardait. Il la suivait toujours des yeux quand elle se déplaçait, comme si elle était la chose la plus importante de son monde. Elle avait envie de dévorer ces joues, ces jambes, de l'embrasser partout et d'inhaler son odeur de bébé.

Avant qu'elle se rende compte de ce qu'elle faisait, la photo était hors de son étui de plastique et dans sa bouche, et elle se mit à mâcher. Elle cessa net en comprenant ce qu'elle était en train de faire. Mais elle fut soudain envahie par une vague d'émotions, des parfums et des souvenirs l'enveloppèrent dans un cocon tiède et douillet d'amour et de nostalgie. Elle ferma les yeux et déglutit.

Sa tête tourna comme si elle était défoncée. Elle se renfonça dans le canapé et sentit ce bébé rebondir dans ses bras, ses doigts tirer sur ses lèvres et ses cheveux. Il se jeta brusquement en arrière et elle dut le maintenir plus fermement et passer la main derrière sa nuque. Elle sentit son souffle tout près de son visage quand il enfouit la figure dans son cou. Cette odeur, la douceur de sa peau, les bruits qu'il commençait à articuler. Elle sentit le velours de leur ancien canapé sous ses jambes et les vieilles inquiétudes auxquelles elle n'avait pas pensé depuis des années refirent surface. Pendant un quart d'heure, elle resta assise là, prisonnière de son passé. Puis soudain il disparut sans prévenir. Arraché.

Elle ouvre les yeux d'un coup, le cœur battant la chamade. Elle pose les yeux sur l'album photos en se léchant les lèvres avec avidité, les doigts tremblant d'excitation au-dessus des photos comme s'il s'agissait d'une boîte de chocolats. Elle choisit la friandise suivante avec soin. Scott, quatre jours, juste au retour de la maternité. Elle s'en empare, les yeux rivés sur la porte, et l'élève jusqu'à sa bouche trop lentement à son goût. Mâcher le papier photo s'avère difficile. Il est épais ; sa mâchoire lui fait mal, le goût lui donne envie de vomir mais quand elle bascule de l'autre côté, les odeurs, les bruits, les images se déversent dans son esprit et la douleur de ses joues et le mauvais goût dans sa bouche disparaissent.

Les cris de son nouveau-né. Plus de lait, il n'avait jamais assez de lait. C'est le retour des tétées de minuit et de 3 heures du matin, mais elle n'est pas encore épuisée parce que les hormones n'ont pas encore chuté. Elle ressent une joie pure, un dessein, une appartenance.

— Maman ? l'interrompt une voix. Tu vas bien ?

Elle ouvre les yeux. Elle voit Scott, qui a quinze ans à présent, sur le seuil. En ce moment, tout lui répugne, y compris elle, mais elle lit de l'inquiétude dans ses yeux. Elle doit être dans un de ces états.

— Oui… (Elle se redresse. Un voile de transpiration macule son front. Ses aisselles sont moites.) J'étais juste en train de chercher la photo de bébé que tu m'as demandée.

L'expression de Scott se radoucit et il pénètre dans la pièce. Il s'assied près d'elle mais quand il tend une main vers l'album, elle se cramponne instinctivement plus fort à lui. Scott la regarde et tire sur l'album. Elle se rend compte de sa stupidité et, stupéfiée par sa propre possessivité, elle finit par lâcher prise. Son ventre gronde et son cœur bat plus fort en le voyant tourner les pages ; elle en veut plus. Elle a besoin d'une dose de nostalgie, du shoot que lui donne cette téléportation dans le passé.

— Où sont mes photos de bébé ? demande son fils en découvrant les premières pages de l'album, vides.

Elle ravale un rot.

Plus tard ce soir-là, lorsque tout le monde dort, elle s'assied, bien éveillée, submergée par une nostalgie terrible. Elle regarde son mari et se rappelle à quoi il ressemblait quand ils se sont rencontrés, avant que les années ne le transforment. Elle repousse les draps et se réfugie avec l'album photos dans le salon plongé dans l'obscurité. Elle le feuillette jusqu'à ce qu'elle tombe sur l'été de leur rencontre.

La passion torride, le sexe génial, les regards à la dérobée qui la faisaient frissonner, les caresses tendres. Elle revit tout, dévorant une photo après l'autre, puis elle s'allonge sur le canapé pour tout sentir de nouveau ; la sensualité, le picotement d'excitation, l'incertitude, l'espoir d'un bel avenir.

Sa mère et son père. Ils sont morts tous les deux. Elle caresse leurs visages du bout des doigts avant de les avaler avec amour pour revivre toute son enfance avec eux : les anniversaires et les vacances, les matins de Noël et les premiers jours d'école. Quelques jours plus tard, elle a traversé toute son enfance – elle s'est arrêtée à son adolescence. Trop compliqué. Elle n'a pas envie de revisiter ces années-là. Elle avance. Son besoin grandit, il est constant et même si la nostalgie dans laquelle elle se perd est merveilleuse, manger les photos est une tâche ardue.

Avec le temps, elle devient maligne.

Elle asperge les photos d'huile d'olive, les assaisonne de poivre et de sel et les met au four. Quand elles deviennent cassantes, elle les réduit dans le mixeur et en asperge son dîner. Tandis que sa famille est assise autour de la table, elle se perd dans son propre monde en secret mais avec eux, elle n'a plus besoin de se cacher la nuit pour le faire. C'est excitant parce qu'elle ne sait pas à l'avance dans quel souvenir elle va atterrir, elle ne les a pas étiquetés et les sentiments qui la submergent, les années et les moments qu'elle revit sont inattendus. Elle devient aussi accro à ce sentiment de surprise qu'aux souvenirs.

Elle trouve de nouvelles façons de consommer ses souvenirs : elle mélange les photos moulues à des feuilles de thé qu'elle fait infuser dans de l'eau bouillante. Il lui faut du temps pour comprendre comment ne pas diluer les souvenirs mais elle finit par y parvenir, elle veut qu'ils soient aussi forts que la première fois qu'elle les a vécus. Elle laisse le thé macérer toute la nuit et s'habitue à le boire froid. Elle conserve des sachets de papier moulu dans de petits sacs en plastique qu'elle transporte avec elle partout où elle va. Ça l'aide quand elle sort et qu'elle passe plusieurs heures loin de ses albums ; elle fait infuser les sachets quand le manque devient trop intense. Ce qui ne manque jamais d'arriver. Elle a des douleurs oculaires, des crampes d'estomac et elle tremble comme si elle mourait de faim. Ce qui a commencé comme une habitude une fois par jour a augmenté maintenant qu'elle peut en boire plus souvent.

Elle devine l'inquiétude de son mari mais fait semblant de rien. Elle remarque qu'elle est distraite depuis quelque temps. Elle évite la compagnie de ses amis, préférant rester chez elle pour se retirer dans la nostalgie. Elle ne souhaite pas que ça devienne permanent, c'est juste que ça l'aide à affronter ses journées. Il y a eu tellement de changements. Les enfants sont adolescents à présent, ils n'ont plus autant besoin d'elle, plus comme avant. Sa relation avec son mari a changé elle aussi, c'est normal au bout de vingt-cinq ans. Elle remarque tous ces changements et suppose qu'elle est en pleine transition, qu'il faut qu'elle réfléchisse. Quand elle pense à la façon dont les choses se déroulaient avant, à ce sentiment tiède et douillet qu'elle éprouvait quand on avait vraiment besoin d'elle, elle se sent en sécurité.

C'est le visage de son mari qui la surprend quand elle rentre chez elle un jour après avoir passé quelques heures dehors. Elle a oublié le sachet de photos mélangées qu'elle transporte pour assaisonner ses plats et elle n'a pas pu l'utiliser sur sa salade de thon au déjeuner comme elle en a l'habitude. Le goût du bonheur a été remplacé par du froid. Son thé ne lui a servi à rien et ce déjeuner a été ennuyeux, assise dans ce café, emprisonnée dans le présent sans rien pour distraire ses pensées. Elle rentre chez elle comme une junkie qui a besoin de sa dose et trouve son mari assis à la table de la cuisine devant les albums vides.

— Où sont les photos ? demande-t-il.

Il n'y a pas de colère dans son ton, mais peut-être de la peur.

Elle se dirige vers la bouilloire, elle a besoin d'aide pour affronter cette conversation, peut-être la jolie photo de leur lune de miel sur la plage qu'elle garde en réserve, celle prise au moment où elle avait eu l'impression qu'il la protégerait de tout.

— Non. (Il l'empêche gentiment de verser son sachet dans son mug.) Ne prends pas ça. Je ne sais pas ce que c'est mais ça t'éloigne. Parle-moi.

Elle s'assied à côté de lui et sent toute combativité l'abandonner.

— Qu'est-ce que tu as fait des photos ? insiste-t-il. Je t'ai vue manipuler ces albums plein de fois. (Il les feuillette.) Tous nos souvenirs ont disparu. Qu'est-ce que tu en as fait ?

Les yeux de son mari se remplissent de larmes.

— Je les ai mangées, répond-elle à voix basse. (Il lui jette un regard surpris.) C'est la vérité. Je les ai toutes mangées.

— J'avais peur que tu les aies jetées ou brûlées. Je suis soulagé d'entendre ça, même si c'est…

— Bizarre. Je sais. Ça a commencé quand Scott a eu besoin d'une photo de bébé pour le lycée. J'ai descendu les albums du grenier – pourquoi on les a rangés là-haut, à un endroit où on ne peut pas les voir ? demande-t-elle. (Il secoue la tête parce qu'il ne sait pas quoi répondre.) Et je suis tombée sur celles de son premier Noël.

Son mari rit. Il se souvient.

— Son costume de pudding de Noël.

— Tu te rappelles ? (Elle s'illumine.) C'était un vrai pudding. Il avait des bourrelets sur les jambes et les bras.

— Ce garçon avait toujours faim. J'avais peur qu'il t'assèche et que tu finisses par disparaître.

Ils rient en chœur.

— Il avait l'air délicieux et je me suis souvenue de cette époque, explique-t-elle, les yeux pleins de larmes. C'était il n'y a pas si longtemps et pourtant une éternité s'est écoulée. Et c'est fini. Ça ne reviendra jamais. Je n'ai pas pu m'en empêcher. (Elle s'essuie le nez avec un mouchoir.) Les choses ont tellement changé et elles continuent… mais quand je les mange, je suis projetée dans le passé, je sais ce qui va se passer ensuite et je m'y sens en sécurité. Ces moments me manquent.

— Nous en fabriquons de nouveaux, assure-t-il gentiment. Et le passé n'a pas disparu. On a vécu ces moments, ils font déjà partie de nous et ils nous constituent.

Quelque chose de nouveau à digérer.

— Mais on a encore des moments à créer. Je pense que tu l'as oublié. On est tous là avec toi, on en fabrique tous les jours et ces derniers temps, on t'a perdue. Les enfants le ressentent aussi. Tiens, regarde ça.

Il sort son téléphone portable et fait défiler les photos une par une. Elle ne figure quasiment sur aucune d'entre elles et quand elle y est, elle regarde ailleurs, l'air perdu, à la recherche du passé.

Elle observe les images et les larmes lui montent aux yeux. Dans dix ans, elle n'aura pas envie de manger ces photos-là. Elle a l'air tellement triste. Son mari tend une main vers elle.

— Tu nous manques. On veut que tu reviennes.

Il l'attire à lui comme la première fois qu'il l'a invitée à danser. Il presse ses lèvres sur les siennes, comme le jour où ils ont marché pour la première fois main dans la main sur la plage ; il glisse ses doigts dans ses cheveux et les empoigne comme la première fois qu'ils ont fait l'amour. Un long baiser profond, un message, une conversation silencieuse qui ressemble à leurs débuts comme le premier mariage auquel ils ont assisté en tant que couple et qu'ils ont souhaité faire la même chose que leurs amis. Le baiser qui a révélé ce souhait commun. Tous les moments qu'elle a dévorés récemment.

Ils communiquent par ce baiser. Un nouveau moment.

Il a meilleur goût que toutes les photos.

10

La femme qui oublia son nom

Elle est lessivée. Elle n'a que vingt minutes pour se préparer pour sa soirée. Un samedi d'activités avec les enfants : théâtre, football, dessin puis deux goûters d'anniversaire, le début de l'un chevauchait la fin d'un autre, elle a donc dû négocier avec une autre mère, elle s'est retrouvée responsable de deux autres enfants dont l'un s'est pris le pied dans sa ceinture en descendant de la voiture, s'est étalé de tout son long et s'est cogné la tête sur le trottoir. Heureusement plus de peur que de mal, il n'y a pas eu besoin d'aller aux urgences mais c'était soudain l'heure du dîner. Elle laisse les enfants à table pour se doucher rapidement en espérant que la baby-sitter sera arrivée avant qu'elle ait fini.

Le taxi se pointe en avance et le chauffeur râle parce qu'elle n'est pas prête. Cinq minutes plus tard, il affirme qu'elle l'a fait attendre dix minutes et ils s'engueulent pour savoir si elle a cinq ou dix minutes de retard. Furieuse, elle n'a plus du tout envie de sortir dîner. Encore des conversations, des stimulations mentales, pas le temps de penser à elle ni à rien. Or, penser à rien serait déjà tellement bien.

Après s'être séché les cheveux avec un sèche-cheveux trop chaud et avoir suffoqué dans le taxi, elle ressent un choc thermique en pénétrant dans le restaurant qui a mis la clim. Elle a encore la tête chaude à cause du sèche-cheveux et elle porte son manteau, son écharpe et ses gants : elle sent son maquillage fondre. Elle est stressée, distraite, faible, pas vraiment là. La personne à l'accueil la regarde, attendant quelque chose.

— Je suis désolée, dit-elle en ôtant son écharpe.

Elle apprécie l'air frais sur sa peau. Elle regarde de nouveau la personne de l'accueil. Fronce les sourcils. Enlève ses gants et son manteau pour gagner du temps. Un employé surgit pour les lui prendre des mains.

— Merci.

Elle se sent moins faible, sa peau est moins moite, sa température corporelle redescend, elle devrait avoir les idées claires et pourtant... elle regarde de nouveau l'employé qui l'a accueillie. Elle voit sur son badge qu'il s'appelle Max.

— Je suis désolée, répète-t-elle en fronçant les sourcils. Qu'est-ce que vous m'avez demandé ?

— Votre nom. (Il lui sourit poliment.) Ou le nom de la réservation.

Rien ne lui vient.

Rien.

— J'ai réservé à mon nom, répond-elle pour gagner du temps.

— Qui est...

— Pour 20 heures.

Elle jette un coup d'œil à l'horloge. Malgré tout ce qui s'est passé, elle n'a que cinq minutes de retard.

— Pour combien de personnes ? demande-t-il pour lui venir en aide.

— Deux.

Elle en est certaine mais elle ne se rappelle pas avec qui elle est censée dîner. Elle ferme les yeux. Non. Rien. Pourquoi ne parvient-elle pas à se souvenir de son propre nom ?

Elle réfléchit. Elle s'imagine chez elle. Sa maison. Ses trois enfants. Son job. Son bureau sous lequel elle laisse ses escarpins le soir avant de partir. C'est une paire de souliers noirs qui vont avec tout – même si ça n'a aucune importance, personne ne voit jamais ses pieds, elle est toujours assise à son bureau à répondre au téléphone. La moitié du temps, elle est pieds nus. Elle essaie de penser à ses collègues, elle rejoue leurs conversations dans sa tête, elle visualise leur journée. Si elle les voit lui parler, alors son nom lui reviendra.

— Tu peux faire ça ? Passer un coup de fil ? Tu veux bien être un amour et… ?

Ils ne prononcent pas son nom.

Elle revient mentalement chez elle. Visualise ses trois garçons. « Maman. Maman. Maman. » Toujours maman.

— Je suppose que vous n'avez pas de réservation au nom de Maman ?

Max pouffe.

— J'ai bien peur que non.

— Vous pouvez peut-être me donner un indice, dit-elle en se penchant sur le comptoir pour regarder la liste de réservations.

Max pose la main à plat sur la page. Elle recule aussitôt.

— Pardon.

Elle pense à son mari. Son beau visage. Comment l'appelle-t-il ? « *Chérie.* » « *Bébé.* » « *Chaton.* » Il surgit derrière elle pendant qu'elle prépare le déjeuner des enfants. « *Salut, beauté.* »

Elle sourit pour elle-même.

— Il y a trois réservations pour deux personnes pour 20 heures, dit Max. Une personne est déjà arrivée. Vous la connaissez peut-être ?

Ils entrent dans la salle de restaurant et l'homme seul se lève aussitôt qu'il l'aperçoit. Il rayonne comme s'il la connaissait.

Max s'éloigne en souriant et un serveur tire la chaise pour qu'elle puisse s'asseoir. Elle salue l'homme d'un sourire crispé en cherchant dans tous les recoins de sa mémoire, même les plus obscurs, qui il peut bien être. Il a au moins vingt ans de plus qu'elle, il est dégarni, bien habillé : il porte un costume qui n'est ni neuf ni moderne mais bien coupé et propre. Elle s'approche de lui, cramponnée à son sac à main, et le dévisage, cherchant un indice sur ses traits.

— Bonsoir, dit-elle.

— C'est moi, Nick, annonce-t-il en levant les mains comme pour lui montrer la marchandise.

Elle pouffe nerveusement.

— Nick, je suis…

Elle est incapable d'aller plus loin.

— Karen, bien sûr, achève-t-il. Assieds-toi, assieds-toi.

— Karen, répète-t-elle en faisant rouler ce prénom dans sa bouche pour voir s'il lui va.

Elle n'en est pas certaine mais vu qu'elle ne sait toujours pas comment elle s'appelle, comment pourrait-elle protester ?

— Je suis désolée d'être un peu en retard, commence-t-elle. Il y a eu un peu de confusion à propos de la réservation.

— Inutile de t'excuser. J'étais en avance. Trop impatient. Ou nerveux. Je suis tellement content de te rencontrer enfin après tout ce temps.

— Ça fait combien de temps ? demande-t-elle en plissant les yeux.

Elle essaie de l'imaginer plus jeune, elle l'a peut-être rencontré il y a longtemps.

— Trois mois ? On aurait pu se rencontrer plus tôt, c'est vrai, c'est ma faute. Depuis la mort de Nancy, je suis un peu angoissé à l'idée de sortir.

— Nancy… (Elle observe son expression chagrinée.) Ta femme.

— Nancy était ma meilleure amie, déclare-t-il, attristé. (Ses yeux se remplissent de larmes.) C'est exactement ce que mes amis m'ont dit de ne pas faire. Je ne devrais pas parler d'elle.

— Bien sûr que si ! l'encourage-t-elle. C'est tout à fait compréhensible.

Elle pose instinctivement la main sur la sienne.

— Merci. (De sa main libre, il sort un mouchoir de sa poche et se tamponne les yeux.) C'est la Règle Numéro Un des choses à ne pas faire quand on a un rencard, lâche-t-il avec un sourire misérable. Et voilà que la première chose que je fais, c'est parler de ma femme.

Elle se raidit puis se fige et retire lentement sa main, qu'elle ramène à elle en la faisant glisser sur la table comme un serpent. « *Un rencard* » ? Son cœur tambourine. Elle pense à son mari. À son beau visage. « *Salut, beauté.* » Elle ne serait pas capable de le tromper, quand même ? Et si c'était le cas, ne s'en souviendrait-elle pas ?

— Nigel, l'interrompt-elle soudain, alors qu'il est en train de raconter la dernière promesse qu'il a faite à Nancy sur son lit de mort.

— Nick, rectifie-t-il en la regardant un peu froidement.

— Nick, oui, bien sûr, c'est ce que je voulais dire.

Elle lance un regard en direction de l'accueil : Max lui tourne le dos. Elle espérait attirer son attention mais il est plongé dans ses réservations. Elle songe soudain à son téléphone : elle pourrait y chercher son nom dans les messages. Elle attrape son sac à main et se met à fouiller dedans sous le regard perplexe de Nick.

— Est-ce que tout va bien ?

Pas de portable. Elle l'a laissé chez elle ou dans le taxi. Chez elle. Elle le revoit soudain. Près du lavabo de la salle de bains à côté du maquillage et des pinceaux éparpillés. Elle espère qu'en cas de problème, la baby-sitter aura l'idée d'appeler le restaurant. Sauf que si le serveur l'appelle par son nom, comment saura-t-elle que c'est d'elle qu'il s'agit ? Cette pensée l'inquiète. Elle lève les yeux vers l'homme assis en face d'elle qui prétend être son rencard.

— Niall…

— Nick, la reprend-il en fronçant les sourcils.

— Nick. Oui. Nick, tu es super sympa mais je pense que je ne suis pas une femme pour toi. Littéralement. Je pense que je ne suis même pas Karen.

— Non ?

— Non. Je traverse une crise d'identité en ce moment. Je t'en prie, réponds à ma question. Est-ce qu'on s'est déjà rencontrés en vrai ?

— Non… Tu m'as envoyé une photo par mail, mais tu es, si je puis me permettre, *plus jeune* que sur la photo, or d'habitude c'est l'inverse.

Il fronce les sourcils, perplexe.

Max revient pour conduire une nouvelle cliente jusqu'à sa table. Elle a l'air stressée et se plaint de la circulation, ralentie par un accident. Lorsqu'elle s'approche d'eux, Max écarquille les yeux : il tend un doigt vers elle en articulant silencieusement *Karen*.

La femme se lève et attrape son sac. Nick la regarde faire, surpris.

— Tu t'en vas déjà ?

— Nick, tu es un type génial. J'espère que tu trouveras le bonheur.

Elle se penche vers lui pour lui faire la bise et en profite pour murmurer :

— Ne raconte jamais l'histoire de la dernière promesse que tu as faite à Nancy.

— Non ?

— Non, affirme-t-elle gentiment.

Il regarde par-dessus son épaule et rougit : elle aurait pu tout aussi bien ne plus être là, il ne voit que Karen.

— Karen ! s'exclame-t-il, abasourdi. Tu es magnifique.

Le stress de Karen diminue visiblement et elle glousse, nerveuse.

La femme qui a oublié son nom se hâte de regagner le poste de Max.

— Ce n'était donc pas ma table, constate-t-elle en se mordant la lèvre inférieure, anxieuse.

Il s'esclaffe.

— J'avais remarqué. C'est amusant, cette histoire. (Il se penche vers elle pour étudier la salle du restaurant.) Il nous reste deux tables de deux. Quelqu'un attend à la table cinq et personne n'est arrivé à la table huit. S'ils n'arrivent pas très vite, ils perdront leur réservation.

— Mais je pourrais être là.

— Vous êtes là.

— Vous comprenez ce que je veux dire.

— Oui. Vous avez raison.

— Vous pourriez me dire à quel nom ont été effectuées les deux réservations ; ça m'aiderait, dit-elle en jetant de nouveau un coup d'œil à la dérobée à son carnet.

Il bloque la page avec raideur.

— Qui dit que ça vous rafraîchirait la mémoire ?

— C'est possible.

— Ou pas. De toute façon, je pense que vous résoudrez mieux votre problème comme ça. (Il regarde autour de lui, un éclat facétieux dans les yeux.) Essayez la femme de la table cinq.

Cette dernière est en train d'étudier le menu. Elle est hyper lookée et porte des vêtements qui ont l'air de sortir tout droit du futur mais qui seront certainement en vente sur Madison Avenue l'année prochaine. Elle est chic et tout en elle respire le luxe, de sa coupe de cheveux à la monture de ses lunettes.

La femme soupire.

— Elle ne me rappelle rien.

— Vous avez oublié votre propre nom, rien ne vous rappelle rien. Essayez, ordonne-t-il avant de se détourner pour accueillir un nouveau groupe d'arrivants.

La femme prend une profonde inspiration et rajuste sa tenue. Elle aime ce qu'elle porte mais si elle avait eu un peu plus de temps pour se préparer, elle aurait choisi quelque chose de plus élégant. La femme est habillée en noir de la tête aux pieds, elle est très sophistiquée et à côté d'elle la femme qui a oublié son nom se fait l'effet d'être un clown dans sa jupe plissée et son chemisier. Elle aurait préféré s'habiller plus simplement, elle a envie d'ôter son collier mais c'est trop tard, l'autre femme la regarde.

Elle s'immobilise devant la table et s'attend à ce que la femme la chasse en lui annonçant qu'elle attend quelqu'un d'autre.

— Olivia ? dit la femme assise.

Celle qui a oublié son nom pince les lèvres et s'assied. Olivia ne lui rappelle rien non plus.

— Bonsoir.

— Veronica Pritchard, merci d'avoir accepté de venir.

— Je vous en prie, répond la femme en toussotant.

Max surgit derrière elle et remplit son verre d'eau.

La femme élégante a soudain l'air nerveuse et son extérieur lisse se fissure un peu. La femme qui a oublié son nom attend qu'elle prenne la parole.

— Je suppose que je devrais vous expliquer pourquoi je vous ai contactée.

— Oui.

Elle avale une gorgée d'eau.

— Eh bien, on m'a dit que vous étiez la meilleure, bien sûr.

La femme s'étouffe et pose son verre. Max lève les yeux au ciel et s'éloigne.

— Je travaille dans ma société depuis trente ans et je n'ai jamais été confrontée à ce genre de situation, jamais. Pour être honnête, je pensais que ça n'arrivait qu'aux faibles et je ne l'ai jamais été.

La femme attend la suite.

Veronica s'éclaircit la voix. Ses doigts sont alourdis par des bagues qui ornent quasiment toutes ses phalanges.

— Trente ans de fragrance. Trente parfums, sans compter les éditions de Noël, que j'ai créés sans problème. Certaines années, j'avais tellement d'idées que je devais faire des choix. Je les ai toutes utilisées à présent, même les moins bonnes. Je dois l'admettre : je suis bloquée. C'est pour ça que je vous ai contactée : on prétend que vous êtes la meilleure muse du pays.

La femme qui a oublié son nom la dévisage, interdite.

— « Muse » ?

— Muse, influenceuse, comme vous voulez, reprend-elle en agitant une main désinvolte. Je les ai entendus parler de vous à voix basse dans nos cercles fermés, ne vous inquiétez pas. Je sais que vous aimez opérer en secret.

— En secret. Oui.

La femme est nerveuse. Elle fouille son esprit. Elle se revoit au travail en train de répondre au téléphone et de prendre des rendez-vous mais elle a beau chercher, elle ne se sent pas du tout influenceuse. Certainement pas chez elle avec son mari et ses trois enfants. Elle a trop à faire pour perdre son temps à influencer les autres.

— Parlez-moi de vos parfums, dit-elle en tendant une main vers la corbeille de pain.

Elle enfourne un morceau pour ne pas avoir à parler.

— Ils sont luxueux. Chers. Ils transportent ceux qui les portent à une époque et dans un lieu de splendeur et de grandeur, au-delà de leur quotidien et de l'ordinaire.

— Quel est le problème de l'ordinaire ? demande la femme en fronçant les sourcils.

— Pardon ?

Veronica est déroutée d'être interrompue alors qu'elle ne faisait que commencer.

— Pourquoi vouloir s'éloigner de l'ordinaire ?

— Pour être transporté. Pour pouvoir s'échapper. Je veux que mes parfums émeuvent les gens. Qu'ils leur permettent de se sentir spéciaux. Extravagants.

— Pour moi, la magie d'un parfum c'est d'éveiller votre mémoire et de vous renvoyer à un instant tellement important dans votre vie qu'on s'y trouve instantanément projeté comme par magie. (La femme claque des doigts.) Rien d'autre ne peut faire cet effet-là. Sauf peut-être une chanson.

Veronica réfléchit.

— Mais ce qui me distingue des autres, c'est le luxe.

— Je ne vous dis pas de créer un parfum bas de gamme, répond la femme en riant. (Elle songe un instant.) Quand j'ai rencontré mon mari, j'ai trouvé que sa peau sentait les marshmallows, explique-t-elle. Elle était si douce. C'est pareil avec mes enfants. On a fait des bébés qui sentent le lait.

Chaque fois que je vois des marshmallows, je pense à eux. C'est une odeur ordinaire mais le sentiment qu'elle provoque en moi est extraordinaire.

— « Des marshmallows »…, répète lentement Veronica. Intéressant. Vraiment très intéressant… (Elle s'avance soudain sur son siège comme envahie par un brasier.) Une idée me titille depuis quelque temps mais sans que je parvienne à l'exploiter correctement. J'avais pensé au champagne, mais avec quoi l'associer ? La fraise aurait été trop facile, trop… populaire, pas mon genre. Mais maintenant que vous en parlez, je me souviens que ma mère fabriquait un cocktail au champagne et aux marshmallows ! (Son regard s'éclaire et elle bat des mains avec enthousiasme.) Champagne/marshmallow, oh là là, ma sœur va adorer ! Ça lui rappellera la cuisine, juste avant les dîners que ma mère avait l'habitude d'organiser… (Elle s'interrompt et regarde la femme qui a oublié son nom.) Merci, Olivia. Vous êtes un génie. Vraiment. Ça vous ennuie si on annule le dîner ? Je dois absolument retourner à l'atelier.

Elle se lève, lui envoie un baiser de loin et quitte le restaurant à toutes jambes. Max la rejoint.

— Qu'avez-vous fait ?

La porte du restaurant s'ouvre sur une femme très chic qui porte des lunettes de soleil démesurées.

— Ah. Ça doit être madame Olivia Moreau, commente Max.

La muse. La femme qui a oublié son nom lève les yeux vers Max, agacée.

— Moreau ? Vous saviez très bien que ce n'était pas ma table. Je ne suis même pas française.

— Vous auriez pu épouser un Français, lance-t-il en haussant les épaules, l'air malicieux.

— Je trouve que la situation vous amuse beaucoup trop, réplique-t-elle en se levant pour le suivre jusqu'à l'accueil.

— Vous aussi, assène-t-il en souriant. (Il barre un nom sur la liste de réservations.) Muse de la parfumeuse, conseillère sentimentale du veuf.

— Vous avez écouté, siffle-t-elle.

— Ça doit être agréable de s'oublier.

Il l'examine, soudain sérieux.

Elle fronce les sourcils.

— Vous croyez que je suis malade ?

— Vous avez l'air en pleine forme si on excepte votre petit trou de mémoire. Vous voulez vous installer à la table huit ? Si personne n'arrive, je vais la donner à quelqu'un d'autre.

— Mais *je* suis là depuis 20 h 05.

— C'est juste.

— Max, s'il vous plaît, à quel nom a été effectuée la dernière réservation ?

Il pose une main sur la page pour l'empêcher de lire et la tapote comme s'il réfléchissait à l'éventualité de la laisser voir.

— Je peux vous le dire, si vous voulez. Ou…

— Ou quoi ?

— Ou vous pouvez attendre et voir. Voir si la dernière personne qui arrive pour la table huit vous rappelle qui vous êtes.

La femme est de plus en plus nerveuse.

— Et si ce n'est pas le cas ? Si on me pose un lapin ?

— Eh bien vous rentrerez chez vous. Vous vous souvenez de votre adresse, n'est-ce pas ?

L'adresse lui revient instantanément, elle la voit, la sent, la ressent. Elle hoche la tête.

— À vous de voir.

Elle s'assied à la table huit, stressée, et son regard se pose tour à tour sur la pendule et sur la bougie posée au milieu de la table qui répand son éclat chaleureux et vacille dangereusement chaque fois qu'un serveur passe un peu trop près. Et si elle ne connaît pas cette personne ? Si elle ne se souvient jamais de son nom ? Son mari le lui dira, évidemment, mais elle préférerait qu'il lui revienne, ça doit être important de se souvenir de son propre nom.

La porte du restaurant s'ouvre et une femme entre. Élégante, jolie, un peu agitée à l'idée d'être en retard, elle secoue son parapluie et se plaint de la circulation, ralentie par un accident. Max jette un regard plein d'espoir à la femme qui a oublié son nom et cette dernière comprend que son cas l'intéresse vraiment. Il espère qu'elle sait. Elle sourit.

Dès qu'elle pose les yeux sur le visage de la nouvelle venue, tout lui revient.

Son nom surgit dans sa mémoire, bien sûr, puisque c'est la première femme qui l'a tenue dans ses bras, l'a consolée, embrassée, a prononcé son nom et le lui a *donné*.

— Bonsoir, maman.

Elle se lève et ouvre les bras pour la serrer contre son cœur.

11

La femme qui possédait une montre

Elle avait hérité cette montre de sa tante Crystal ; un magnifique coquillage en or qui contenait un cadran avec un visage en perle à l'intérieur. Elle se souvient d'avoir vu ce médaillon niché au creux du généreux décolleté de sa tante. Quand elle était enfant, elle s'asseyait sur ses genoux, captivée, pour l'ouvrir et le fermer, et elle croyait qu'il était magique, comme sa tante le lui avait affirmé.

Crystal le lui avait donné deux semaines avant de mourir en lui disant qu'elle n'avait plus besoin d'avoir l'heure maintenant que sa fin était proche. Sa tante avait toujours vécu seule ; elle ne s'était jamais mariée, n'avait jamais eu d'enfant et si elle avait un jour aimé un homme, la femme ne l'avait jamais rencontré. Crystal avait toujours dit qu'elle voulait vivre tout ça mais que le timing n'avait jamais été bon. Elle avait vu ces choses-là lui passer sous le nez et s'éloigner.

La même montre qui était suspendue autour du cou de sa tante pendant la majeure partie de sa vie et qui était nichée au creux de ses seins, tout près de son cœur, comme une moule accrochée à son rocher, repose maintenant contre la peau de la femme, près de son propre cœur.

Elle a trente-sept ans et elle entend l'horloge tourner plus fort que jamais auparavant. Elle est tellement bruyante qu'elle la maintient éveillée quand elle regarde son compagnon dormir, la tête sous l'oreiller, en se demandant quand les choses changeront entre eux, quand ils pourront passer à la vitesse supérieure, comment elle peut évoquer le sujet sans provoquer un nouveau pétage de plombs après lequel il rentrera tard en puant l'alcool, et en se cognant dans les portes. Il est heureux comme ça et elle aussi, pourtant, il n'a pas de montre autour du cou, lui, pas de doigt qui appuie sur ses côtes.

La nuit, elle reste étendue, éveillée, agitée, le coquillage dans la main pour sentir sa vibration. L'a-t-elle imaginé ou le tic-tac est-il devenu plus fort lorsqu'elle a pris un café avec ses amies et leurs bébés ? Ce sont toutes de jeunes mères en congé maternité ; elle est la seule sans enfant.

Tic. Tac. Tic. Tac.

— Quel est ce bruit ? a demandé une de ses copines en regardant frénétiquement autour d'elle.

— Je me posais la même question, a renchéri une autre dont le téton était dans la bouche d'un bébé potelé.

Leurs yeux bordés de fatigue ont examiné les lieux avant de se poser sur elle.

— C'est toi qui fais ce tic-tac ?

Elle avait dissimulé le coquillage sous son pull en espérant que le cachemire étoufferait le son. Ça avait un peu aidé mais de toute façon, ses amies étaient tellement absorbées par leurs enfants qu'elles n'avaient pas enquêté plus avant.

Le volume sonore du tic-tac avait de nouveau augmenté durant l'entretien qu'elle avait passé pour obtenir une promotion et devenir archiviste senior à la bibliothèque. Elle n'avait pas été la seule à l'entendre. Ils se trouvaient dans une majestueuse pièce lambrissée, au sol en marbre et aux plafonds hauts. Elle possédait des fenêtres gigantesques par lesquelles se déversaient des tonnes de lumière qui faisaient briller les surfaces en bois sombre et danser les grains de poussière sur son chemin. Des surfaces lisses, des espaces vides : l'acoustique était parfaite et les sons résonnaient dans la pièce.

— Vous savez que ce travail nécessitera plus d'heures ? avait demandé l'un des membres de la commission assis derrière la table en bois.

— Oui, bien sûr.

— C'est vous qui monterez les dossiers de demande de subvention, dirigerez le budget et superviserez les employés. Vous serez responsable de la stratégie globale. Plus de responsabilités, avait ajouté un autre.

— Oui, bien sûr.

Elle savait ce qu'ils voulaient savoir. Une équipe composée d'hommes n'embaucherait jamais une femme qui pouvait les planter à tout moment pour partir en congé maternité. Mais elle voulait ce job *et* avoir un bébé. Elle voulait les deux mais en désirait un plus que tout.

TIC. TAC. TIC. TAC.

Il avait dû élever la voix pour se faire entendre par-dessus le tic-tac qui s'élevait de son cou, bruyant malgré les trois épaisseurs de vêtements : il avait rebondi sur toutes les surfaces planes. Ils avaient rapidement mis un terme à l'entretien.

Elle repense à tout ça, allongée dans le lit en regardant l'oreiller qui dissimule le visage de son petit ami tout en ouvrant et fermant le fermoir du coquillage.

— Je n'en peux plus ! hurle soudain son compagnon.

Elle sursaute. Il balance l'oreiller à travers la pièce et se lève, nu.

Elle le croyait endormi mais il est tout à fait réveillé, les pupilles dilatées par une colère folle, et sa poitrine se soulève comme s'il venait de courir.

— Henri, dit-elle, d'un ton bas et affolé. Qu'est-ce que tu fais ?

— Je ne peux pas, je ne peux pas.

— Tu ne peux pas quoi ? Je t'ai demandé quelque chose ?

— Non, mais je le sens. Je l'entends. (Il tend un index vers la montre suspendue à son cou.) J'ai l'impression que quelqu'un lit par-dessus mon épaule tout le temps. Je sens sa respiration dans mon cou. Je ne parviens pas à m'en débarrasser. Je ne suis pas prêt pour avoir un enfant. Je n'en suis pas au même stade que toi. J'ignore si je le serai jamais.

Elle le dévisage, surprise, même si elle ne devrait pas l'être, elle aurait dû le voir venir. Il ne peut pas la quitter, songe-t-elle. Ils sont ensemble depuis trois ans, trois longues années, et s'il la quitte, il lui faudra encore trois ans pour trouver quelqu'un d'autre et parvenir au même point. Elle calcule dans sa tête. Se remettre de la rupture avec Henri, guérir son cœur briser, être prête de nouveau à rencontrer quelqu'un, trouver la bonne personne, s'engager, s'installer. Ça prendra trop de temps. Elle n'en a pas. Il ne peut pas partir.

Tout à coup, Henri se met à rugir, les mains pressées sur les oreilles. Le tic-tac est si puissant qu'elle l'entend à peine hurler, mais elle voit les veines qui pulsent dans son cou et ses narines frémissantes. Il se tient la tête à deux mains comme s'il avait la migraine, comme si le tic-tac était entré dans son cerveau.

— Enlève la pile ! lit-elle sur ses lèvres.

— Je ne peux pas !

Elle secoue la tête en se cramponnant encore davantage à la montre.

Il fait mine de la lui arracher du cou et elle recule d'un bond.

— Je refuse ! s'écrie-t-elle.

Si elle ôtait la pile, elle perdrait Crystal une deuxième fois. Le tic-tac est le battement du cœur de sa tante. Elle ne peut pas l'arrêter. Mais elle ne peut pas expliquer ça, pas maintenant. Le bruit est trop fort, il est trop paniqué et elle est trop bouleversée.

— C'était un cadeau, Henri !

— C'est une malédiction ! C'est moi ou la montre.

Il plonge son regard dans le sien et ses yeux marron la transpercent.

— Les deux ! réplique-t-elle.

— Tu ne peux pas avoir les deux.

Il secoue la tête et commence à s'habiller.

Elle le regarde fourrer des vêtements dans une valise. Elle se sent impuissante, ne sait que faire ni que dire, elle ne pense qu'aux jours et aux années perdus, au temps qu'elle a investi en lui, à espérer et prier pour que ce soit le bon ; pas dans le sens spirituel du terme mais celui avec qui franchir l'étape suivante. Le timing devrait être bon pourtant. Ils sont ensemble depuis trois ans, ils ont le bon âge. Ce devrait être maintenant.

Un bébé. Elle veut un bébé. Son corps le réclame à cor et à cri. Sa tête pense que les choses sont bien comme elles sont mais quelque chose en elle hurle. C'est une faim qui ne peut être apaisée que par de la nourriture et une soif étanchée seulement par de l'eau… le vide de son corps, de son cœur, de son utérus ne peut être rempli que par une autre vie, une vie qu'elle aura fabriquée et fait pousser. L'amour de son amant ne lui suffit pas, elle veut davantage.

L'absence de vie en elle a pris vie et se développe de jour en jour. Le temps la nourrit. Elle ne peut pas l'ignorer. Si elle le fait, parce que ça arrange quelqu'un, alors il sera trop tard. Henri ne sait pas ce que c'est de vivre avec le regret d'un acte non accompli. La peur, la panique, tout s'échappe.

Le tic-tac est si fort que Henri a quitté l'appartement et que la police vient frapper à sa porte – un voisin a porté plainte pour tapage. Dès que les policiers pénètrent chez elle, ils se couvrent les oreilles de leurs mains. Le bruit est insupportable.

La femme flic reste assise avec elle jusqu'à ce que le tic-tac diminue de nouveau. Elle a un regard bienveillant et fatigué. Elle parle d'un ton apaisant et lui prépare une camomille. Quand ils s'en vont, la femme s'est endormie sur le canapé, le coquillage niché au creux de sa main.

Au travail, pendant qu'elle aide un groupe d'étudiants dans leurs recherches, la femme se retrouve au rez-de-chaussée de la bibliothèque. Henri a récupéré toutes ses affaires, elle est entourée de trous et de vides à l'endroit où il devrait être à la fois chez elle et dans son cœur. Elle est épuisée et ne dort plus depuis qu'il est parti. Ça fait un mois.

Tic-tac, tic-tac.

Elle est en train d'expliquer à une jeune fille comment utiliser les ordinateurs lorsqu'elle entend un bruit et s'arrête au beau milieu d'une phrase.

Un tic-tac. Et ce n'est pas celui de son pendentif.

Elle regarde autour d'elle pour voir d'où il vient. La prestigieuse et majestueuse bibliothèque est tranquille, on entend des murmures étouffés, des craquements, des couinements, des toussotements, des raclements de gorge, des éternuements, des mouchages de nez, des raclements de chaise, des bruits de pas, des livres que l'on ouvre, pose sur les tables, replace sur les étagères.

Comme en réponse au tic-tac distant, son propre coquillage démarre. Son tic-tac et l'autre discutent. Cramponnée à la montre, elle s'en sert comme d'une boussole. Elle laisse errer son regard sur les étudiants assis devant les ordinateurs : il est évident que le bruit vient d'ailleurs. Elle s'éloigne et se fraie un chemin entre les rangées de bibliothèques poussiéreuses. Ses pas résonnent sur le sol en marbre. Elle suit le son, déroutée parce qu'il se répercute sur les murs, les étagères et le sol, la faisant douter de sa provenance. Plus elle s'approche, plus il est fort et son propre pendentif lui répond. Ils ne tictaquent pas à l'unisson, ils sont individuels, forts, de plus en plus forts.

Après avoir négocié un labyrinthe de livres, elle finit par deviner que le possesseur de la montre se trouve dans la section des livres de physique, caché derrière les étagères qui les séparent. Il ne peut pas fuir, il n'y a pas d'issue. Il n'y a qu'une entrée et elle se tient devant, le cœur battant à tout rompre, désordonné, contrairement à sa montre qui bat une mesure régulière. Son tic-tac est bruyant, si bruyant que celui ou celle qui se tient derrière la bibliothèque doit l'entendre. Il résonne dans la salle silencieuse.

— Il y a quelqu'un ? demande une voix masculine.

Elle sort de sa cachette et l'aperçoit. Le propriétaire de la montre. Elle la repère aussitôt à son poignet, puis voit le livre qu'il tient entre ses mains. Elle en oublie de respirer. *The Unreality of Time*, l'étude de J.M.E. McTaggart, un philosophe de Cambridge, sur le temps et le changement.

— La Théorie B, lâche-t-elle dans un souffle.

— Vous l'avez lu ? demande-t-il, surpris.

Les adeptes de cette théorie prétendent que le flux temporel n'est qu'une illusion, que le passé, le présent et le futur sont tout aussi réels les uns que les autres et que la notion de temps est absurde. Elle s'est penchée sur le sujet, évidemment, vu qu'elle ressent le poids du temps constamment. Du coup, elle veut comprendre.

— Vous tictaquez, fait-il remarquer.

— Vous aussi.

— Ça effraie la plupart des gens, déclare-t-il en l'observant attentivement.

— Pas moi.

Il est comme elle. Il veut la même chose.

Tout à coup, le rythme de sa montre change ; elle ne sait pas s'il ralentit ou si celui de l'homme s'accélère mais le tempo change. Ils s'en rendent compte en même temps, elle à cause de la pulsation contre son cœur, lui sur son poignet, et leurs tic-tacs finissent par se coordonner et tictaquer en chœur. Seconde par seconde, instant par instant, le bruit diminue.

Ils assistent à ce changement miraculeux ensemble : leurs montres se sont synchronisées.

Aussi rapidement qu'un nuage s'éloigne et que le ciel s'éclaircit, l'angoisse de la femme s'allège et ils poussent tous les deux un lent soupir de soulagement.

Enfin.

12

La femme qui sema les graines du doute

Prairie Rock reposait sur trois fondements : la communauté, l'autarcie et la durabilité. Cent foyers sur un terrain de vingt hectares. Il incombait à chacune des maisonnées, organisées autour de parties communes, la responsabilité d'entretenir sa zone. Le village possédait des vergers communaux, des vignes, des prairies et un terrain que les résidents pouvaient louer pour faire pousser leur potager ou leur jardin. Lorsqu'un propriétaire mourait, c'était à ses héritiers de revendre la maison et le terrain après approbation de la communauté. On enterrait le défunt dans une parcelle de terre jadis en jachère et la communauté la cultivait en hommage. L'idée était que lorsqu'on mettait les âmes des gens qu'on aimait dans le sol, alors ce dernier prenait vie et donnait. De la mort naît la vie.

Elle vivait dans cette communauté depuis toujours et elle étouffait parfois. Il y avait peu de personnes avec qui interagir. Toujours les mêmes têtes et les mêmes disputes même si la familiarité avait évidemment quelque chose de réconfortant. Il y avait rarement de nouveaux visages ; quand quelqu'un mourait, c'était en général un membre de sa famille qui en héritait. Il était rare qu'on accueille des étrangers : ces dix dernières années, une seule famille s'était établie là. Jusqu'à ce que Jacob, l'ouvrier agricole, ait commencé à travailler pour eux quand son père est tombé malade et qu'ils ont eu besoin d'aide pour s'occuper de la ferme. Jacob était le premier visage nouveau qu'elle ait vu depuis longtemps.

On lui avait trouvé un mari quand elle avait quatorze ans. Deacon et elle étaient amis depuis le premier jour d'école. Nés à quatre jours d'écart, ils avaient joué ensemble, grandi ensemble, grimpé aux arbres ensemble, franchi les limites ensemble de toutes les manières possibles. Ils avaient exploré et appris ensemble. Son premier ami, son premier baiser, son premier amour.

Quand elle avait eu dix-huit ans, elle l'avait épousé. Leur mariage avait été célébré en août, pendant la fête des moissons. Les demoiselles d'honneur portaient des robes couleur rouille et de la paille et du maïs décoraient les tables.

Sa vie se déroulait tranquillement, comme un chemin tranquille et tout tracé qu'elle empruntait sans se poser de questions. Ils n'avaient pas encore d'enfant, mais ce n'était pas grave, ils n'étaient pas pressés. Deacon avait construit leur maison sur le terrain de ses parents avec l'aide de ses frères et sœurs. Ils y avaient emménagé un an plus tôt. Et juste au moment où ils étaient enfin installés et où leur vie semblait prendre un nouveau tournant, sa mère était tombée malade et était morte brutalement. Son père l'avait suivie de près dans la tombe. Ils étaient décédés tous les deux très vite. Elle se retrouvait livrée à son chagrin, un poids logé en permanence dans la poitrine. La mort de ses parents avait laissé derrière elle un trou auquel elle ne s'attendait pas et son esprit d'habitude si clair s'était soudain embrumé.

Même si elle était adulte, elle avait l'impression de vivre dans cette communauté et sur cette terre à cause de ses parents. C'étaient eux les fondateurs de Prairie Rock, ils étaient les piliers de leur petite société. Elle avait beau avoir un mari et espérer fonder sa propre famille, ses parents étaient ses racines, ses fondations, et ils lui avaient été arrachés. Sans eux, le sol sous ses pieds devenait meuble. Même quand elle s'était occupée d'eux durant leur maladie, elle dépendait encore d'eux. Elle les avait perdus à quelques mois d'intervalle. Elle était soulagée que sa mère ne souffre plus et que son père l'ait rejointe pour continuer à l'aimer, mais elle éprouvait pour elle-même une tristesse infinie. Elle s'y était attendue mais n'aurait jamais imaginé un seul instant qu'en leur absence elle se sentirait si peu à sa place. Elle vacillait, chancelante, et remettait tout en question. Elle avait perdu son soutien.

Ces nouvelles pensées l'effrayaient. Les doutes étranglaient toutes ses idées, ils s'enroulaient autour de la moindre de ses pensées, envahissaient son esprit. Ils s'étaient installés dans sa tête et refusaient de partir.

Comme Jacob, qui avait emménagé à Prairie Rock pour les aider à cultiver la terre de ses parents. Il occupait ses pensées, lui aussi. Toutes ses pensées, comme une ombre. Il était toujours là même s'il n'avait rien à y faire. Elle ne comprenait pas pourquoi elle songeait à lui tout le temps. Elle essayait de le chasser de son esprit mais il ne bougeait pas. Ses yeux, marron et profonds, semblaient lire dans son âme quand il la regardait. Elle détournait toujours le regard. Avant de le reposer sur lui.

Lorsqu'un enfant de la communauté de Prairie Rock hérite d'un lopin de terre – deux dans son cas puisque ses deux parents sont morts – c'est à lui de décider ce qu'il veut planter dessus. Mais même si la décision lui revient, elle doit garder en tête que la culture doit servir à toute la communauté. Des réunions nocturnes se tiennent pour régler les différents problèmes rencontrés par la communauté mais il n'y en a qu'une par semaine à laquelle tout le monde doit se rendre. Et c'est là qu'elle se retrouve malgré elle au centre de l'attention.

— Des arbres fruitiers ?

Une voix transperce ses pensées. Barnaby, un homme dont les doigts ressemblent aux racines d'un arbre.

— Mmm, répond-elle, indécise.

Tout le monde la regarde, attendant sa réponse.

— La terre du nord est particulièrement adaptée aux fruits et l'ensoleillement est meilleur. Ça poussera mieux là-bas.

— On se débrouille très bien au sud, je te ferai remarquer, proteste Harriet.

— Ce n'est pas toi que je remets en question, Harriet, je parle du soleil et du sol, la rassure-t-il.

C'est un moment excitant pour tout le monde. La perte de la femme profite à tout le village, on va planter quelque chose de nouveau en l'honneur de ses parents et c'est une occasion d'introduire quelque chose de nouveau dans leurs menus.

— J'ai entendu parler des amandiers, suggère Gladys.

— Bobby en cultive déjà, réplique Barnaby.

— Oui, mais pas en quantité suffisante.

— Il y en a assez pour la communauté, contre Bobby, un peu vexé. On n'a pas vraiment besoin d'amandes supplémentaires.

— Mais on pourrait en faire tellement de choses – de l'huile, du beurre, du lait… pour l'instant on se contente de les manger. (Gladys cherche l'approbation du groupe. Certains sont intéressés, d'autres non. Elle hausse les épaules.) C'est sa décision.

— Mmm, lâche de nouveau la femme.

— Et des pruneaux ? suggère Dorothy avant de se lancer dans une dissertation sur leurs bienfaits.

Elle ne parle que de ça depuis que le médecin lui a prescrit un régime uniquement à base de pruneaux à cause de ses hémorroïdes. C'est une nouvelle femme depuis que les pruneaux sont entrés dans sa vie, on dirait qu'elle a un nouvel amant.

Jacob. Elle pense à lui. Il la fixe, assis dans un coin.

Tout le monde se met à crier comme d'habitude, les insultes et les piques amicales fusent jusqu'à ce que Barnaby les réduise tous au silence d'un geste de la main, comme un Jedi.

— La décision ne vous appartient pas, leur rappelle-t-il à voix basse.

Tout le monde se tourne vers elle.

— Je n'en sais vraiment rien, déclare-t-elle. Je ne sais pas. Je ne sais pas.

Elle enfouit la tête entre les mains et ferme les yeux.

Ils échangent des regards inquiets.

— Laissons-lui du temps, ordonne Barnaby.

— Mais la saison des plantations…

— Laissons-lui du temps, répète-t-il.

Dans la voiture qui les ramène chez elle, son mari, Deacon, garde le silence. Elle prend une profonde inspiration, sur le point de dire quelque chose, mais s'en empêche.

— Quoi ?

Il la regarde, attentif, inquiet. Il ralentit la voiture.

Elle secoue la tête.

— Tu étais sur le point de dire quelque chose.

— J'ai oublié, assure-t-elle en regardant par la vitre. Je ne sais plus.

En dépit des efforts de Barnaby pour les calmer, la pression des autres membres de la communauté devint de plus en plus forte.

Tous les jours, la femme se rendait sur son lopin de terre, le demi-hectare qu'elle devait cultiver. La terre avait été préparée, elle était prête à être ensemencée mais elle ne savait toujours pas quoi planter. Elle avait apporté un transat et elle s'asseyait pour contempler la terre ; elle espérait que l'inspiration lui viendrait mais son esprit se contentait de vagabonder et de la ramener sans arrêt à sa propre vie. Tant de questions, tant de doutes.

Ses amis et voisins lui rendaient visite tour à tour pour lui soumettre leurs propositions et leurs brochures, leurs projets pour le terrain, des informations sur tous les fruits, tous les oléagineux, tous les légumes et toutes les céréales possibles et imaginables et tous lui exposaient leurs arguments.

Billy Plein D'Arthrose voulait planter du cannabis, Sally du thé pour revivre par procuration sa liaison dans une plantation de thé lors de son séjour en Chine quand elle était étudiante. Ils avaient tous des idées, bonnes, valables, mais quand ils lui demandaient ce qu'elle en pensait, elle répondait invariablement :

— Je ne sais pas.

Rien d'autre. Elle n'avait rien d'autre à dire.

Et puis il y avait Jacob, qu'elle épiait dès que l'occasion se présentait. Cet étranger, venu de « l'extérieur », exotique et athlétique. Beau, ténébreux, souvent débraillé. Quand il était encore en vie, son père l'avait surprise à l'espionner à de nombreuses reprises. Il lui avait lancé un regard entendu. Pour l'avertir. Elle observait Jacob depuis la fenêtre de sa cuisine qui donnait sur les champs de ses parents. La plupart du temps, il travaillait avec son mari, tous deux diamétralement opposés physiquement. Jacob était large et athlétique et tout en lui était musclé, ses épaules, ses bras, son dos, sa taille étroite. Son mari était fort et élancé, mais grand et mince comme un haricot, avec des bras secs.

— Qu'est-ce que tu regardes ? lui demandait son père.

— Je ne sais pas.

C'est là que ça avait commencé. Les questions et le doute. Avant sa mort.

Elle répéta cette phrase tant de fois à tant de personnes. Elle la prononçait sans même réfléchir. Le doute s'était développé en elle, il possédait sa propre vie, volait de ses propres ailes, submergeait ses pensées et ses mots. Même ses actes. Ça surprit tout le monde : la femme qui s'était toujours montrée si assurée, qui planifiait tout, résolvait tout, ne s'inquiétait jamais de rien.

Son attitude ébranla la communauté aussi bien qu'elle. Son absence de certitude était contagieuse et les obligea tous à se mettre à réfléchir, à remettre en question ce qu'ils tenaient pour acquis depuis toujours. Les petites décisions quotidiennes devinrent importantes et inspirèrent des débats enflammés.

La femme devint la reine, la cheffe, la présidente de l'ignorance et tout le monde se mit à partager ses propres incertitudes avec elle. Son doute les nourrissait et il grandit. Et plus il grandissait, plus une plante mystérieuse poussait sur la terre qu'elle contemplait tous les jours.

Elle s'asseyait quotidiennement devant le champ et, les yeux rivés sur le sol, elle se posait des questions, essayait de résoudre ses interrogations et d'agencer ses idées dans sa tête. Les gens venaient la voir exprès ; ils savaient qu'elle était là et lui apportaient des pique-niques, des litres de café, de l'alcool, ce qu'ils désiraient ou dont ils avaient besoin, et ils déversaient le contenu de leurs cœurs et s'interrogeaient sur tout ce qu'ils ignoraient. Elle écoutait – elle ne pouvait rien faire de plus parce qu'elle ne possédait aucune réponse, comme eux.

Ils ne parvenaient pas à se décider à réélire la mairesse, Alice, qui occupait ce poste depuis des années. Dans ce nuage de doute, Alice vint la voir pour lui avouer qu'elle ne savait pas si elle voulait être réélue. Sa fille venait d'avoir un bébé et elle voulait profiter pleinement de son petit-enfant. Et puis Bizzie Brown eut des doutes sur sa vie dans la communauté. Depuis longtemps, elle se demandait si elle ne devait pas la quitter ; elle avait peur du changement mais il lui semblait soudain que tout le monde changeait autour d'elle et elle songeait que c'était peut-être le bon moment pour le faire.

Ils discutaient de leurs doutes en regardant pousser l'étrange plante. Elle poussait dans toutes les directions, comme si elle ne parvenait pas à se décider, et ses couleurs étaient variées. Certaines parties fleurissaient, d'autres ressemblaient à du grain, d'autres encore à des légumes ou des sarments. C'était extrêmement perturbant. Personne ne savait de quoi il s'agissait ni même s'il s'agissait de quelque chose de spécifique.

— Qu'est-ce que tu as planté ? lui demandaient-ils, les mains sur les genoux, perplexes.

— Je n'en sais rien, répondait-elle.

Les doutes de Bizzie finirent par la pousser à partir, après cinquante ans passés dans la communauté. Mais pour la remplacer, ils durent décider de suivre ou non la vieille règle qui s'appliquait aux nouveaux voisins. Le doute les poussa à changer d'avis ; par conséquent, un couple de jeunes mariés, trop jeunes selon l'ancien règlement, fut invité à s'installer. Les nouveaux venus rencontrèrent la femme qui se demanda s'ils devaient utiliser cette nouvelle plante pour fabriquer du gin. Devaient-ils monter une distillerie artisanale et faire infuser les herbes et les fleurs dans le gin pour lui donner un parfum unique au monde ?

Ce champ de doute était un trésor, une biosphère unique qui nourrissait un mélange de choses qui ignoraient ce qu'elles étaient.

Après avoir entendu l'idée du gin artisanal, Barnaby se demanda s'il n'était pas logique d'en faire du vin. Il songea soudain qu'ils n'avaient jamais fabriqué de vin avec le merveilleux raisin de leurs vignes. Ils le firent donc. Idem avec les olives, qui furent transformées en huile, puis le petit lopin d'amandiers de Bobby devint un véritable verger et ils fabriquèrent de l'huile, du beurre et du lait d'amandes.

Tous ces doutes provoquèrent une infinité de questions, de réunions et de discussions qui les poussèrent à changer d'avis et de façon de vivre, elle qui jadis était immuable. Toute cette activité se poursuivait autour d'une femme immobile et solitaire qui s'asseyait tous les jours sur un transat dans un champ pour contempler une plante inconnue en laissant son esprit vagabonder.

— Qu'est-ce que c'est ? demanda-t-elle un jour à Barnaby, qui s'était agenouillé pour examiner la plante de plus près.

Et Barnaby, qui était incollable sur la terre, leva les yeux vers elle.

— Je n'en sais rien.

Elle ricana, à leur grande surprise. Elle porta une main à sa bouche mais ne put réprimer son rire.

— Si tu l'ignores, alors qui d'entre nous le saura ? dit-elle en riant.

— Je sais quelque chose, en revanche, déclara-t-il en se relevant et en lui lançant un regard entendu. C'est un champ de « Je n'en sais rien ». Tu as planté les graines du doute et tu as fait pousser un champ tout entier.

Elle contempla le doute florissant.

—Mais je pense que tu te trompes quand tu dis que tu ne sais rien, poursuivit-il. Il me paraît évident que tu sais une chose. Tu *sais* que tu ne sais pas. C'est une certitude solide. Tu le sais si bien que tu as réussi à en faire pousser tout un champ par le seul pouvoir de tes pensées. Mais il n'y a cependant que *toi* qui sais exactement ce que tu ne sais pas.

Il avait raison.

Elle le regarda comme si elle venait d'avoir une révélation.

Il lui fit signe de partir.

Elle se hâte de s'éloigner du champ pour regagner sa voiture. Elle roule à toute vitesse vers chez elle : elle sait exactement ce qu'elle ne sait pas. Il faut qu'elle rentre tout de suite. Une fois arrivée chez elle, elle cherche Jacob des yeux dans les champs mais il n'est nulle part en vue. Son mari non plus.

Elle réfléchit à toute allure. Elle traverse en courant le champ que son mari et Jacob ont passé tant de mois à cultiver ensemble et se précipite vers la dépendance derrière la maison de ses parents où habite Jacob. Elle frappe à coups redoublés sur la porte et Jacob lui ouvre comme s'il l'attendait.

—Je dois parler à Deacon, dit-elle à voix basse.

Il s'écarte et Deacon se lève, surpris de la voir.

—Bonjour chérie, on vient juste de se mettre à table. Est-ce que tu veux…

—Arrête, dit-elle en levant une main. J'ai quelque chose à te dire. Il y a quelque chose que tu dois savoir.

Jacob baisse les yeux sur ses chaussures. Deacon les regarde tour à tour, inquiet.

—Tu as été mon mari fidèle dès le moment où tu as dit « oui ». Mon meilleur ami aussi loin que je me souvienne. Mon confident. Mon tout.

Les yeux de Deacon se remplissent de larmes.

—Ne…

—Non, laisse-moi parler. Tu me demandes ce qui ne va pas depuis longtemps. Il est temps que je te le dise.

Jacob lève les yeux. L'espoir se lit sur son visage.

—Je suis pleine de doutes depuis très longtemps, probablement plus longtemps que je ne le pense. Ils ont grandi en moi. J'ignorais la nature même de mes incertitudes mais elles étaient là et me tracassaient. J'ai fait pousser un champ entier de doutes et il est beau. Il a levé rapidement, poussé encore plus vite et a essaimé. Mais il ne grandira plus, Deacon, parce que maintenant je sais. Je sais ce que j'ignorais jusqu'à présent.

Elle prend une profonde inspiration et exhale un souffle.

Jacob la dévisage. Deacon se prépare.

—Je sais que tu es amoureux de Jacob. Et que Jacob est amoureux de toi.

Deacon a l'air stupéfait et effrayé. Pas Jacob.

—Je le vois. Je le sens. Je vous observe depuis un an.

Deacon s'effondre et s'enfouit le visage entre les mains.

—À toi tout seul tu aurais pu cultiver des champs de doutes pendant des années sur tous les flancs de la montagne. Mais tu l'as gardé en toi pour cultiver ce que les autres voulaient. Cette époque est révolue, Deacon. Soyez ensemble. Soyez bons l'un pour l'autre. (Elle se tourne vers Jacob.) Sois gentil avec cet homme, dit-elle d'une voix qui se brise.

—Où vas-tu ? demande Deacon.

Elle sourit, soudain envahie par l'excitation.

—Je n'en sais rien.

Elle en est sûre à cent pour cent.

13

La femme qui rapporta son mari pour l'échanger

1

La femme regarde Anita touiller son thé dans sa tasse en faisant tinter sa cuillère. Douze tours suivis de trois tapotements sur le rebord pour l'égoutter avant de la poser sur la soucoupe.

Son autre amie, Elaine, prend une bouchée de scone ; la confiture et la crème dégoulinent entre ses dents, salissant sa bouche. Elle efface la tache d'un coup de langue rapide, comme un lézard.

— Mais la robe t'allait très bien, pourquoi tu la renvoies ? demande Elaine à Anita la bouche pleine en postillonnant des miettes.

Anita fronce les sourcils.

— La couleur était la même que celle de ma peau et me donnait l'air anémiée.

— En parlant de ça, tu savais que Diane était anémiée ?

— Ça ne m'étonne pas. Elle s'est évanouie deux fois pendant le cours de vélo collectif.

— Moi aussi. Peut-être que je suis anémiée aussi, lance Elaine en avalant une autre bouchée de scone.

Les miettes tombent sur son généreux décolleté.

— Tu vas demander le remboursement ou l'échanger ?

— Le remboursement.

— Je vais rapporter Paddy, lâche soudain la femme.

Ses amies la dévisagent, surprises, comme si elles avaient oublié sa présence.

— Tu vas faire quoi ? demande Elaine en reposant son scone.

— Je vais rapporter Paddy, répète-t-elle d'un ton moins assuré. (C'était plus facile de le dire une seule fois.) Je vais le rapporter au magasin.

— Le magasin existe toujours ? demande Anita.

— C'est uniquement ça qui te vient à l'esprit ? rétorque Elaine.

— Eh bien ! Ça fait trente ans. J'ai acheté une robe sur Internet et quand j'ai voulu la renvoyer, la boutique n'existait plus.

— Les maris sont garantis à vie, on peut les rapporter quand on veut et on te rembourse, rappelle Elaine.

— Ce n'est pas une question d'argent, dit la femme, mal à l'aise.

— Bien sûr que non.

Elaine et Anita échangent un regard contrit.

— Je veux récupérer ma vie et me retrouver, explique la femme qui sent l'assurance lui revenir. Je vais avoir soixante ans vendredi ; ça m'a fait réfléchir et je me suis demandé ce que je voulais faire des vingt, et dernières, prochaines années.

— Vingt si tu as de la chance, rétorque Anita, ce qui lui vaut un coup de coude de la part d'Elaine.

— On te comprend, roucoule Elaine. Mais prépare-toi à ne pas obtenir un remboursement total. Ce n'est pas facile de se faire rembourser un mari. En général, ils te l'échangent.

— C'est comme ça que Valerie s'est retrouvée avec Earl.

Elles font une grimace de dégoût.

— Earl est sympa, proteste la femme.

— Earl a été surpris en train de renifler les selles des vélos des femmes. Il a reçu trois avertissements.

— Elle a dû cocher la case « lubrique ».

Elles prennent de nouveau un air dégoûté.

— Je ne veux pas échanger Paddy, explique-t-elle en essayant de garder son calme.

Elle se demande si elles l'écoutent vraiment et si la prochaine étape ne sera pas de se débarrasser de ses insupportables amies. Même ses amitiés ont moisi.

— Je ne veux personne d'autre, poursuit-elle. Et je ne le veux plus, lui.

— Tu as l'air très sûre de toi.

— Oui.

— Tu le lui as dit ?

— Oui. Je le rapporte demain après-midi.

Elles poussent un petit cri.

— S'ils refusent de te le rembourser, tu devras choisir quelqu'un qui a la même valeur, dit Elaine.

— Tu crois qu'il a pris de la valeur ? demande la femme malgré elle.

— Au contraire ! s'exclament en chœur les deux autres.

— Il a quarante ans de plus, reprend Anita. Il n'y a pas beaucoup de demandes pour un grand-père de soixante ans.

— Oui, mais j'ai toujours pensé que la maturité était un atout, répond la femme en songeant à Paddy qui ne sera plus son Paddy.

Elaine ricane et étale plus de confiture et de crème sur son deuxième scone aux raisins.

— De toute façon, tu peux toujours rajouter de l'argent si tu trouves quelqu'un de mieux.

— Je ne veux pas l'échanger, réplique-t-elle en levant les yeux au ciel. Je le *rapporte*, point.

— On verra, lance Anita en dissimulant son sourire derrière sa tasse.

— Tu sais, il y a des femmes au magasin aussi, remarque Elaine. Ils ont tout modernisé depuis que la loi a changé. Tu pourrais choisir une épouse.

— Je ne veux pas d'épouse, proteste la femme.

— Wanda Webster en a acheté une.

— Wanda Webster fait ce qu'elle veut. Je ne veux pas acheter une épouse. Je veux juste rendre Paddy.

Un silence.

— Qu'en pense Paddy ? demande Anita.

Enfin, songe la femme.

Ses yeux se remplissent de larmes et elle baisse sa garde.

— Il était bouleversé.

— Il devait pourtant bien savoir que ça pouvait arriver. Et les enfants pourront toujours lui rendre visite, où qu'il soit, même si quelqu'un d'autre l'achète, la console gentiment Anita.

La gorge de la femme se serre.

— Je n'y avais pas pensé. Que quelqu'un pouvait l'acheter.

— Ah, ne te tracasse pas avec ça, déclare Elaine en mordant dans son scone.

La bouche pleine, elle ajoute :

— Je suis certaine que ça n'arrivera pas.

Elle a de la crème sur le nez. La femme a envie de prendre la défense de Paddy. Elle décide de ne pas lui dire qu'elle a quelque chose sur le nez. C'est pour Paddy.

2

La femme considère le dossier posé devant elle. Elle a du mal à se concentrer. « Raisons du retour/échange. » Les mots se fondent les uns aux autres, elle a du mal à respirer dans le petit box où même la plante artificielle a l'air déprimé. Le plafond est bas, un des panneaux est manquant et on aperçoit les tuyaux, la poussière, le squelette de l'entrepôt.

Paddy a été emporté loin d'elle, escorté dans un autre bureau pour remplir la paperasse. Il lui a adressé un sourire tendre et triste juste avant que la porte se referme. Ça lui a fait mal au cœur, la douceur de son expression, les souvenirs qui l'ont submergée, elle s'est souvenue de toutes les fois où il a eu exactement cet air-là, sa façon d'essayer de lui dire que ce n'était pas grave, qu'il lui pardonnait, qu'il comprenait. D'une certaine manière, une fois la culpabilité passée, elle se sent soulagée. Elle pensait à cet instant depuis si longtemps, elle l'avait vécu en imagination, s'était demandé si elle trouverait le courage de sauter le pas et voilà, elle y est. C'est la pire chose qu'elle ait jamais faite, mais au moins, elle est en train de l'accomplir. Au milieu de la tornade de terreur, elle ressent un enthousiasme fou. C'est en train de se produire et elle sera bientôt de l'autre côté.

Pendant qu'ils sont tous les deux en train de signer les papiers dans les bureaux ternes, la camionnette du Marché des Époux, noire et banalisée par souci de discrétion, est venue récupérer toutes les affaires de Paddy. Quand elle rentrera chez elle, ce sera comme s'il n'avait jamais existé et que leur mariage n'avait jamais eu lieu. Une vie entière effacée.

Elle ressent de nouveau ce pincement. Quarante années emportées par un camion.

— Vous ne savez pas quelle case cocher ? (La directrice, Susan, dont les lèvres sont rouges et gonflées, interrompt le cours de ses pensées.) Entre nous, ma chère, poursuit-elle en murmurant, ça n'a aucune importance.

— Pour vous, peut-être pas.

La femme se redresse, le menton levé. Elle parcourt de nouveau la liste. Tant de traits de caractère de Paddy l'ont irritée au fil des ans : sa désorganisation, son désordre, les rouleaux de papier toilette vides qu'il ne changeait pas, les paquets vides qu'il rangeait dans les placards. Sa liaison avec cette femme vingt-sept ans plus tôt. Ses ronflements. Sa maladresse face aux sujets sensibles. La radio qu'il écoutait trop fort, le sport qu'il regardait tout le temps à la télé. Les chaussures et les vestes qu'il laissait traîner partout. Les mêmes anecdotes interminables avec les mêmes vieux amis. Elle a l'impression d'avoir passé ses journées à le disséquer, de l'avoir épluché pour découvrir toujours de nouveaux défauts énervants.

Elle se concentre sur la liste.

- Trop grand
- Trop petit
- Coupe
- Ne correspond pas à l'image/description
- Tissu
- Couleur
- Qualité
- Prix
- Problème de livraison
- Pas fait pour moi
- Défectueux

Paddy n'était pas défectueux, rien ne clochait dans le tissu de son être, elle s'est juste lassée de lui, elle ne l'aime plus. Et lui non plus ne l'aime plus, elle en est certaine, mais il ne l'aurait jamais quittée. Il est du genre à rester. Il supporte ce qui l'ennuie. Et même s'ils ne se supportaient plus, elle ne peut nier que Paddy est un homme bon, un excellent père et un grand-père aimant.

Elle coche « pas fait pour moi » et signe dans le cadre prévu à cet effet.

— Formidable, commente Susan en lui prenant le formulaire des mains.

Elle s'affaire avec son classeur et ses tampons. Elle parle comme si elle avait prononcé ce discours mille fois sans que personne l'écoute jamais.

— Vous savez qu'on ne peut pas effectuer un remboursement complet, je vous propose donc...

— Non, non, on m'a affirmé que si. Je l'ai acheté en 1978 et les termes du contrat sont toujours valables. J'ai tout vérifié auprès d'une employée du SAV, une certaine Grace.

Elle fouille dans son sac à main, à la recherche du carnet où elle a noté toutes les informations.

Susan lui sourit mais on sent bien que son impatience monte.

Des gens s'agitent derrière la porte du bureau. La femme tend l'oreille en se demandant s'il s'agit de Paddy, mais ce sont des clients qui viennent acheter ou faire un retour, elle ne sait pas bien. Susan est pressée d'en finir.

— C'est vrai mais en étudiant plus attentivement votre facture, je me suis rendu compte que vous aviez acheté Paddy en soldes. C'était une offre spéciale. Les produits en soldes ne peuvent pas être intégralement remboursés.

Elle continue à parler et la femme se revoit au moment où elle a aperçu Paddy. Ce n'était pas une question d'argent, mais il était en offre spéciale et ça lui avait paru… eh bien, spécial. Il se tenait près d'une étoile dorée sur laquelle était gravé « OFFRE SPÉCIALE » et elle avait pris ça pour un signe.

— On peut vous proposer un échange pour un mari ou une femme de la même valeur, ou vous faire un avoir de la valeur de votre achat.

La femme ouvre la bouche, abasourdie. Susan s'agite, mal à l'aise, sur son siège.

— Mais je ne veux pas d'échange. Je ne suis pas venue ici pour me procurer un nouveau mari.

— Alors je vous fais un avoir.

Elle tamponne le formulaire à grand bruit pour mettre fin à la conversation. Elle ouvre un tiroir et en sort une petite enveloppe. Elle repousse sa chaise et se lève, la main tendue.

— Ravie d'avoir fait affaire avec vous.

— C'est tout ?

La femme se lève lentement à son tour.

— C'est tout, répond Susan en riant. Vous êtes une femme libre. Le parking est derrière la porte verte et à gauche il y a un marché si vous avez envie de flâner.

— Où est Paddy ?

— Parti, répond-elle, surprise.

— « Parti » ? Mais… (Son cœur bat la chamade et elle sent la panique la submerger.) Je n'ai pas eu le temps de lui dire au revoir.

Susan contourne le bureau, ouvre la porte et pousse la femme dehors, puis dans le couloir en direction de la porte verte.

— C'est mieux comme ça, croyez-moi.

Elle pense à son sourire triste. Il lui disait au revoir, il avait compris.

— Où est-il ? demanda la femme en s'immobilisant devant la porte verte.

— On s'occupera bien de lui, n'ayez crainte. On va le nettoyer, le faire beau et le requinquer avant de le remettre sur le marché.

Elle ouvre la porte verte.

— « Sur le marché » ? répète-t-elle, horrifiée, en sentant la main de Susan la pousser vers l'extérieur. Mais Paddy ne le supportera pas. Il n'aime pas les choses nouvelles ni les gens nouveaux. Il a soixante-deux ans.

— On ne le remettra pas en vente sans sa permission, c'est un être humain, pas un morceau de viande, glousse-t-elle. Paddy a coché la case « remise en vente ». Il sera très demandé. Il y a une forte demande pour les maris nouvellement retournés. Croyez-moi, plein de gens veulent des hommes plus âgés et expérimentés. Ce sont ceux qui sont restés sur l'étagère pendant des années qui sont difficiles à écouler. Plein de femmes sont veuves et elles veulent quelqu'un qui a déjà vécu une relation longue ; Paddy a un excellent dossier. Plein de gens cherchent l'aventure. Plein de gens se sentent seuls.

Si la femme entend le mot *plein* encore une fois, elle se mettra à hurler.

Susan lui adresse un sourire chaleureux.

— Bonne chance. Vous savez où nous trouver si vous voulez utiliser votre avoir.

Elle referme la porte verte, qui est blindée et dont l'extérieur n'est pas peint. La femme sursaute quand elle se referme brusquement. L'écho se réverbère dans le parking vide. Sa voiture est garée dans le coin « Retours » alors que le coin « Achats » est presque plein. Elle se dirige lentement vers sa voiture, attentive au bruit de ses pas sur le ciment. Chaque pas, chaque instant, chaque bruit est amplifié et elle se sent submergée par un immense sentiment de solitude.

Elle rentre chez elle en pleurant à chaudes larmes. Un vide douloureux lui ronge la poitrine, suivi par une vague de tristesse et de chagrin. Mais quand elle arrive chez elle, ses larmes ont cessé. La tristesse s'est muée en soulagement et la peur en excitation. C'est un nouveau commencement.

3

La maison est silencieuse. Les enfants sont partis depuis longtemps, ils sont tous mariés et ont eu des enfants à leur tour, ils travaillent, ils sont stressés. Sa propre vie a ralenti ; les voir s'angoisser d'un rien lui rappelait la façon dont elle se faisait jadis une montagne d'un rien. Ça l'a aidée à prendre sa décision. Il est temps pour elle de vivre à présent, de se détendre, d'être vraiment heureuse, de ne rendre de comptes à personne et de ne pas culpabiliser de vivre pour elle. L'époque où elle rendait les autres responsables de ses propres frustrations est révolue, elle a pris sa vie en main et elle assume. Plus question de reprocher ses défauts à Paddy, elle doit accomplir les changements elle-même.

Elle brique la maison du sol au plafond jusqu'à ce qu'il ne subsiste plus aucun grain de poussière. Elle s'émerveille de la place disponible dans l'armoire maintenant que les affaires de Paddy ont disparu. La chambre d'amis retrouve sa fonction initiale – ils ont cessé de partager un lit il y a cinq ans à cause de ses ronflements, aggravés par son surpoids qu'il refusait de perdre.

Elle boit une bouteille de vin blanc tout entière et regarde une émission de télé-réalité sans subir ses soupirs et ses grommellements de désapprobation. Le soir, elle dîne de pâtes pas assez cuites, de viande trop cuite et d'artichauts, juste parce qu'elle le peut. Elle perd quelques kilos parce qu'elle mange quand elle a faim et pas quand il réclame son repas. La poubelle de recyclage est à sa place, tout est rangé et personne ne touche à rien. Elle suit son propre rythme et n'a plus besoin de marcher sur des œufs parce qu'il est de mauvaise humeur, comme d'habitude. Elle reçoit qui elle veut quand elle veut et elle a cessé d'assister aux apéros du vendredi soir avec ses amis et leurs épouses pénibles. Elle n'est plus jamais en colère.

Certaines nuits, elle se réveille en pleurant.

Certains jours, elle se retrouve assise dans la chambre de Paddy à respirer ce qui reste de son odeur.

Elle renifle son after-shave dans les parfumeries. Elle se remet à acheter quelques-uns de ses plats préférés. Quand son fils et sa fille viennent lui annoncer que leur père a été racheté, elle pleure.

4

Un jour, alors qu'elle se rend à la quincaillerie pour rapporter l'ampoule qu'elle a achetée pour sa lampe de chevet et qui n'est pas la bonne, elle manque d'emboutir sa voiture. Paddy est en train de tondre la pelouse dans le jardin de sa voisine. Elle est sur le point de se garer lorsque la porte de la maison s'ouvre sur Barbara, quarante-six ans, qui sort, un grand sourire aux lèvres, une tasse de café à la main.

Paddy sourit, un sourire radieux qu'elle ne lui a jamais vu, lui prend la tasse des mains et ils s'embrassent. Un baiser long et profond.

La femme fait demi-tour, rentre chez elle et n'en sort pas pendant trois jours.

5

— Je comprends que vous soyez contrariée. C'est difficile de tourner la page, mais ça fait plus d'un mois et nous suivons la procédure. Paddy a été acheté le jour même où on l'a remis sur le marché.

— Par Barbara Bollinger, crache-t-elle.

— Je ne peux pas révéler le nom de l'acheteur.

— Je sais qui c'est, je les ai vus ensemble. Ils vivent à cinq maisons de la mienne. Je suis obligée de les voir tous les jours.

— Je suis perdue. Vous êtes contrariée par la proximité ou par la relation ?

— Les deux ! s'écrie-t-elle en pleurant.

— Il est peut-être temps pour vous d'utiliser votre avoir, fait remarquer Susan avec un regard espiègle.

Susan pousse la porte du supermarché et la femme découvre qu'il ressemble davantage à un entrepôt que lorsqu'elle a acheté son mari. Des hommes de toutes les couleurs, toutes les formes et toutes les tailles sont assis ou debout sur les étagères qui vont du sol au plafond. Des hommes et des femmes flânent dans les allées comme s'ils faisaient du shopping. Quand ils aperçoivent quelqu'un qui leur plaît, ils lisent les informations contenues sur le panneau, comme pour vérifier les ingrédients, et une nacelle élévatrice vient chercher l'homme. Ils passent le temps en discutant entre eux, en textotant sur leurs iPads ou leurs ordinateurs portables ou en lisant. Certains vont prendre leur pause ou en reviennent suivant leur planning.

Susan conduit la femme vers une rangée d'ordinateurs.

— Nous nous sommes modernisés depuis votre dernière visite il y a quarante ans. Vous entrez vos critères ici et on vous fait des propositions en fonction de vos réponses. C'est plus facile de parcourir une base de données que de chercher sur les étagères. On essaie de faire en sorte que tous les hommes soient accessibles mais l'étagère du haut est quand même hors de portée. Les hommes s'en plaignent et on y travaille, mais j'ai l'impression que certaines femmes s'y rendent directement – comme si on y rangeait les plus précieux, comme chez un marchand de journaux, si vous voyez ce que je veux dire. (Elle lui adresse un clin d'œil.) Les gens qui sont surtout sensibles à l'apparence préfèrent jeter un coup d'œil puis vérifier les caractéristiques ensuite, mais je sais que ce n'est pas votre cas. Vous, vous voulez voir d'abord les détails.

— Comment le savez-vous ?

— Ce sont les habitudes de Paddy qui vous agaçaient. Je suis certaine que vous cherchez des traits de caractère et de personnalité dont votre précédent mari était dépourvu. Parcourez le questionnaire. Si vous avez un problème, Candice vous aidera à le résoudre.

C'est détaillé mais amusant. Le programme lui propose des scénarios et lui demande de choisir les réactions de son éventuel mari face à ses situations variées. Susan a raison, elle cherche exactement le contraire de Paddy.

Quand il était calme, elle aurait voulu qu'il soit passionné.

Quand il perdait son calme, elle aurait voulu qu'il garde son sang-froid.

Quand il parlait trop longtemps du même sujet, elle aurait voulu qu'il l'intéresse différemment. Elle détaille tout ce qu'elle veut et soudain une alarme retentit au-dessus de l'ordinateur, comme si elle avait gagné le jackpot sur une machine à sous. Elle a trouvé quelqu'un.

6

Il s'appelle Andrew et il a dix ans de moins qu'elle. Il range ses vêtements à leur place et aligne ses chaussures avec soin. Il cuisine. Il mange de tout et il n'est pas difficile. Il accueille ses amis, regarde ses émissions préférées sans faire de commentaires désobligeants et l'accompagne à un cours d'aquarelle. Il se montre merveilleusement protecteur avec elle tout en tirant de la fierté des regards que les autres hommes lui jettent. C'est un amant attentionné.

Sur le papier, sur le disque dur, il est parfait pour elle.

Et pourtant. Et pourtant, elle est toujours irritée, frustrée parce qu'elle se rend compte que quel que soit l'homme avec qui elle vit, *elle* est toujours la même. Elle ne peut pas changer son entourage et s'attendre à une différence ; c'est elle qui se pourrit la vie.

Un matin, elle est toujours au lit, elle fait la grasse matinée, ce qui n'est pas dans ses habitudes. Les rideaux sont tirés. Elle est étendue dans l'obscurité pour le quatrième matin consécutif : elle est dans tous ses états depuis que ses enfants et ses petits-enfants ont passé la journée dans la nouvelle maison de Paddy et avec la nouvelle femme de Paddy. Elle a vu les voitures garées devant la porte, elle a entendu ses petits-enfants jouer dans le jardin de Barbara Bollinger, elle a perçu les rires et les conversations qui se déversaient des fenêtres ouvertes jusque chez elle. Qu'ils aient été réels ou imaginaires, ces bruits l'ont torturée. Andrew frappe à la porte et elle s'assied et se rajuste. Il porte une assiette de *huevos rancheros*, un plat auquel Paddy n'aurait jamais accepté de toucher.

— Merci, Andrew, c'est très gentil de ta part, dit-elle.

Même si sa reconnaissance est sincère, elle entend la tension dans sa voix. Elle fait appel à toute sa force pour lui donner plus, plus que ce qu'il mérite.

Il s'assied au bord du lit, ce beau gosse, et prononce son nom. Son ton éveille son attention, elle reconnaît un avertissement quand elle en entend un. Elle pose sa serviette, sent un tremblement grandir en elle et la reprend en main pour s'y cramponner. Elle l'enroule autour de son doigt et regarde sa peau virer au pourpre quand le sang circule mal sous sa chair pressée.

— C'est notre quatorzième matin ensemble, constate-t-il.

Elle acquiesce.

— Tu comprends ce qui se produit le quinzième jour ?

Elle écarquille les yeux, soudain effrayée à l'idée qu'il lui demande quelque chose qu'elle ne pourra pas lui donner. Elle a aimé expérimenter avec lui des choses qu'elle n'avait jamais faites avec Paddy mais elle n'est pas certaine de vouloir faire plus.

Il éclate de rire et lui caresse la pommette du dos de la main.

— N'aie pas l'air si inquiète. C'est le dernier jour pour me rapporter et te faire rembourser.

— Oh.

— J'ai fait mes valises. Je suis prêt à partir quand tu veux. Mais d'abord, prends ton petit déjeuner, déclare-t-il avec un sourire triste.

— Andrew, tu fais erreur. Je n'ai pas l'intention de te rapporter.

— Vraiment ?

Il l'étudie.

— Tu n'as pas… apprécié ton séjour ?

Il sourit.

— Si, bien sûr. Je crois que ça se voit.

Elle rougit.

Il lui prend la main et poursuit :

— Mais nous ne sommes pas assortis et tu le sais. Et je sais par ta précédente relation que tu es du genre à rester. Tu restes parce que tu penses que c'est la chose à faire et parce que c'est plus facile, mais ce n'est pas le cas. Et en plus, si je reste, je perdrai de la valeur.

Même si ça la chagrine de l'entendre, elle sait qu'il a raison.

— Je ne veux pas me dévaluer. Je suis un homme bien. Je veux être apprécié à ma juste valeur.

Elle opine, compréhensive. Rester avec Paddy aussi longtemps les a dévalués tous les deux. Elle porte la main d'Andrew à ses lèvres pour l'embrasser. Puis Andrew charge ses bagages dans le coffre et elle se prépare à rapporter son mari pour la deuxième fois.

7

De l'autre côté de la rue, Paddy lève les yeux et, un sécateur à la main, la regarde. La femme croise son regard pour la première fois depuis des mois : son cœur bat à tout rompre et son ventre se noue. Elle se sent vivante de désir. Elle souffre parce qu'elle est en proie à la tristesse de ce qu'elle a volontairement perdu. Être avec lui, c'est être à la maison et le voir la remplit de nostalgie.

Andrew la surprend.

Barbara sort, une tasse de café à la main, ses longs cheveux blonds détachés, sa robe d'été déboutonnée jusqu'en haut des cuisses. La femme se sent mal.

— Ce n'est pas grave de changer d'avis, tu sais, déclare Andrew. Ça ne veut pas dire que tu t'es trompée ; je sais à quel point tu détestes ça, conclut-il en souriant.

Elle monte en voiture et démarre.

Lorsqu'elle revient du marché, elle se gare et pénètre dans sa maison vide qui lui semble étrangère. Elle emprunte le couloir, ce couloir impeccable. Elle écoute le silence. Elle sait qu'il y a de petites victoires dans la guerre qu'elle a perdue. Elle reconnaît ce qui la ronge depuis un moment : elle échangerait avec plaisir tout ça contre le retour de Paddy.

Elle ouvre la porte d'entrée et traverse la rue en courant. Elle frappe à la porte de Barbara.

Cette dernière ouvre la porte, la dévisage, surprise, mais se montre polie.

— Je suis vraiment désolée de te déranger, commence-t-elle, mais je veux récupérer Paddy. J'ai besoin de lui, ajoute-t-elle, le souffle court.

— Excuse-moi mais Paddy est mon mari, tu ne peux pas me le prendre ! s'exclame Barbara, déroutée.

— Avec tout le respect que je te dois, Barbara, il ne m'appartient pas. Et à toi non plus. C'est Paddy. Je me rends compte que c'est très pénible pour toi et j'ai vraiment essayé de ne gâcher la vie de personne, mais je n'ai pas changé d'avis, j'ai juste pris une nouvelle décision, dit-elle d'un ton détaché. Je veux vivre avec Paddy. Tu me manques, Paddy, poursuit-elle en élevant la voix. Je t'aime.

Paddy surgit dans l'entrée et lui adresse ce sourire tendre et familier qui devient de plus en plus radieux.

— La voilà, constate-t-il. Ma chevalière en armure.

— J'ignorais que tu avais besoin qu'on vienne à ton secours, lâche Barbara, vexée.

— *Nous* avions besoin d'être secourus, répond simplement Paddy. C'était juste la seule à pouvoir avoir le cran d'agir. Je suis désolé, Barbara.

— Je n'ai pas les moyens de t'acheter, Paddy, explique la femme. J'ai un avoir mais il ne suffit pas, j'ai vérifié ton prix. Je peux faire un prêt pour le reste. (Elle regarde Barbara.) Je te donnerai tout ce que je possède, Barbara, et tout ce que je gagnerai. Tu veux bien rentrer à la maison ? Paddy, s'il te plaît.

Barbara s'efface et lève les yeux vers lui, incapable de protester devant cet étalage d'amour.

— C'est tout ce que je veux, répond-il.

8

De retour chez eux, Paddy accroche son manteau sur le dossier d'une chaise et laisse sa valise dans l'entrée. Il l'attire à lui pour l'embrasser. Il est tellement fort et son geste est tellement soudain qu'il la fait vaciller. Ils évaluent mal le timing de leur baiser et leur proximité : leurs nez s'écrasent et leurs dents s'entrechoquent. Il bouge plus vite qu'elle ne s'y attend, elle sent sa chaussure écraser ses orteils et son cou lui fait mal quand elle s'étire à sa rencontre.

C'est maladroit et imparfait. C'est réel, c'est honnête et c'est tout ce qu'elle veut.

14

La femme qui perdit tout bon sens

On la retrouva en train de marcher au beau milieu d'une autoroute à trois voies à l'heure de pointe, un lundi matin à 8 heures. Si un accident n'avait pas eu lieu à la sortie, créant un embouteillage, ça aurait été encore plus dangereux. Elle dépassait les voitures en regardant droit devant elle avec un air déterminé, d'autres dirent perdu.

Les conducteurs la fixaient derrière leurs pare-brise, trop mal réveillés pour comprendre ce qu'ils voyaient, à savoir une femme d'une trentaine d'années en robe de chambre, une paire de baskets aux pieds. Certains pensèrent qu'elle était dans la voiture accidentée, qu'elle emmenait ses enfants à l'école en pyjama et qu'elle s'était éloignée de la scène, en état de choc. D'autres tentèrent de la persuader de se mettre à l'abri mais elle les ignora. D'autres encore la crurent folle et verrouillèrent leur voiture quand elle passa près d'eux.

Une seule personne eut l'idée d'appeler la police.

L'officier LaVar et sa partenaire, Lisa, étaient les plus près de la scène et furent les premiers à entrer en contact avec elle. Le temps qu'ils arrivent, sa position était devenue incroyablement dangereuse. Elle avait atteint la fin du bouchon et marchait à contre-courant des voitures qui circulaient à 120 kilomètres-heure. Les véhicules qui parvenaient à sa hauteur freinaient comme des malades en klaxonnant et mettaient en route leur warning pour prévenir ceux qui suivaient mais ça ne la décourageait pas.

Elle ne sortit de sa transe que lorsque LaVar et Lisa parvinrent à sa hauteur, sirène hurlante. Elle cessa enfin de marcher. Ils réussirent à arrêter les voitures, ce qui causa un nouvel embouteillage, et se ruèrent vers elle, sur leurs gardes.

— Merci, merci, dit-elle en leur adressant un sourire soulagé. Je suis contente que vous soyez enfin arrivés.

LaVar et Lisa échangèrent un regard surpris devant son absence d'hostilité et Lisa ne s'empara pas de ses menottes. Ils la guidèrent vers le bord de la route pour la mettre en sécurité.

— C'est une urgence, déclara la femme d'un ton sérieux. Je voudrais porter plainte. Quelqu'un m'a volé mon bon sens.

L'inquiétude disparut du visage de LaVar et se répandit sur celui de Lisa. Ils firent monter gentiment la femme dans la voiture et la conduisirent au commissariat. LaVar s'assit face à elle dans une des cellules parce que Lisa était incapable de garder son sérieux. Il avait posé deux gobelets en polystyrène remplis de thé au lait devant eux.

— Expliquez-moi ce que vous faisiez là-bas.

— Je vous l'ai déjà dit, dit-elle poliment. J'essayais de porter plainte. Quelqu'un m'a volé mon bon sens.

Elle porta le gobelet fumant à ses lèvres.

— Attention, c'est ch…, l'avertit-il, mais trop tard.

Elle grimaça lorsque le breuvage lui ébouillanta le palais.

— Je vous l'avais bien dit, finit-elle par lancer après s'être remise. Qui avec deux sous de jugeote ferait une chose pareille ?

— Bien vu.

— Oh, je sais bien que vous me croyez folle, affirma-t-elle en enserrant le gobelet dans ses mains. Qui pourrait bien *voler* du bon sens ? Et comment ?

Il hocha la tête. Bonnes questions. Pertinentes.

— Comment savez-vous qu'on vous l'a volé ? Vous l'avez peut-être perdu.

— Non, répondit-elle aussitôt. Je suis très prudente. Je ne perds jamais rien, je remets toujours tout à sa place et quelque chose comme mon bon sens… non. (Elle secoua la tête.) Je le garde tout le temps avec moi, je vérifie sans arrêt qu'il est bien là. C'est une nécessité, comme mon téléphone. Je n'irais nulle part sans lui.

— D'accord, d'accord.

— Quelqu'un me l'a volé, répéta-t-elle. C'est la seule explication possible.

— D'accord, acquiesça-t-il en s'inclinant devant sa conviction. Il faut donc chercher le coupable.

— Oui, souffla-t-elle, soulagée d'être enfin prise au sérieux.

— Des idées ? Vous avez vu quelqu'un rôder ?

Elle secoua la tête en se mordant la lèvre inférieure.

LaVar réfléchit à son tour.

— Voyons voir. Avez-vous un bon sens particulièrement fort ? Du genre qu'on pourrait vous envier ?

— Je me plaisais à le croire, répliqua-t-elle.

— Vous étiez peut-être réputée pour votre bon sens ? J'essaie de me mettre à la place du coupable. Les cambrioleurs dévalisent les maisons dans lesquelles ils savent qu'il y a des objets de valeur. Si quelqu'un a dérobé votre bon sens, il savait que vous en aviez un.

Elle opina, ravie de cette analyse.

— Y a-t-il eu des occasions dans lesquelles vous avez montré votre bon sens devant quelqu'un qui aurait pu décider de le voler ?

LaVar la regarda. Il avait l'impression qu'elle lui cachait quelque chose et il la pressa de le lui dire.

Elle soupira.

—Ce n'est qu'une théorie. Et ce n'est pas la peine de la suggérer si elle met quelqu'un dans la panade.

—Personne ne sera dans la panade tant qu'on n'aura pas résolu ce mystère, affirma-t-il en lui faisant signe de continuer.

—J'ai quitté mon mari il y a peu. Il avait une liaison depuis quatre ans avec sa collègue qui a une démarche de canard mais je me suis remise avec lui et on a essayé de repartir de zéro pendant un an. Mais ça n'a pas marché. Pas pour moi. Je lui ai dit que je voulais qu'on se sépare.

—C'est raisonnable, acquiesça LaVar.

—Oui. Et c'est la dernière fois que je me souviens de l'avoir utilisé.

—Des gens sont au courant de cette décision ?

—Tout le monde.

—Mmmm, dit-il. Ça ne réduit donc pas le nombre de suspects. C'est une démonstration de bon sens auprès d'une large population. (Il réfléchit de nouveau et poursuivit sur la même ligne directrice.) Et votre mari, il était content de la situation ?

—Pas du tout.

—Mmmm. Continuez.

—Il voulait qu'on continue à vivre ensemble, mais j'ai trouvé que c'était une mauvaise idée. Ça nous aurait empêchés de tourner la page.

—Encore une preuve de bon sens, fit-il remarquer.

—Ah oui. Il était donc encore en ma possession à ce moment-là. Ce qui veut dire...

Une pensée lui vint.

—Poursuivez.

—On a dû vendre la maison. Il a emballé ses affaires et moi les miennes et c'est là que je me suis rendu compte que mon bon sens avait disparu. J'ai déballé tous mes cartons chez ma mère, je me suis installée chez elle pour le moment, jusqu'à ce que je retombe sur mes pieds. Mais il n'était pas là… il n'est plus là du tout. Mon ex-mari a dû l'emporter avec lui, le ranger dans un de ses cartons. Qu'il l'ait fait exprès ou pas, je l'ignore, mais c'est ma seule théorie. Je suis certaine que je l'avais avant de déménager.

LaVar tourna et retourna le problème dans sa tête.

— Et qu'est-ce qui vous fait penser que vous ne l'avez plus en ce moment ?

— Ce matin, j'ai emprunté l'autoroute à pied et en robe de chambre.

— C'est juste, acquiesça-t-il. Et pourtant… (Il la considéra plus attentivement.) Vous semblez avoir encore votre présence d'esprit.

— Ce n'est pas ce qu'il m'a dérobé ! Si c'était le cas, je serais de nouveau avec lui dans notre maison. Ce qu'il a fait m'a rendu ma présence d'esprit, au contraire.

Il opina. C'était de nouveau un argument fort logique.

— Dites-moi, que portez-vous sous votre peignoir ?

Désarçonnée, elle attira les pans de sa robe de chambre plus étroitement à elle.

— Ma chemise de nuit.

— Pourquoi ne pas être sortie sans peignoir ?

— Parce que je me serais gelée. Et en plus, elle est transparente.

— Mmm.

— Quoi ?

Il baissa les yeux sur ses pieds.

— Et les baskets ? Vous les portez chez vous quand vous êtes en chemise de nuit ?

— Non ! D'habitude, je mets mes pantoufles, celles aux semelles antidérapantes mais elles n'étaient pas adaptées à l'autoroute.

— Bonne remarque. (Il griffonna quelque chose dans son carnet.) Et pourquoi êtes-vous allée marcher sur l'autoroute ?

— Je vous l'ai dit, pour rapporter un crime. Je sais, c'est absurde.

— Vous le *savez*.

— Oui.

— Eh bien, si vous savez que c'est absurde, c'est certainement parce que votre bon sens vous le dit.

Elle réfléchit à ce qu'il venait de dire.

— Et vous avez alerté les autorités, exactement comme vous le vouliez.

— Mais je ne me suis pas rendue au commissariat, lui rappela-t-elle.

— Écoutez, dit-il gentiment. Je ne peux pas remplir de formulaire de plainte. Je ne crois pas que votre bon sens ait été volé ni que vous l'ayez perdu. Je pense que vous l'avez toujours sur vous, mais que vous ne l'utilisez pas de la même manière.

Elle réfléchit.

LaVar lui donna son analyse de la situation.

— Vous avez enfilé votre robe de chambre parce que vous saviez que vous auriez froid et mis vos baskets parce que vous saviez que des pantoufles ne vous permettraient pas de marcher correctement sur l'autoroute. Vous avez pris l'autoroute à l'heure de pointe parce que vous saviez que quelqu'un appellerait la police et que vous vouliez attirer notre attention sur ce vol. On dirait que vous êtes parvenue à vos fins malgré la méthode peu orthodoxe que vous avez utilisée.

Elle se renfonça dans sa chaise et réfléchit de nouveau.

— Vous avez peut-être raison.

— Étant donné les circonstances, je vais vous laisser partir avec un avertissement. Quoi que vous fassiez, ne mettez plus en danger votre vie ou celle des autres.

Elle acquiesça, tête baissée, comme une enfant prise en faute.

LaVar abandonna son ton autoritaire.

— Votre bon sens est un peu différent, je vous l'accorde. Il n'est pas linéaire et ne ressemble pas à celui de la majorité des gens, mais ça ne veut pas dire qu'il est faux ou qu'il a été perdu ou volé. C'est le vôtre et il est unique.

Les yeux de la femme se remplirent de larmes. LaVar lui tendit un mouchoir.

— Merci, dit-elle à voix basse.

— Vous avez manifestement traversé des temps difficiles. Les gens réfléchissent différemment dans ces moments-là. Mais vous n'êtes pas folle.

— Vous êtes très intelligent, inspecteur, constata-t-elle en souriant.

— Vous voyez bien que vous n'avez pas perdu votre bon sens, dit-il en lui rendant son sourire.

— Merci.

Elle sourit et poussa un long soupir de soulagement.

15

La femme qui marcha dans les chaussures de son mari

Elle avait entendu parler d'hommes qui faisaient ça et elle savait pertinemment que c'était parfois un costume, parfois une gratification sexuelle, parfois parce qu'ils ne s'identifiaient pas tout à fait au genre masculin et d'autres fois parce que c'étaient des femmes nées dans un corps d'homme. Certains se sentaient entre l'homme et la femme et possédaient donc deux genres, parce que leurs âmes avaient deux côtés, mâle et femelle. Elle savait tout ça parce qu'elle avait entendu les histoires de femmes dont les maris aimaient porter leurs sous-vêtements, de femmes dont les fils étaient devenus des filles, une autre dont l'époux aimait sortir une fois par semaine habillé comme son alter ego féminin. Elle avait appris tout ça de manière superficielle puis elle avait fait des recherches. Pour elle.

C'était une femme, pas un homme : elle était née femme, se sentait femme, s'habillait comme une femme, se sentait sexy habillée en femme, et encore plus sexy nue. Et pourtant.

Elle brûlait du désir de se glisser dans les chaussures de son mari.

Ce n'était pas une envie temporaire, mais un désir qui faisait battre son cœur plus vite et lui martelait le crâne, un désir si puissant qu'il en devenait alarmant. Il était tellement fort qu'elle savait que c'était mal. Et aussitôt qu'il naquit en elle, elle se mit à voir les chaussures de son mari partout. Elles étaient dans toute la maison, abandonnées là où il les avait ôtées. Des baskets sales près de la porte après son jogging, des mocassins cirés sous la table où il les avait enlevés après une longue journée, des pantoufles écossaises près du canapé en cuir quand il avait levé les pieds. Il aurait été facile de se glisser dedans, même quand il était là. Il aurait été facile de marcher en tournant ça à la plaisanterie ; il s'en ficherait, comme tout le monde. Mais elle ne voulait pas en faire une plaisanterie. Elle voulait porter ces chaussures pour de vrai. Et c'était important, pas une farce, et elle voulait le faire en privé. Elle avait envie d'enfiler les chaussures de son mari, non pas parce qu'elle en aimait le style, le tissu, la forme ou la taille. Elle voulait savoir ce que ça faisait que de marcher littéralement dans ses chaussures.

Elle n'avait jamais été autant effrayée par une envie, ni autant embarrassée et dégoûtée par elle-même.

Il lui était difficile de trouver du temps pour ça, et tant mieux. Elle voulait cacher son désir. Elle travaillait, il travaillait, les enfants, les repas, la vie, le sommeil. Les journées étaient bien remplies, elle n'avait pas de temps pour le secret, elle ne pouvait même pas aller aux toilettes sans laisser la porte ouverte. Mais dissimuler ce secret ne fit que l'intensifier. Comme un volcan, avec le temps, cette passion impulsive s'accrut.

Ils étaient en train de regarder la télévision, de *binger* leur série préférée, un épisode après l'autre ; ils étaient tous deux épuisés et privés de sommeil mais ils avaient besoin de terminer la série, pourtant certains chaque fois que cet épisode serait le dernier avant de se laisser happer par le *cliffhanger* final et de regarder la suite. Ce soir, cependant, elle ne parvenait pas à s'immerger totalement comme elle en avait l'habitude. Elle se sentait distraite, agitée. Ça lui rappelait l'époque où elle fumait ; elle avait parfois tellement envie d'une cigarette qu'elle n'était pas tranquille tant qu'elle ne l'avait pas allumée. Le volcan était toujours actif. Et elle explosa. En silence. Elle lui dit qu'elle avait besoin d'aller aux toilettes, que ce n'était pas la peine qu'il mette sur pause ni qu'il l'attende – ce qui suscita des questions ; ils arrêtaient toujours la série quand l'un des deux quittait la pièce.

Ses réponses le satisfirent et elle gagna aussitôt l'armoire de son mari, avec l'impression d'être plus une arnaqueuse qu'une détective, et elle examina sa collection de chaussures. Elle avait l'impression d'être une enfant dans une boutique de bonbons admirant les étalages. Elle observa les mocassins noirs qu'il portait pour travailler. Comment s'était passée sa journée ? se demanda-t-elle. « Bien », avait-il dit, mais un peu distrait et sans lui donner de détails. Puis elle aperçut ses brogues en cuir marron modernes, celles avec la semelle bleue, qui donnaient à son époux l'air cool de celui qui est drôle, attirant et qui aime sortir. Elle les apporta aux toilettes. Elle verrouilla la porte. Elle enfila les chaussures de son mari. Elle fit les cent pas sur le tapis en réfléchissant et en espérant quelque chose – une révélation, une apogée à sa lente montée, une espèce de calme après l'éruption qui l'avait conduite à l'étage. Mais ça ne fit rien d'autre que de piquer sa curiosité. Il lui en fallait plus. Elle voulait savoir ce que ça faisait de se déplacer comme lui, dehors. Elle partageait une maison avec lui, certains diraient même une vie, ils avaient fait des enfants ensemble, ils avaient ri et pleuré, enterré leurs parents, dit au revoir à des amis ensemble. Et pourtant.

Et pourtant leurs vies étaient différentes.

Elle n'avait pas besoin de comprendre ce qu'il pensait de sa vie ; il le lui communiquait volontiers. Elle était intriguée par sa façon d'être. Les choses normales dont il ne lui parlait pas parce que c'était comme ça, que ce n'était ni différent ni extraordinaire. Elle voulait savoir comment c'était.

Elle attendit impatiemment l'étape suivante.

Elle l'encouragea vivement à partir jouer au golf pendant quelques jours, ce qui éveilla de nouveau la curiosité de son époux, mais ça signifiait qu'elle aurait trois jours pour elle. Après lui avoir dit au revoir, elle attendit, juste au cas où il aurait oublié quelque chose. Elle ne voulait pas qu'il la surprenne. Elle combattit le désir impérieux de commencer et fit les cent pas dans la cuisine, les yeux rivés à la pendule. Au bout de vingt minutes, voyant qu'il n'était pas revenu, elle se rua à l'étage.

Elle pénétra dans leur dressing et se dirigea sans hésiter vers ses baskets. Il les mettait tout le temps, c'était son look « je vais acheter du pain, du lait et du bacon, j'amène les enfants jouer au square » avec un jean usé, un tee-shirt, un sweat-shirt et une montre de sport.

Elle glissa les pieds dans les baskets, se redressa et observa son reflet dans le miroir. Elle gloussa. Comme elle avait la maison pour elle toute seule, elle posa, essaya de se tenir comme lui et pouffa de nouveau. Les chaussures étaient six pointures trop grandes – comme des chaussures de clown – et elle ne cessait de trébucher.

La porte de la chambre s'ouvrit et elle se figea. Ada, leur femme de ménage, surgit sur le seuil et eut si peur qu'elle sursauta, et porta les mains à son cœur en jurant.

— Pardon, monsieur Simpson, vous m'avez fait une peur bleue ! couina-t-elle en essayant de reprendre son souffle.

La femme qui portait les chaussures de son mari s'immobilisa, mortifiée, et attendit qu'Ada ouvre les yeux. Devait-elle s'excuser pour avoir enfilé ses chaussures ou au contraire faire comme si de rien n'était ? Elle était chez elle, elle n'avait pas besoin de s'excuser ni de s'expliquer, et pourtant elle se sentait obligée de faire les deux. Elle était toujours en train de peser le pour et le contre lorsque Ada poursuivit :

— J'aurais frappé mais je croyais que vous étiez parti jouer au golf. J'ai laissé sortir Max dans le jardin pour qu'il fasse ses besoins et j'ai vidé le cendrier près de l'appentis avant que vous-savez-qui ne le voie, dit-elle avec un sourire complice.

La femme fronça les sourcils.

— Ada ?

— Oui ?

— Vous plaisantez ?

— Non !

— Pourquoi m'avez-vous appelée monsieur Simpson ?

— Oh, répondit-elle en levant les yeux au ciel en s'éloignant. Mike. Désolée. Ça me gêne. Je trouve ça... Pourquoi me suivez-vous ?

La femme emboîta le pas à Ada tandis qu'elle travaillait en essayant de deviner pourquoi elle l'appelait par le nom de son mari. Mais il était clair qu'Ada ne faisait pas semblant. Stupéfaite, elle la laissa tranquille et regagna le dressing où elle continua à contempler son reflet dans la glace.

Elle ôta aussitôt les chaussures de son mari. Elle se sentait sale, honteuse et perdue. Cette nuit-là, elle fut incapable de dormir. Elle resta éveillée pour tenter d'analyser ce qu'elle avait ressenti dans les chaussures de son mari. Toute bizarrerie mise à part, elle rejoua dans son esprit exactement ce qui s'était passé et en vint à la conclusion qu'Ada lui avait semblé différente de celle à qui elle parlait plusieurs fois par semaine. Ada s'était montrée plus formelle, nerveuse – elle ne regardait pas Mike dans les yeux, elle était moins familière. Comme si elle ne voulait pas rester trop longtemps seule dans une pièce avec lui. Si ce n'était pas parce qu'elle avait l'impression que sa patronne portait les chaussures de son mari, alors elle pouvait en déduire qu'elle se sentait moins à l'aise avec Mike qu'avec elle. C'était un détail mais elle avait appris quelque chose de différent et de nouveau.

Le lendemain, elle enfila de nouveau les baskets de son époux. Elle ouvrit au facteur quand il sonna.

— Mike, la salua-t-il.

Elle ignorait le prénom du facteur. Il leur distribuait le courrier depuis dix ans.

— Bonjour, répondit-elle, certaine que sa voix la trahirait, ce qui ne fut pas le cas.

Le facteur, qui ne la regardait jamais quand il lui disait bonjour, se mit à parler de football. Ce nouveau rebondissement suffit à l'aiguillonner. La vie de Mike était déjà différente. Elle échangea les baskets contre ses chaussures chic, celles qu'il ne mettait jamais pour travailler, et alla chercher les enfants à l'école. Au milieu de la horde de femmes qui attendait devant les grilles, elle aperçut trois autres hommes. Elle sentit immédiatement tous les yeux se poser sur elle mais personne n'engagea la conversation. D'ordinaire, il y avait toujours quelqu'un pour bavarder avec elle à la sortie mais les conversations continuèrent comme si elle n'était pas là. Cependant, leur façon d'agir comme si Mike était absent ne faisait que renforcer le fait qu'elles étaient toutes très conscientes de sa présence. Elle se sentit embarrassée. Elle concentra son attention sur les salles de classe des enfants. Quand les gamins arrivèrent, ils lui adressèrent un sourire éclatant.

— Papa !

Ils coururent vers elle et la serrèrent contre eux, plus expansifs qu'ils ne l'avaient jamais été avec elle. Elle était à la fois ravie et mal à l'aise.

Une mère, qui ne la regardait jamais parce qu'elles ne se connaissaient pas, lui adressa un grand sourire qui illumina son visage.

— Salut, Mike.

— Salut, répondit-elle, étourdie.

Une fois rentrée chez elle, elle se sentit trop faible pour marcher dans les chaussures de son mari. Elle avait envie d'interroger les enfants sur un sujet mais elle savait que si elle le faisait, elle les trahirait, aussi ôta-t-elle les chaussures pour redevenir maman. Elle regagna la cuisine le cœur lourd et annonça aux enfants qu'il fallait faire les devoirs, ce qui suscita leurs protestations.

Le lendemain, elle remit les chaussures, cette fois pour aller faire du shopping en ville. Les gens s'attendaient à ce qu'elle soit physiquement plus utile, qu'elle tienne les portes et ils oubliaient souvent de la remercier. Elle se rendit au bureau de Mike. En approchant de son bureau, elle sentit sa poitrine se contracter et la migraine poindre. Elle découvrit que Mike détestait son job ou du moins éprouvait beaucoup de stress à cause de lui. Elle se promena des heures dans la ville, ressentant un besoin de ne pas marcher trop près des femmes, et elle alla dans le plus d'endroits possible qu'ils fréquentaient ensemble afin de voir à quoi ressemblait le monde pour son mari. Son comportement s'ajusta naturellement, elle sentait son corps se plier aux situations sociales d'une façon qu'elle n'aurait jamais imaginée.

Ce soir-là, elle fit appel à une baby-sitter et sortit dans un bar, les chaussures à la mode de Mike aux pieds. Elle s'installa au bar – quelque chose qu'elle ne faisait jamais de peur de se faire draguer – et profita d'un moment calme et tranquille. Au bout d'un certain temps, elle sentit un regard posé sur elle. Elle se tourna et vit que Bob Waterhouse la regardait. Bob était le type qui s'habillait comme son alter ego féminin un soir par semaine ; elle se souvint d'en avoir parlé à sa femme Melissa un soir qu'elles avaient trop bu. En rentrant chez elle, Melissa l'avait trouvé vêtu en femme et pas avec ses vêtements. Il possédait une valise entière d'habits féminins à sa taille. Elle ne savait pas comment réagir mais son amour pour elle n'avait pas changé et ses désirs ne changèrent rien entre eux, sauf qu'elle le comprit mieux et qu'il se mit à sortir travesti une fois par semaine, parfois avec elle, parfois avec des gens qui eux aussi se travestissaient en femme.

À la façon dont Bob la regardait, enfin plutôt *Mike*, elle se demanda s'il y avait encore chez lui des choses que son épouse ignorait. Il draguait peut-être Mike. Elle se détourna et descendit sa bière. Il se retrouva soudain près d'elle et lui demanda s'il pouvait l'accompagner.

— Non, merci, j'allais partir, répondit-elle.

Bob adressa à Mike un clin d'œil complice.

— Ta femme est restée à la maison ?

Elle se figea.

— Euh oui.

— C'est ça, ricana Bob. Bonjour là-dedans, ajouta-t-il d'une voix chantante.

La femme fronça les sourcils.

— C'est moi, murmura Bob. Melissa.

La femme qui portait les chaussures de son mari se concentra le plus possible et finit par voir qui se tenait vraiment devant elle. Celle qu'elle avait prise pour Bob était en réalité Melissa.

Elle baissa les yeux et se rendit compte que Melissa portait les Converse de Bob.

— J'ai commencé à faire ça il y a quelques mois, juste après avoir surpris Bob en robe, expliqua-t-elle en attirant l'attention du barman pour commander deux bières. J'ai voulu comprendre pourquoi il se travestissait. Bob adore les chaussures de femme. C'est ce qu'il préfère. Du coup, c'est ce que j'ai essayé en premier. Dès que je les ai mises, je me suis rendu compte que tout le monde me prenait pour lui. Il ne sait pas que je le fais – ou peut-être que si mais il se dit qu'il a gardé son secret pendant longtemps et que je peux bien garder le mien. Quand est-ce que tu as compris ?

— Cette semaine, chuchota la femme en se demandant pourquoi elle parlait aussi bas.

Melissa frappa dans ses mains avec enthousiasme.

— C'est génial, tu as vu ? Tu sais quand je suis allée prendre un verre toute seule dans un bar tranquillement pour la dernière fois ?

La femme secoua la tête.

— Exactement. Jamais. Les femmes ne s'assoient pas seules dans les bars. Si elles le font, elles passent pour des alcooliques, ou des nanas qui cherchent un plan cul, ou des solitaires qui veulent de la compagnie, et un abruti vient s'asseoir pour leur parler, alors qu'on veut juste qu'on nous fiche la paix. Quand tu es un homme, personne n'essaie de te tenir compagnie à moins que tu ne le demandes. Comment ça s'est passé pour toi ? demanda Melissa avec un sourire tout en descendant sa bière.

— J'ai appris que Mike détestait son job, qu'il fumait en secret, qu'il n'aime pas être seul avec les femmes dans certaines circonstances, que les femmes peuvent être injustement exclusives, qu'il ressent un tel besoin de protéger et de défendre sa famille qu'il en a des crises d'angoisse. Il se sent en sécurité avec sa mère, distant avec son père, ses amis forment une armée fraternelle et une mère de l'école, Polly Gorman, en pince pour lui.

— Polly Gorman ! (Melissa renversa la tête en arrière et éclata de rire.) Mike ne la regarderait jamais.

— Non, répliqua la femme en avalant une gorgée de bière. Il l'a royalement ignorée aujourd'hui.

Melissa s'esclaffa et elles entrechoquèrent leurs verres.

— Mais j'en ai appris davantage, déclara la femme d'un ton plus sérieux. C'est un autre monde, pas vrai ?

Melissa acquiesça, solennelle à son tour.

— Quand on porte ces chaussures, on marche dans un monde d'hommes.

— Pas exactement, rectifia-t-elle. Quand je porte ces chaussures, je marche dans le monde de Mike. Je croyais que je comprendrais la vie des hommes mais je comprends uniquement celle de *cet homme-là.* Je ressens ce qu'il ressent quand il rentre dans une pièce. Je sais ce que les autres suscitent en lui. Notre monde est à la fois le même et à la fois totalement différent. Nous partageons nos vies mais nous avons chacun la nôtre. Quand j'enfile ses chaussures, les choses changent. Je vois les mêmes mais sous un angle différent. Les expressions, les intonations, les regards, les réactions, c'est tout ce qui nous sépare de nos expériences. De la même manière qu'on ne peut pas résumer ce que c'est que d'être une femme, on ne peut pas expliquer ce que c'est que d'être un homme.

Melissa réfléchit.

— Je pense que je pourrais facilement résumer ce que c'est que d'être une femme.

— Uniquement cette femme-là, fait remarquer la femme en tendant l'index vers la poitrine de Melissa.

— Tu as raison, acquiesça Melissa.

— Je ne peux pas résumer la vie avec des mots. Ce n'est pas ce qu'on fait ou dit. C'est un sentiment.

— Un dernier pour la route ? demanda soudain le barman.

— Pourquoi pas ? répondit Melissa.

— Ce que Bobonne ne sait pas ne la tuera pas, ajouta la femme.

Et elles éclatèrent de rire.

Les deux femmes qui attendaient leur commande au bar leur lancèrent un regard dégoûté.

— Espèces de sales machos, marmonna l'une des deux.

Lorsque Mike revint de ses trois jours de golf, la femme le serra contre elle plus étroitement que jamais.

— Que se passe-t-il ? murmura-t-il en laissant tomber son sac pour lui retourner son étreinte en respirant ses cheveux.

— Je t'aime, murmura-t-elle. Merci pour tout ce que tu fais ; pour tout ce que je vois mais encore plus pour tout ce que je ne vois pas.

Elle sentit son corps se détendre et il la serra encore plus fort.

16

La femme qui avait une plume dans la tête

Elle est allongée sur le dos, les bras le long du corps, et l'IRM la fait avancer dans l'espace étroit comme un cercueil. Le casque qui emprisonne ses oreilles est censé l'aider à se détendre, à lui faire oublier les murs qui se pressent autour d'elle, le plafond si près de son nez. Si elle s'est un jour demandé à quoi ça ressemble d'être enterrée vivante, voilà la réponse.

Elle ignorait qu'elle était claustrophobe mais aussitôt qu'elle se retrouve tout entière enfermée dans le tube étroit, son cœur s'affole et elle ressent le besoin de hurler :

— Arrêtez !

Elle veut se lever pour s'enfuir mais elle sait qu'elle ne le peut pas. C'est sa dernière chance de découvrir ce qui cloche chez elle : tous les autres examens se sont révélés infructueux et pourtant son état empire. Au début, elle était fatiguée, étourdie, confuse, troublée – mais malgré une prise de sang, on n'a rien détecté. Ni déficience en fer, ni problèmes de thyroïde, juste le stress d'une vie trépidante comme tous les autres jeunes parents qui étaient aussi épuisés qu'elle.

Mais les symptômes ont empiré. Son élocution s'est trouvée affectée, suivie par ses gestes. Il se passe quelque chose dans son cerveau, il n'envoie plus les bons signaux à son corps. C'est pour ça qu'elle se retrouve dans ce tube ; elle espère qu'elle n'a rien de grave mais qu'on trouvera quelque chose, un truc petit, insignifiant, facile à soigner mais *quelque chose* pour prouver que son comportement lui échappe.

La première fois qu'elle a consulté le docteur Khatri, il lui a dit qu'il pensait que c'était le cervelet. Il lui a expliqué qu'il servait à coordonner les mouvements des muscles et à maintenir la posture et l'équilibre. Si on enlève le cervelet, on peut continuer à tout faire, mais de manière hésitante et maladroite. Ce qui lui a paru être une bonne définition de ce qui lui arrivait. Elle ne cessait de faire tomber son verre et celui des autres à table. Au début c'était drôle, mais c'était rapidement devenu agaçant et un sujet de dispute avec son mari. Elle savait qu'elle était maladroite et il s'était d'abord montré patient mais alors qu'elle en était consciente, elle était incapable de se contrôler, même si elle se concentrait.

Sa reconnaissance de l'espace était en train de lui échapper aussi. Elle essayait de poser une assiette sur le plan de travail mais la faisait tomber par terre. Cela lui arrivait souvent : une fois, elle avait même fait tomber une assiette pleine sur les genoux de son mari. Elle fermait la porte du lave-vaisselle sur une pile d'assiettes, les cassant.

Elle avait trouvé un poulet enveloppé de film alimentaire sous l'évier et le rouleau de plastique dans le frigo. Elle avait rangé la bouilloire pleine d'eau bouillante dans le frigo et la bouteille de lait près du grille-pain. Elle s'était rendue au centre commercial en voiture, s'était garée, avait fait ses courses puis avait pris un taxi pour rentrer parce qu'elle avait oublié qu'elle était venue en voiture. Elle avait mélangé les déjeuners des enfants. Elle s'était brossé les dents avec sa crème contre les boutons de fièvre.

Elle avait sans arrêt de légers accrochages en voiture – elle avait éraflé des murs, abîmé les rétroviseurs extérieurs, heurté des pare-chocs et des réverbères plus de fois qu'elle ne pouvait les compter. La plupart du temps, elle ne s'en rendait même pas compte ; c'était lorsque son mari inspectait la voiture le soir que ses erreurs lui apparaissaient. Et elle ne pouvait pas prétendre que c'était toujours la faute des autres conducteurs.

Sa peau s'était mise à ressembler à la carrosserie de la voiture. Une coupure sur sa main là où un couteau de cuisine avait glissé, une bosse là où elle s'était cogné la hanche contre un coin de table, un orteil écrasé, des coudes bleus à force de heurter l'encadrement des portes, de même pour ses tibias contre la portière de la voiture. Lorsque son élocution avait commencé à changer, de même que sa capacité à raconter une histoire ou simplement à élaborer une phrase, ou à se rappeler un mot, le médecin avait changé d'avis. Il s'était concentré sur le lobe frontal, qui est responsable de la personnalité, du comportement, des émotions, du jugement, de la résolution des problèmes, de la parole et de la concentration. Mais alors qu'elle pouvait accuser la privation de sommeil, parce qu'elle était épuisée, incapable de dormir à cause de ce qui lui arrivait, elle ne pouvait nier qu'elle était obsédée par l'état de son cerveau.

Elle avait l'impression qu'il était en train de cesser lentement de fonctionner. Et elle ne pouvait pas se le permettre. Pas avec quatre enfants qui dépendaient d'elle. Ils étaient toute sa vie. Elle seule était responsable de leur emploi du temps et de les amener là où ils devaient être. Elle les nourrissait, les habillait, les aimait et les conduisait. C'était chronophage, épuisant mais gratifiant. Elle n'avait pas repris le travail après la naissance de son premier enfant dix ans auparavant. Elle était analyste financière et, alors qu'elle avait eu l'intention de retourner au boulot, elle avait rallongé son congé maternité à plusieurs reprises, puis elle avait eu d'autres enfants et avait accepté qu'elle ne reviendrait plus. Elle était satisfaite de rester chez elle avec ses magnifiques bébés. Elle se sentait en paix, même si c'était plus éprouvant et éreintant que son travail.

Perdre son salaire avait été difficile ; avant, elle dépensait ce qu'elle voulait, sans permission, sans discussion. À présent, elle vivotait avec un budget soigneusement géré. La maternité n'était pas, comme le croyaient certains, une vie plus simple. Elle la trouvait plus exigeante et jonglait en permanence avec les responsabilités qui lui incombaient pour s'occuper de quatre personnalités en développement et des obstacles que la vie mettait sur la route de chacune d'entre elles.

Tandis qu'elle ferme les yeux et inspire profondément, coincée dans le tube de l'IRM, elle espère à la fois que les médecins ne trouveront rien et qu'ils pourront lui expliquer ce qui cloche. La situation est inextricable. Elle a besoin que ça soit réparable. Les larmes se mettent à couler et tombent dans ses oreilles, lui chatouillant le cou. Elle n'a pas assez de place pour lever la main pour les essuyer. Elle ouvre les yeux un instant et voit la surface blanche et froide du plafond trop près d'elle. Elle sent la panique monter et la repousse en respirant, les paupières fermées, et en se concentrant sur la musique classique qui vient du casque. C'est un morceau familier mais comme tant de choses, elle est incapable de se rappeler son nom.

Elle se perd dans ses pensées pendant un moment, elle pense à ses enfants, elle espère qu'ils vont bien et que la mère de Paul a réussi à les récupérer à l'heure à l'école Montessori. Jamie a entraînement de football et Ella, natation. Lucy a besoin de son sac de jouets pour s'occuper pendant qu'elle les attendra et Adam devra faire ses devoirs pendant la leçon de piscine d'Ella…

Elle entend la voix du docteur Khatri dans le casque. Elle a bougé pendant l'IRM, ils sont obligés de recommencer. Elle repousse la frustration tandis que la machine vrombit bruyamment de nouveau et elle se garde bien cette fois-ci de bouger un seul muscle.

Ils en finissent enfin. De retour aux plafonds hauts et à l'air libre, le soulagement la submerge, puis la peur la picote. Qu'ont-ils découvert ?

Ils attendent.

Paul a l'air épuisé et inquiet. Elle se serait débrouillée pour vivre avec mais Paul a exigé qu'elle fasse un examen. Ça va mal entre eux depuis quelque temps et il est clair que son comportement ne fait qu'aggraver les choses. Mais maintenant qu'ils sont à l'hôpital, à faire cette IRM après toute une batterie de tests, elle sait qu'il s'en veut d'avoir souvent perdu patience avec elle.

— Ce n'est pas grave, dit-elle gentiment. Je m'agaçais moi-même. Je me fatiguais toute seule. Je suis fatiguée.

Il lui adresse un regard plein de pitié et elle n'aime pas ça. Ça l'effraie. Les choses sont devenues trop sérieuses. Elle a envie de remonter le temps et de redevenir l'épouse, l'amie, la sœur et la mère maladroite et drôle.

Le docteur Khatri entre, l'air perplexe. Il la dévisage pendant un instant et elle doute qu'il la voie comme une personne ; c'est le même regard que celui d'un mécanicien qui ouvre le capot d'une voiture pour examiner le moteur.

— Tout va bien ? demande Paul en se levant d'un bond.

— C'est particulier. Nous n'avons jamais rien vu de semblable.

Paul déglutit, le front maculé de sueur. Il ressemble à un enfant.

— Expliquez-vous, s'il vous plaît.

— Je ne peux pas… Je vais devoir vous montrer.

Toujours dans sa blouse d'hôpital, elle suit les deux hommes dans la salle d'examen.

Plusieurs radios sont fixées sur les panneaux lumineux. Elle les regarde sans même essayer de les analyser. Elle ignore à quoi ressemble un cerveau normal ou une tumeur. En reconnaîtrait-elle une si elle la voyait ? Saurait-elle qu'elle est là ? Mais Paul a l'air au courant, lui, parce qu'il met les mains sur les hanches et examine les radios, bouche bée.

— Est-ce que c'est… ?

— On dirait bien, répond le docteur Khatri avant de se frotter le visage, dérouté.

— Mais comment est-ce… ?

— Honnêtement, je n'en ai pas la moindre idée.

— Chérie, déclare Paul en se tournant vers elle pour la regarder.

Elle tremble. Quelque chose cloche dans son cerveau. Elle pense à Jamie, Ella, Lucy et Adam, ses bébés qui ont besoin d'elle, qui ne peuvent littéralement pas survivre sans elle. Elle ne peut pas les imaginer sans elle. Tout ce qu'elle a envie de demander, c'est « Combien de temps il me reste ? » mais elle ne parvient pas à formuler la question à haute voix.

— Tu vois ? la pousse Paul.

— Non, je ne suis pas neurochirurgienne, réplique-t-elle, perplexe.

— Moi non plus mais il y a…

L'agacement familier suinte de sa voix.

C'est le même ton irrité qu'il utilise depuis un an, peut-être plus longtemps. Un silence embarrassé s'abat sur la pièce. Deux autres médecins sont entrés pour examiner les résultats. Elle se sent honteuse, giflée en plein visage, rabrouée par son mari devant témoins mais elle lève quand même lentement les yeux pour observer les radios.

— Avec tout le respect que je vous dois, intervient le docteur Khatri, prenant sa défense, son cerveau ne peut pas fonctionner normale…

— Oh ! s'exclame-t-elle soudain.

Elle s'avance plus près des radios pour les étudier. Elle ne comprend pas comment elle a pu ne pas le remarquer avant.

Une plume squelettique est enroulée autour de son cerveau.

Elle fait face au docteur Khatri.

— Il y a une plume sur mon cerveau, un oiseau dans ma tête ?

Elle grimace, dégoûtée, et se sent étourdie ; elle a envie de se frapper la tête avec violence pour l'expulser par les oreilles. Et c'est exactement ce qu'elle fait. Paul et le docteur Khatri se précipitent vers elle pour l'arrêter.

— Il n'y a pas d'oiseau dans votre cerveau, affirme le docteur Khatri pour essayer de la calmer.

— Mais comment la plume aurait-elle pu s'y retrouver, alors ? demande-t-elle. (Elle a frappé tellement fort que sa tête est douloureuse.) Les plumes n'apparaissent pas comme ça. Elles poussent sur des oiseaux. Et des poulets. Et… qui d'autre a des plumes ?

Elle frissonne de nouveau, elle a envie de secouer la tête de toutes ses forces pour la faire tomber. Elle se rapproche encore des radios.

— Est-ce qu'il y a un poulet invisible dans mon cerveau ?

Les experts en blouse blanche se rapprochent des radios à leur tour.

— La plume n'en est-elle pas la preuve ? demande-t-elle.

Le docteur Khatri réfléchit.

— Je l'ignore… mais en revanche, je peux vous dire ce que je sais. Un côté, comme vous le voyez – le côté gauche – est presque entièrement recouvert par cette… plume… qui affecte votre élocution et votre discours, votre calcul mental et votre analyse des faits, ce qui explique votre comportement et les problèmes que vous rencontrez.

— Comment on va la sortir de là ?

— Malheureusement, on ne peut pas opérer. C'est trop dangereux.

Elle lui lance un regard choqué.

— Je ne peux pas vivre avec une plume dans la tête.

— C'est pourtant ce que vous faites.

— Mais je ne peux pas continuer ! Impossible. Vous devez faire quelque chose. Je ne peux pas prendre de médicaments ?

Il secoue lentement la tête.

— Je ne vois pas quel genre de médicament pourrait détruire cette plume.

— Et si on soufflait dessus ? Il n'y a pas une machine capable de souffler dessus par l'oreille ?

— La plume serait toujours dans votre crâne, elle se contenterait de se déplacer. D'une certaine manière, vous avez de la chance qu'elle soit dans cette partie du cerveau – si elle était ailleurs, vous seriez paralysée, incapable de parler, et vous auriez de graves lésions.

Elle se sent complètement impuissante.

— Je dois faire quelque chose.

— Je… euh… (Le docteur Khatri se tourne vers ses collègues pour chercher du soutien mais ils se détournent, gênés.) J'ai bien peur que nous soyons incapables de trouver une solution.

Un médecin rompt le silence.

— Si je peux… ?

La femme hoche la tête, lui donnant la permission de continuer.

— Je suis ornithologue amateur. Et cette plume est longue et spectaculaire. C'est un plumage impressionnant, la complimente-t-il.

Elle le regarde, décontenancée.

— Je pense que c'est une plume de paon.

— Que suggérez-vous ? demande son mari.

— Le paon déploie sa roue et agite ses plumes durant la saison des amours…

— Je ne veux pas d'autre enfant, lance-t-elle précipitamment. (Elle regarde son mari.) Je n'en veux pas, affirme-t-elle d'un ton assuré.

— D'accord, déclare-t-il en jetant un regard nerveux au médecin.

— Ce n'est pas ce que je suggère. Les paons agissent ainsi pour attirer l'attention.

Elle examine la radio.

— Est-ce que ça peut avoir un lien avec l'activité cérébrale ?

Il y réfléchit et les autres docteurs détournent de nouveau le regard et baissent les yeux en agitant les pieds. Personne ne comprend ce qui se passe réellement.

Elle soupire. C'est à elle de trouver.

— Je ne suis pas autant stimulée qu'avant. Je n'ai pas une minute à moi mais j'utilise mon cerveau différemment. J'ai un double diplôme en finance et en économie et j'ai travaillé pendant dix ans dans les entreprises financières les plus prestigieuses de Londres avant de tomber amoureuse de cet homme, explique-t-elle en adressant un sourire à Paul. Mais cette semaine, mon projet principal est d'éduquer un de mes enfants à la propreté. Je n'ai aucune idée de ce qui se trame en Bourse mais je peux vous raconter tous les épisodes de *Peppa Pig.* Je suis la seule personne de ma famille qui a lu

Ulysse en entier, même si c'est en audiobook, et tous les soirs je lis *Le Gruffalo* quatre fois d'affilée. J'aime ma vie, elle est importante. Élever des enfants est beaucoup plus important que la Bourse ou les réunions à la con. Mais peut-être que mon cerveau veut à la fois ça *et* d'autres informations, d'autres stimulations.

Elle regarde le médecin. Ce dernier est pensif.

— En réalité, constate-t-il, ce n'est pas une mauvaise idée. Je pense que vous devriez faire tout ce que vous voulez pour souffler sur cette plume. Ordre du médecin.

Elle y réfléchit et sourit. Elle sait qu'elle n'a jamais eu besoin de permission pour s'occuper d'elle-même mais il lui est difficile de se faire passer en premier. Elle avait besoin qu'on le lui ordonne, aussi idiot que ça puisse paraître. La plume dans son cerveau était une façon d'attirer l'attention.

Elle commence par ralentir, prendre du temps pour lire.

Elle trouve une heure pour marcher sur la plage où le vent est si fort qu'elle imagine qu'il souffle sur la plume. Elle contemple le vent pour voir si elle la voit flotter au loin.

Paul et elle passent une nuit ailleurs.

Elle s'en va pour un week-end avec ses amies.

Elle se met au jogging.

Elle envisage de prendre un cours. La seule lecture du programme de l'université l'excite au plus haut point.

Un soir, elle danse jusqu'à ce que ses pieds soient douloureux et qu'elle soit obligée d'ôter ses chaussures et elle boit sans se soucier du lendemain.

Elle apaise son esprit. Elle recule. Elle saute à pieds joints. Elle souffle sur la plume jusqu'à ce que tout soit clair de nouveau et elle émerge de son brouillard.

17

La femme qui avait le cœur (presque) sur la main

Une malformation cardiaque congénitale, un cœur trop gros pour sa poitrine, avait conduit à une intervention chirurgicale ressemblant à une colostomie, intervention révolutionnaire dirigée par le courageux docteur Nita Ahuja et qui avait consisté à ôter le cœur de sa cavité et à le placer dans un sac relié de manière irréversible à son bras gauche. Le docteur Nita Ahuja avait étudié le cas de siamoises dont l'une avait survécu alors que son cœur était techniquement en dehors de son corps, même si bien sûr le cœur était relié à des artères et des veines au corps de sa jumelle, et elle avait décidé d'imiter ce cas. La jeune femme était la seule personne au monde à avoir subi cette intervention qui avait fait du docteur Nita Ahuja une star et avait rendu célèbre la jeune femme qui portait son cœur (presque) sur la main.

Le sac était changé toutes les semaines quand le sceau se détachait. Un sac de colostomie est de la taille d'une main mais celui-ci était deux fois plus gros, si bien qu'il tenait dans une paire de mains. L'opération lui avait sauvé la vie et avait eu peu d'effets secondaires sur son existence et son régime alimentaire. Ses vêtements étaient normaux, juste aménagés pour lui permettre de ranger son cœur dans la manche gauche.

Les battements de son cœur étaient forts, comme intensifiés parce qu'ils étaient à l'extérieur de son corps. Quand elle faisait du sport, les gens s'arrêtaient pour la dévisager ; quand elle était dans une pâtisserie ou chez un glacier, le glucose l'accélérait et il battait sous sa manche comme si elle dissimulait un animal domestique. Si elle voyait un garçon qui lui plaisait, il la dénonçait autant que ses joues rouges.

Son cœur révélait quand elle s'attachait trop vite et quand elle n'était pas attachée du tout. Il y avait parfois des épisodes embarrassants lorsqu'il trahissait son excitation à des moments inopportuns, ou son manque d'enthousiasme. Il livrait tout sur elle. Elle dépendait de lui et n'avait pas d'autre choix que de le suivre même quand elle avait envie de faire tout le contraire. Elle avait parfois l'impression d'avoir une siamoise qui vivait sa vie sur son bras.

Elle apprit qu'avoir le cœur (presque) sur la main suscitait souvent de la méfiance à cause de la contradiction entre le masque qu'elle portait et le battement de son cœur. De la même manière que les gens avaient peur des clowns à cause du décalage entre leur expression joyeuse et leur attitude triste, elle éveillait les soupçons. D'un autre côté, si elle permettait à son cœur de s'exprimer sans essayer de masquer ses sentiments, alors sa franchise en repoussait plus d'un. La plupart des gens se démasquaient graduellement ; elle le faisait d'un coup. Son cœur la trahissait toujours.

Avoir le cœur sur la main la rendait vulnérable face aux terroristes émotionnels, ceux qui voyaient le mot FRAGILE imprimé sur son front et faisaient tout ce qu'ils pouvaient pour la blesser, juste pour le plaisir.

De nombreuses années de ce régime avaient provoqué leur lot de bosses et de bleus. Son organe le plus vital était perpétuellement en danger. Heureusement, il ne s'était jamais rien passé de grave, juste quelques coups de coude désagréables. Dans un bus ou au marché, chaque fois qu'il y avait foule, elle protégeait son cœur.

Adolescente, elle était devenue plus complexée et protectrice et avait changé de garde-robe pour loger son cœur. Mais même si on ne le voyait plus, il continuait à la trahir.

Ses babouches turquoise martèlent le sol en marbre de la clinique et du centre de recherches de Mumbai où se trouve le bureau du docteur Nita. C'est un service que ni sa famille ni elle ne peuvent se payer mais dès que le médecin a posé les yeux sur sa malformation congénitale, elle a insisté pour renoncer à ses honoraires et s'est arrangée pour qu'ils n'aient pas à payer pour l'opération ni pour les soins qui suivraient. Rien n'aurait eu lieu sans le docteur Nita et à cause de ça, la jeune femme ressent une immense gratitude et se sent redevable. Elle participe à des émissions télévisées chaque fois que le docteur Nita le lui demande, assiste à des congrès et aux conférences du médecin. Elle sait, quand elle discute avec des gens importants et les médias, qu'elle doit toujours mentionner le docteur Nita Ahuja comme celle qui lui a sauvé la vie. Elles ont même eu droit à un article dans *Time Magazine* sous le titre « Docteur Nita Ahuja, la gardienne du cœur ». Le titre est resté. Avec une telle étiquette, elle sait qu'elle doit se montrer reconnaissante du mieux possible. Elle doit sa vie au docteur Nita.

Elle sourit et salue les vigiles et les réceptionnistes qui la laissent passer. Tout lui est familier ici, c'est un endroit où elle se sent en sécurité. Elle tient un petit tableau représentant un cœur qu'elle a décidé d'offrir au docteur Nita afin que cette dernière l'ajoute à sa collection d'œuvres d'art dans son bureau. Elle s'attend à un jour normal ; cette visite hebdomadaire fait partie de sa routine depuis vingt et un ans. Pourquoi les choses seraient-elles soudain différentes ?

Cependant, lorsqu'elle pénètre dans le bureau, un homme est assis à la place du docteur Nita. Il se lève quand elle entre. Passé le premier moment de surprise, elle le reconnaît grâce aux photos posées sur le bureau : c'est le fils de son médecin, Alok. Au fil des ans, sa mère lui en a beaucoup raconté sur lui : ses études à l'université, son travail à l'étranger, et parfois ses histoires de cœur qu'elle approuvait ou désapprouvait.

Elle remarque ses grands yeux bruns, son regard profond, son long cou et ses doigts fins. Alok, son prénom signifie « lumière ». Son cœur bat plus vite, elle le sent pulser contre son bras, plus intensément qu'avant, plus intensément que jamais. Alarmée, elle voit le sac contenant son cœur vibrer.

— Assieds-toi, mon enfant, dit le docteur Nita en volant à son secours, comme surgissant de nulle part.

— Ce n'est pas une enfant, mère, marmonne Alok tandis que la jeune femme s'installe sur le siège devant le bureau.

Le docteur Nita la fixe de son regard chaleureux et la jeune femme se prépare à encaisser une mauvaise nouvelle.

— Comme tu le sais, cette année marque le vingtième anniversaire de l'opération qui a changé nos vies à toutes les deux.

La jeune femme acquiesce et attend la suite.

— La découverte de ton cas m'a placée sur un chemin difficile et merveilleux que j'ai accepté sans hésitation. J'aurais juste aimé te rencontrer plus tôt. (Son sourire s'efface.) Il est temps pour moi de prendre ma retraite, annonce-t-elle gentiment.

La panique de la jeune femme s'emballe, son cœur se met à battre à tout rompre, il vibre sur sa manche et elle sent son intensité contre son triceps.

— Tout va bien, mon enfant. Alok est revenu des États-Unis pour prendre la relève. Il est jeune mais capable, affirme-t-elle d'un ton assuré. Et je lui fais confiance plus qu'à quiconque pour poursuivre ma tâche.

Ce sont de belles louanges de la part d'une femme incapable de déléguer.

— Ne le prenez pas mal, docteur Alok, déclare la femme à voix basse sans pouvoir croiser son regard. Mais c'est *vous* la gardienne de mon cœur, docteur Nita. Vous l'avez dit vous-même. Vous ne pouvez pas m'abandonner, insiste-t-elle d'une voix tremblante.

Le docteur Nita sourit et son sourire révèle combien elle est fière de son rôle de gardienne.

— Oh, mon enfant… crois-moi, je comprends à quel point tout ça est difficile pour toi. Sache que pour moi aussi. (Elle inspire.) Mon lien avec toi est encore plus profond que tu ne l'imagines. Quand on tient le cœur de quelqu'un entre ses mains, pas juste le temps d'une opération, mais pour la vie, c'est une énorme responsabilité qui va bien au-delà de la sphère professionnelle et qui requiert une surveillance constante des liens et des valves pour vérifier qu'ils ne s'emmêlent pas ni ne se mélangent. (Elle se lève pour mettre fin à la conversation.) Mais il vaut mieux que je te laisse entre les mains d'Alok. Il me tiendra informée de tout ce qu'il fait et je continuerai à lui donner des conseils.

Elle dit ça sur un ton qui ressemble à un ordre et son fils n'a pas l'air très content. Il évite son regard.

Le docteur Nita s'approche d'elle et la jeune femme s'attend à ce qu'elle l'étreigne mais le médecin, à sa grande surprise, s'intéresse à son bras gauche, à son cœur. Elle place avec précaution les mains sur le sac pour sentir sa chaleur et se penche pour l'embrasser. La jeune femme assiste à cet adieu à son cœur, qui bat tellement vite qu'elle se demande s'il ne va pas faire exploser le sac. Puis le docteur s'essuie les yeux et quitte la pièce sans un mot.

La gardienne de son cœur est partie et la jeune femme se retrouve seule avec cet homme, cet homme séduisant qui la regarde avec ses grands yeux bruns sous ses cils épais.

— Ce n'est plus la gardienne de votre cœur et ça ne l'a jamais été, déclare soudain le docteur Alok.

Ses mots sont froids et blessants. Ils rompent le silence comme un marteau briserait la glace.

— Pardonnez-moi, c'est sorti plus brutalement que je ne le désirais, s'excuse-t-il, avant qu'elle ait eu la possibilité de lui dire ce qu'elle pense de lui, même si son cœur le dit très bien à sa place.

Le docteur Alok se lève et contourne le bureau en réfléchissant à ce qu'il va dire. Il se perche sur le coin du bureau devant elle, si près d'elle, et quand il reprend la parole, sa voix est plus aimable.

— Je vais bien reprendre le flambeau des recherches de ma mère mais mon travail n'est pas exactement le même que le sien. Nous n'avons pas la même philosophie. Contrairement à ma mère, je ne souhaite pas être le gardien de votre cœur.

Elle essaie de ne pas être vexée, mais comment ne pas l'être ? Ses joues la brûlent sous l'effet de la colère.

— Veiller à ce que votre cœur fonctionne correctement ne suffit pas. Se contenter de vous maintenir en vie non plus.

Sa déclaration la prend par surprise.

— Ma mère est profondément respectée dans la communauté médicale internationale et ce qu'elle a fait avec vous était révolutionnaire, je le reconnais volontiers, dit-il, partagé entre sa loyauté envers sa mère et le besoin d'exprimer son opinion. Mais les temps… ont changé. Je pense que vous vivez avec votre organe le plus vital dans votre manche, en danger constant, et ça aussi c'est notre responsabilité. Vous ne devriez pas être obligée de cacher votre cœur sous des couches de vêtements et d'inquiétude. J'ai passé des années à inventer un nouveau sac qui protégera votre cœur et le défendra contre les éléments.

Il se penche pour attraper un nouveau sac dans un sachet posé sur le bureau. Il hésite puis le lui tend.

— À partir de maintenant, *vous* serez la gardienne de votre cœur.

Elle sent son pouls lui répondre dans la veine de son cou.

— Je vous aiderai mais vous aurez le contrôle total. Je serai là aussi longtemps que vous le souhaiterez pour vous donner les outils pour vous protéger et abriter votre cœur.

Il s'interrompt, le rose aux joues, gêné par son regard. Ses yeux sombres et ses longs cils ne savent plus où se poser.

— Qu'en pensez-vous ? Ai-je votre permission ?

Elle opine en souriant.

— Oui, docteur Ahuja.

— Alok, s'il vous plaît, la corrige-t-il gentiment.

Leurs regards se croisent.

Son cœur vibre avec une intensité qu'elle n'a jamais éprouvée auparavant. Il parle pour elle, il s'adresse à lui, et pour une fois, elle est contente qu'il remplace les mots qu'elle peine à trouver, qu'il exprime ces émotions nouvelles et surprenantes qu'elle s'est découvertes pour cet homme. La réponse de son cœur est plus profonde et plus grande que tous les mots qu'elle aurait pu trouver.

Elle le regarde lorsque, avec sa permission, ses longs doigts fins et nerveux ouvrent le sac pour s'emparer de son cœur battant. Elle comprend à présent qu'il est à elle, que personne d'autre n'en a la garde. Elle le contrôle.

Elle le laissera le tenir entre ses mains. Elle lui permettra de lui donner les outils pour se protéger.

18

La femme qui portait du rose

1

À 7 heures, l'alarme de son iPhone rose posé sur la table de nuit sonne et la femme tend un bras pour l'éteindre de ses ongles laqués de rose. Elle repousse sur son front le masque rose qui lui cache les yeux et contemple le plafond en essayant de ne pas se rendormir. Au moment où elle recommence à somnoler, une autre alarme sonne sur la table de nuit de son mari et la main de Dan surgit de sous la couette, tâtonne à la recherche de son iPhone bleu puis l'envoie valdinguer à travers la pièce. Elle rit. Il sort la tête de sous la couette, ensommeillé, et ils échangent un regard épuisé.

— Annulons aujourd'hui et reportons-le à demain, propose-t-elle en sentant ses paupières lourdes se refermer.

Dan lui tapote la tête, ébouriffe ses cheveux et repousse son masque sur son visage. Elle s'esclaffe, ôte complètement le masque et s'assied, enfin réveillée.

Dan s'étire en rugissant.

— Attrapons cette journée par les couilles !

— La journée a des couilles ?

— La journée a des couilles.

— Vous autres mecs allez vous emparer de tout à présent ? Même des jours ?

— Surtout les jours. Mais la nuit... la nuit a des nichons.

Il se rapproche d'elle et elle rit en résistant gentiment.

Toujours riant, elle sort du lit pour aller réveiller les enfants.

2

Dans la salle de bains, tout juste sortie de sa douche, la femme se tient devant le miroir, enveloppée dans une serviette rose. Elle ouvre un tiroir et en sort une petite pochette en velours rose fermée par un cordonnet contenant un bracelet rose en caoutchouc. Elle le passe au poignet.

Dan est à côté d'elle, une serviette bleue autour de la taille. Après s'être rasé, il attrape sa pochette en velours bleu fermée par un cordonnet, en sort un bracelet en caoutchouc bleu et le passe au poignet.

3

Vêtus de leurs costumes gris, mallettes en main, Dan et la femme sortent de l'ascenseur avec leurs jumeaux de six ans, Jack et Jill. Jill porte un ruban rose dans les cheveux et Jack une casquette de base-ball bleue.

— Bonjour, Al, dit la femme au portier de l'immeuble.

— Bonjour, les enfants, répond Al en faisant un *high five* avec les enfants.

La femme et Dan embrassent leurs enfants et les aident à monter dans le bus scolaire. Jack et Jill remontent l'allée jusqu'au centre. Jack s'installe à gauche sur les sièges bleus avec les garçons et Jill à droite sur les sièges roses avec les filles.

— Vous voulez que je vous appelle deux taxis ? demande Al en avançant sur le trottoir pour héler un taxi.

— Juste un ce matin, Al, merci, répond Dan.

— Pénis ou vagin ? demande Al.

— Vagin, répond Dan en consultant sa montre. J'ai un rendez-vous tout près, je vais y aller à pied.

Al siffle un taxi. Une voiture bleue ralentit et un chauffeur de sexe masculin baisse sa vitre.

— Vagin ! s'exclame Al.

Et le taxi bleu s'éloigne.

Un taxi rose conduit par une femme s'arrête à sa place.

La femme montre son bracelet rose à travers la vitre avant de monter dans la voiture.

4

Autour d'elle dans la queue du *Starbucks*, elle entend un chœur de « pénis », « vagin », « vagin », « pénis » dans la bouche des clients qui passent leur commande et dans celle du barista qui les transmet à ceux qui préparent les boissons.

— Cappuccino, sans chocolat, pénis ! crie-t-il en posant le gobelet bleu sur le comptoir.

L'employée derrière le comptoir est la même tous les matins. Dix-sept ans, un look gothique avec des cheveux aile de corbeau, une peau pâle, des piercings dans les oreilles, les sourcils, le nez, les lèvres, et des tatouages sur le bras. D'après son badge, elle s'appelle Olaf, ce dont la femme doute, puisque le barista qui annonce les commandes en criant affirme s'appeler Elsa. Olaf a pris les commandes de la femme tous les matins depuis un an et pourtant, elle ne semble jamais la reconnaître.

— Bonjour, la salue amicalement la femme.

Olaf ne lève même pas les yeux, les doigts au-dessus de la caisse enregistreuse, prête à entrer la commande.

— Un *Latte grande* à emporter, s'il vous plaît. Vagin, annonce la femme en levant le bras et en retroussant sa manche pour dévoiler son bracelet rose.

Puis elle fait un pas de côté et attend son café avec les autres clients.

Elsa, le barista, crie soudain :

— *Latte grande.*

La femme et un homme qui se tient près d'elle s'avancent en même temps. Ils échangent un regard puis se tournent vers l'employé pour en savoir plus. Elsa se rend compte de son erreur, et lève le gobelet. Sa base est rose.

— Vagin ! s'écrie-t-elle.

Elle prend son gobelet et se rend au travail.

5

La femme fait la queue pour entrer dans l'immeuble. Tout le monde devant et autour d'elle est habillé en gris ou en noir dans un monde au fusain de bâtiments gris, noirs, et acier. L'attente est plus longue que d'habitude et elle fait un pas de côté pour voir ce qui se passe.

Une femme qui porte un manteau rouge vif et un rouge à lèvres assorti tient la porte à un homme que cette attention rend extrêmement agité.

— Pénis ! s'exclame l'homme en brandissant le bras pour exhiber son bracelet bleu.

—Ravie de vous rencontrer, pénis, je m'appelle Mary, répond la femme en rouge, agacée. Allez-y, je vous tiens la porte.

—Non, non, non, il n'en est pas question, lance l'homme. (Il sort de la queue, se place derrière la femme et pose une main sur la poignée juste au-dessus de celle de Mary.) Après vous.

—Non, c'est bon. Je peux le faire, réplique Mary. J'étais en train de vous tenir la porte. Je peux continuer à la tenir. C'est ridicule, vous perdez du temps.

—Non, c'est *vous* qui en perdez. Après vous. Allez. Ça me fait plaisir, dit-il d'un ton qui suggère le contraire.

Il fait un geste de sa main libre qui tient un journal roulé pour l'inviter à passer, comme s'il poussait une vache dans son enclos, mais elle refuse en secouant fermement la tête. Mary refuse de céder et ils continuent de se chamailler.

—Après vous.

—Non, après vous.

—J'insiste.

—Non, *j'*insiste.

La conversation impolie la plus polie du monde.

—Hé! s'exclame le premier homme de la file. Hé, enfin! Excusez-moi! Police du Genre! Vous pouvez nous aider, s'il vous plaît?

La Police du Genre patrouille sur le trottoir. La policière porte un uniforme rose vif et son partenaire masculin plus jeune est habillé en bleu pâle. Les deux couleurs sucrées explosent dans un monde terne. Ils ont chacun un gobelet de café à la main et la femme jette le sien dans la poubelle la plus proche quand elle sent qu'il y a un problème. Elle adore son job, elle se nourrit de pouvoir. Elle se dirige d'une démarche autoritaire vers l'homme et la femme qui sont toujours agrippés à la poignée de la porte et refusent de céder.

— Tout va bien par ici ? demande-t-elle en s'approchant.

— Oui, rétorque sèchement Mary. Tout va très bien. J'essaie de me montrer polie, c'est tout.

— « Polie », hein ? répète la policière, les mains sur ses hanches généreuses en surveillant la file qui ne fait que croître. (Elle apprécie le silence tendu et le public attentif.) D'après ce que je vois, la politesse ne vous étrangle pas, au contraire. Si vous étiez polie, vous permettriez à cet homme de se rendre utile. La politesse, c'est chacun à sa place pour s'assurer qu'on ne remet pas en question les fondements mêmes de notre société.

— Oh, lâche Mary. Et moi qui croyais que la politesse voulait que je lui tienne la porte.

La policière sort son scanner et le dirige sur le bracelet rose de la femme.

— Voyons voir qui vous êtes. (La machine bipe et elle examine l'écran.) Mary Agronski. Déjà quatre points de pénalité. Vous vous êtes mal conduite. Vilain, vilain vagin.

— Oh, allons... vous n'allez pas me mettre une amende pour ça.

— Une infraction a été commise en contradiction avec l'Acte de Reconnaissance du Genre de 2017 impliquant l'Honorable Gentleman Qui Tient La Porte, article 7, dans un lieu public à 9 h 05 le premier jour de septembre de cette année. Vous devrez, dans un délai de vingt-huit jours à compter d'aujourd'hui, payer une amende de quatre-vingts dollars. Si vous ne vous acquittez pas de cette amende, vous serez assignée en justice et devrez comparaître devant le tribunal. Cette amende est accompagnée de deux points de pénalité.

La policière place le scanner contre le bracelet de Mary et attend le bip.

— Ça vous fait un total de six points de pénalité concernant l'Acte de Reconnaissance du Genre. Si vous atteignez douze points, je vous informe que vous serez assignée en justice et que le tribunal décidera de votre châtiment.

La femme en rouge fusille les policiers du regard. Elle s'apprête à dire quelque chose mais se ravise. Elle est tellement en colère qu'elle a du mal à se contenir, mais elle finit par lâcher la porte et se ruer dans l'immeuble. La Police du Genre surveille la démonstration de genre qui s'ensuit. Satisfaits par le retour à la norme, ils reprennent leur patrouille.

Mais en les regardant s'éloigner, la femme réfléchit, elle se demande ce que ça ferait de se révolter, de s'exprimer, d'être la femme en rouge. Elle ravale ses mots et franchit la porte à son tour. Mais elle ne sort aucun mot de remerciement.

6

La femme est assise devant une immense table de conférence. Sa splendide secrétaire, Tyra, fait le tour de la table pour distribuer des stylos-billes et des blocs-notes. Pour y avoir droit, chacun exhibe son bracelet. Les bracelets roses reçoivent un stylo avec un capuchon rose et un carnet rose pâle, les bracelets bleus ont droit à un stylo à capuchon bleu et un carnet bleu pâle. Tyra accomplit sa tâche en essayant d'attirer l'attention du bel homme d'affaires assis à l'autre bout de la table. Il ressemble à un mannequin. La femme sourit à sa secrétaire. Tyra finit par s'arrêter devant lui et lui adresse un regard aguicheur. Il regarde tour à tour Tyra et le carton qu'elle tient, très embarrassé. Il ne veut pas prononcer les mots qu'on attend de lui.

Mais il le fait d'un ton las et abattu.

— Vagin, dit-il en dévoilant le bracelet rose caché par sa chemise blanche.

Tyra écarquille les yeux, horrifiée, et s'éloigne le plus vite possible. Il tire sur la poignée de sa chemise et de sa veste rayée pour dissimuler le bracelet et baisse les yeux.

La femme voit bien qu'il est gêné et elle devine qu'il se sent humilié. Lorsqu'elle croise son regard, elle fait de son mieux pour lui adresser un sourire encourageant mais le mal est fait. Une femme magnifique a reculé en découvrant sa véritable nature. Ça paraît si simple, cette histoire de reconnaissance du genre en bleu ou en rose, mais en réalité, ça signifie beaucoup plus que ce qu'elle croyait.

7

La femme est devant le comptoir d'un fast-food avec ses jumeaux de six ans, Jack et Jill. Son amie Rita a amené ses jumeaux, Colin et Colleen, qui ont six ans aussi. Colleen porte une robe de princesse Disney, Colin est déguisé en pirate. Rita bavarde sans discontinuer, comme d'habitude, sans jamais reprendre son souffle.

— Les deux menus enfant avec cheese-burger sont pour… ? l'interrompt le serveur.

— Les deux miens, répond la femme en tapotant la tête de ses enfants. Un pénis, un vagin.

Le serveur pose un menu princesse rose et un menu dinosaure bleu sur le plateau.

— Je veux un dinosaure, gémit Jill.

Rita pousse un petit cri.

— Qu'est-ce qu'elle a dit ?

La femme est surprise par sa fille, c'est la première fois qu'elle l'entend tenir ce genre de propos.

— Je te l'avais dit, maman, lance Colleen en regardant Rita.

— Tais-toi, répond sa mère avec un rire nerveux.

— Qu'est-ce que tu lui as dit ? demande Jill.

— Tu le sais très bien, réplique Colleen en fronçant les sourcils. Toi qui es… toi.

— C'est absurde, proteste Jill. Si je ne suis pas moi, je suis censée être qui, alors ?

Sa remarque fait sursauter la femme et elle considère sa fille, surprise qu'elle se défende comme ça ; elle admire sa sagesse.

— Ça suffit les filles, intervient Rita. Allons-nous-en… les gens nous regardent.

La femme se rend compte que le serveur et les clients autour d'eux leur lancent des regards soupçonneux. Une mère pose les mains sur les oreilles de sa fille et l'écarte. Jill baisse la tête, embarrassée. La femme soulève le plateau d'une main tout en enroulant un bras protecteur autour des épaules de sa fille et l'entraîne vers les tables.

— Quatre vagins et deux pénis, annonce Rita à voix haute aux serveurs de la partie restaurant.

Les quatre filles s'installent sur des chaises roses et les deux garçons sur des chaises bleues. Tandis que Rita déblatère, la femme cesse de l'écouter pour observer les interactions de ses enfants, intriguée et préoccupée. Jill joue avec le dinosaure en plastique de Jack – le dinosaure dévore la princesse toute crue – et Jack utilise la bague en plastique rose du menu de princesse de sa sœur pour pulvériser le dinosaure avec un laser.

Colleen s'est détournée d'eux pour brosser les cheveux de sa Barbie. Colin l'embête en poignardant sa poupée avec son crochet de pirate et en essayant de lui couper les cheveux. Colleen lance de temps en temps un regard dégoûté à Jack et Jill. La femme, incapable de se concentrer sur le bavardage de Rita, les voit jouer avec un regard nouveau et apprend.

8

Dans un bar, lors de leur sortie du samedi, la femme, assise sur une chaise rose à une table rose, est en train de boire un cocktail avec paille et parasol et une énorme brochette de fruits avec un groupe de femmes. Elle est renfoncée dans son siège et ne prête pas attention à la conversation : son esprit rumine les mêmes préoccupations en boucle et elle observe son mari qui se tient non loin avec le groupe des époux, qui boivent tous de la bière.

Dan croise son regard et lui adresse une mimique attentionnée et interrogatrice pour lui demander si elle va bien. Elle ne sait pas trop.

— Il y avait des dinosaures femelles, n'est-ce pas ? demande-t-elle soudain.

Ses amies échangent des regards perplexes.

— De quoi tu parles ? répond Rita.

— De l'époque où les dinosaures vivaient sur la Terre. Il y avait des dinosaures mâles, énormes et terrifiants… et des femelles dinosaures. Énormes et terrifiantes. Parce que s'il n'y avait pas de femelles, comment auraient-ils eu des bébés dinosaures ?

— Bien sûr qu'il y avait des dinosaures femelles, constate gentiment Rita, un peu inquiète.

— Alors je pourrais porter une robe avec un dinosaure dessus. Une femelle ?

Son amie Ella pouffe.

— Une robe dinosaure rose, alors.

Rita pose une main sur le bras de la femme.

— Est-ce que tout va bien ? Est-ce que c'est à cause de Jill et de ses… tu sais… problèmes ?

— Non. Oui. Non. Je dis juste ça comme ça. Il y avait des dinosaures femelles aussi, tu sais, et je ne crois pas qu'elles portaient du rose.

Elle les dévisage toutes tour à tour en espérant qu'elles comprennent mais elles ont juste l'air ébahi.

— D'accord, dit lentement Rita.

9

La femme et son mari sont sortis pour dîner avec deux de ses collègues masculins. La femme est plongée dans une conversation avec l'un d'entre eux lorsque la serveuse s'approche pour prendre la commande.

— Oh, je n'ai pas encore lu le menu, déclare la femme, contrite. Chéri, commande d'abord pendant que je fais mon choix, dit-elle à l'intention de son époux.

Elle étudie le menu mais le regard intense des hommes la force à lever les yeux.

— Je ne sais pas pour vous, les gars, fait remarquer Bob, mais je suis bien élevé et on m'a toujours dit : les vagins d'abord.

Dan tressaille.

Elle reporte son attention sur le menu, irritée, agitée, pressée et embarrassée tandis que les trois hommes et la serveuse la fixent dans un silence pesant.

Elle finit par refermer le menu d'un coup sec.

— Le steak, s'il vous plaît.

La serveuse attend la suite. La femme sait ce qu'elle est censée dire mais pour une fois, elle a l'impression d'en avoir assez dit.

— Je vais prendre le steak, répète-t-elle.

— Oh, j'avais bien entendu mais lequel ? Le petit faux-filet pour vagin ou la côte de bœuf pour pénis ?

Elle perd patience.

— J'ai été obligée de commander en premier, n'est-ce pas ? s'énerve-t-elle. Il est donc évident que je suis censée prendre le steak réservé aux vagins.

— Puis-je voir votre bracelet, s'il vous plaît ? demande la serveuse.

La femme retrousse la manche de sa veste de smoking et lui tend son poignet, poing serré.

Un silence lourd s'abat sur la table.

— Moi aussi je vais prendre le steak. Pénis. Côte de bœuf, dit Bob en agitant le poignet dans sa direction.

— Moi aussi, ajoute Roger. En fait, je pense qu'on va tous prendre ça, pas vrai, Dan ? Trois steaks pour pénis.

La femme considère Dan, qui a l'air songeur. Il referme lentement le menu.

— Non, je vais prendre le poisson. Le saint-pierre. (Il lève un bras, poing serré comme sa femme.) Pénis.

La femme et Dan échangent un regard en souriant.

Lorsque les assiettes arrivent, la viande et le poisson sont surmontés de cure-dents avec de petits drapeaux. Drapeaux bleus pour les côtes de bœuf et le saint-pierre, drapeau rose pour le petit faux-filet. La femme soulève son verre de vin et se rend compte qu'il est vide. Elle tend une main vers la bouteille qui repose dans le seau à glace.

— Non, non, intervient Bob en agitant l'index dans sa direction, un grand sourire aux lèvres.

Il attrape la bouteille par le goulot et la sort du seau. Quand il lui sert du vin, l'eau goutte sur son steak.

— Merci, dit-elle en serrant les dents.

10

La femme quitte le centre commercial, alourdie par le poids des sacs. Ils sont lourds et nombreux mais elle est parfaitement capable de les porter. Sa voiture n'est pas loin. Derrière elle, un homme est dans la même situation. Deux hommes, des inconnus, se précipitent pour lui venir en aide.

— Laissez-moi les porter pour vous, dit l'un d'eux.

— Non, non, merci, c'est bon, répond-elle en poursuivant son chemin.

— Je m'en occupe, affirme le deuxième en lui barrant la route, les mains tendues.

La femme le contourne et se dirige vers sa voiture. Ils lui bloquent de nouveau le chemin pour essayer de l'aider, tellement utiles qu'ils manquent de la faire trébucher.

— Non, merci, dit-elle fermement. Vous êtes gentils, mais je n'ai pas besoin de vous. Je peux porter mes sacs, merci. Tout va bien. Arrêtez, s'il vous plaît.

L'homme qui se débattait avec ses propres sacs de course en laisse tomber un dont la poignée a cédé. Il se déverse sur le sol et personne ne l'aide alors qu'il essaie de ramasser tout ce qui s'est répandu sur le trottoir. Des oranges roulent par terre. Une voiture en écrase une sous son regard exaspéré.

Le deuxième homme s'approche plus près d'elle.

— Nous vous aidons, dit-il d'un ton agressif. Nous sommes aimables et honorables.

— Ce n'est pas de l'amabilité ! s'exclame-t-elle. Vous me harcelez !

Les officiers de la Police du Genre qui se tiennent non loin de là l'entendent. Elle fait un scandale et ils se dirigent vers elle, rose vif et bleu pâle dans ce parking en béton gris.

— Oh là, oh là, baissez d'un ton, ordonne la policière. Calmez-vous, madame, s'il vous plaît.

— Oh, pour l'amour du ciel ! s'écrie la femme.

Elle essaie de fuir, de leur échapper, et de gagner sa voiture.

— Oh là, ordonne la policière. (Toute la bande la rattrape.) Ne vous soustrayez pas à la loi ou vous aurez des points de pénalité.

— Me soustraire à la loi ? Je n'ai rien fait de mal ! Je veux juste porter mes propres sacs.

— En accord avec l'Acte de Reconnaissance du Genre de 2017, ces honorables gentlemen ont proposé de porter vos sacs qui menacent de tomber à tout instant et vous, pour autant que je puisse en juger, leur répondez avec agressivité…

— Pas du tout ! crie-t-elle. (Elle s'interrompt.) Bon, d'accord, je suis agressive maintenant, parce que vous en faites toute une histoire. Ma voiture est juste là. Je peux le faire toute seule.

Les sacs commencent à lui échapper.

— Je vais vous expliquer ce qui va se passer. Vous allez poser vos sacs. Vous allez laisser ces deux gentils messieurs vous accompagner à votre véhicule et ensuite vous les remercierez. Compris ? demande le policier.

La femme y réfléchit. Elle est très énervée mais elle s'est donnée en spectacle et elle est soudain intimidée par ces quatre personnes liguées contre elle.

— Oui, j'ai compris.

— Pas d'entourloupes, ajoute la policière.

— Non.

La femme pose ses sacs sur le sol à contrecœur. Les deux hommes en prennent chacun un et franchissent les dix pas qui les séparent de la voiture. Elle ouvre le coffre et ils y rangent les courses. Elle le referme, se dirige vers la portière du conducteur et pose une main sur la poignée.

— Ah, ah, dit le policier.

Elle soupire et recule d'un pas. Le premier homme lui ouvre la portière. Elle s'installe derrière le volant et il la referme pour elle.

11

La femme passe la journée en famille dans un parc.

— J'ai super envie de faire pipi, maman, dit soudain Jill en se dandinant à ses côtés.

— D'accord, je t'accompagne.

Un officier de sexe masculin de la Police du Genre scanne les bracelets de chaque entrant devant les toilettes. Uniforme bleu pâle contre le mur gris. Devant elles, tout le monde exhibe son bracelet et annonce son genre pour pouvoir entrer. Une femme splendide qui fait la queue devant elles est arrêtée.

— Pénis, annonce-t-elle.

Jill écarquille les yeux. Elle n'en perd pas une miette.

L'officier de la Police du Genre déshabille la femme du regard et fait un signe de tête en direction des toilettes pour hommes. La belle femme renâcle.

— Je comprends vos règles, mais je me demande si je ne pourrais pas aller aux toilettes des femmes. Pourriez-vous faire une exception, s'il vous plaît ? supplie-t-elle. Il y a eu un incident la dernière fois et j'ai peur de…

—Vous portez un bracelet bleu, votre certificat de naissance dit que vous êtes un mâle, vous allez aux toilettes pour hommes, rétorque le flic sans la regarder dans les yeux.

—C'est injuste, maman ! s'écrie Jill. Dis quelque chose !

Elle se fige.

—S'il vous plaît, insiste la belle femme.

—Ne faites pas d'histoire, rétorque le policier sur un ton sans appel en croisant enfin son regard. Il y a des enfants. C'est un parc familial.

—Moi, ça m'est égal qu'elle aille chez les femmes, intervient Jill.

La belle femme se tourne vers Jill, reconnaissante, les yeux remplis de larmes, émue.

—Merci, dit-elle.

Jill rayonne.

—Ça n'a aucune importance, le règlement, c'est le règlement, vous allez chez les hommes ou vous partez, déclare l'agent de police.

La belle femme serre plus étroitement son sac à main contre elle pour se rassurer et se dirige lentement vers les toilettes des hommes.

—Je suis désolé que vous ayez assisté à cette scène, dit le policier.

La femme ouvre la bouche pour répondre mais rien ne sort.

—Je suis désolée d'avoir été obligée de vous voir vous comporter comme un tyran, rétorque Jill avant de se précipiter dans les toilettes.

La femme se rue derrière elle, sidérée. Une fois dans la cabine, elle presse son front contre la porte. Elle ferme les yeux, abattue. Sa fille de six ans comprend ce qu'elle ne remarque que maintenant. Sa fille de six ans dit tout haut ce qu'elle ne peut pas dire.

12

La femme est attablée dans la cuisine avec sa famille. Elle joue avec sa nourriture, perdue dans ses pensées. La semaine l'a perturbée. Jack, Jill et Dan bavardent et plaisantent. Elle se sent absente. Dan lui lance un regard inquiet avant de reporter son attention sur les enfants.

Dan achève de dîner, se lève et s'étire.

— Je vais regarder le match de foot, lance-t-il en se dirigeant vers la porte.

Elle baisse les yeux sur son assiette sale posée sur la table de la cuisine. Elle a l'air en colère, elle est en colère, elle se sent dangereuse. Dan sent sa mauvaise humeur et apporte son assiette dans l'évier, près du lave-vaisselle. Le lave-vaisselle est rose vif dans l'élégante cuisine grise.

— Le lave-vaisselle est vide, fait-elle remarquer d'un ton assuré.

Il le regarde puis lève les yeux sur elle, perplexe.

Elle frappe bruyamment ses couverts sur la table, repousse sa chaise et se lève. Elle se dirige vers la poubelle et en sort les ordures. La poubelle est bleue.

— Qu'est-ce que tu fais ? demande Dan.

— Je sors les poubelles.

— Mais, chérie, proteste-t-il en désignant son entrejambe. Pénis.

Les enfants les regardent, stupéfaits. Elle regarde Jill, qui lui avait demandé de parler et qu'elle avait laissée tomber, et elle se sent soudain motivée.

— Ce vagin est capable de sortir les poubelles.

Les enfants sourient et gloussent. Dan la regarde quitter la pièce, abasourdi. Elle reste près du vide-ordures jusqu'à ce qu'elle se soit calmée. Quand elle regagne la cuisine, elle constate que la table a été débarrassée et le lave-vaisselle rempli. Dan est allongé par terre, un diadème sur la tête, Jack porte un tutu et un casque de Viking et Jill, qui a enfilé des ailes de fée, pointe une épée sur son père.

Elle sourit à Dan.

13

L'alarme de l'iPhone rose résonne sur la table de nuit et la femme l'éteint. Elle est déjà assise dans le lit, parfaitement réveillée.

— Tu as l'air prête à passer à l'action, constate Dan d'un ton ensommeillé.

— Oui.

— Qu'est-ce qui se passe ?

— Je vais attraper la journée par les couilles. (Elle réfléchit un instant.) Et les nichons.

— Ça m'excite. C'est mal ? demande Dan.

Elle éclate de rire et se penche pour l'embrasser.

14

Un chauffeur de taxi est en train de lire le journal lorsque la portière s'ouvre et se referme bruyamment. Il tourne la tête et voit la femme assise sur la banquette arrière.

— Démarrez, dit-elle d'un ton résolu.

Il aperçoit le bracelet rose autour de son poignet.

— Impossible, je ne peux pas conduire un vagin toute seule. Il faut que vous soyez accompagnée d'un pénis.

La femme tend de l'argent par l'écoutille.

— Ces billets ont la même couleur, pas vrai ?

Après avoir jeté un coup d'œil autour de lui pour vérifier que personne ne les regarde, il met le contact.

15

Au *Starbucks*, la femme pose brusquement un mug argenté sur le comptoir.

— *Latte grande*. À emporter.

Olaf lui lance un regard blasé.

— Pénis ou…

— Pour *moi*. L'être humain assoiffé. Parce que si je ne suis pas moi, alors qui d'autre pourrais-je être ?

Olaf lève les yeux sur elle et pour la première fois, son attitude détachée se fissure. Elle lui adresse un grand sourire.

— Cool. Un *latte* pour un être humain.

La femme est surprise, elle s'attendait à des protestations.

— Oh. Merci.

16

Son gobelet à la main, sa mallette dans l'autre, elle se dirige d'un pas décidé vers son bureau. Elle a pleinement l'intention d'ouvrir la porte elle-même ; au diable le règlement qui ne fait rien d'autre qu'imposer des limites aux gens. Elle se moque des points de pénalité, elle continuera à vivre sa vie comme un individu sans se soucier des châtiments que la société peut lui infliger. Mais en approchant, elle se rend compte que ce n'est pas aussi facile que ce qu'elle croyait. Il n'y a personne autour d'elle et, n'ayant pas les mains libres, elle ne peut pas ouvrir la porte. Elle essaie de coincer son mug sous son bras et sa mallette sous l'autre. Mais ça ne fonctionne pas.

Elle sautille à cloche-pied pour tenter de glisser le talon sur le bas de la barre qui permet d'ouvrir la porte. Cette fois-ci, elle a vraiment besoin d'aide.

Un homme se précipite pour lui tenir la porte.

—Je m'en occupe.

Elle sourit. Elle apprécie qu'on l'aide quand elle en a besoin.

—Merci beaucoup, répond-elle, sincère.

19

La femme qui s'envola

Elle se réveille et attrape son téléphone portable avant même d'avoir complètement ouvert les yeux. Elle vérifie son dernier post Instagram, examine la photo d'elle-même, zoome çà et là en essayant d'imaginer ce que les autres voient et quelle expression elle a réussi à communiquer. Elle pense à tous ses amis et à l'impact que cette photo aura sur eux. Elle regarde les *likes*. Plus d'un million. Pas autant qu'hier. Son cœur manque un battement lorsqu'elle lit les noms de ceux qui ont *liké* son post, des gens qu'elle espérait impressionner et qui l'ont été ou qui du moins ont cliqué sur le cœur sous sa photo pour montrer qu'ils l'ont vue. Elle regarde d'autres comptes, qui fait quoi, avec qui, pourquoi ils n'ont pas *liké* son post. Ça lui prend une heure même si elle a l'impression de n'y avoir passé qu'une minute.

Elle prend une douche et enfile sa tenue de sport. Elle passe une heure à se maquiller, à creuser ses pommettes à coups de *contouring*, à épaissir et lustrer ses sourcils, à rendre ses lèvres pulpeuses. Elle porte une paire de lunettes *oversize* et adresse le signe de la paix aux paparazzi qui campent devant chez elle depuis l'aube. Elle fait attention à sa posture, à son expression faciale, son cerveau contrôle absolument tout son corps quand elle monte dans sa voiture et démarre. Certains la suivent en moto. Elle garde la pose, s'efforce à tout prix de ne pas penser… Quand elle pense, elle fronce les sourcils et c'est laid.

Elle arrive à la salle de sport, demande à son entraîneur d'enregistrer une partie des exercices, ajoute des filtres et poste les vidéos sur son appli. Personne ne peut les voir gratuitement, il faut s'inscrire ; elle a déjà pris des photos sur le trajet, photos qu'elle a mises gratuitement en ligne et qui ont déjà été partagées partout. Il lui faut une heure pour jouer avec la lumière, le filtre, le montage et obtenir un résultat parfait. Elle attrape une boisson protéinée, aspire le liquide à la paille avec ses lèvres énormes et ses longs ongles manucurés laqués avec son propre vernis. Elle rentre chez elle. Elle lit les magazines, étudie la mode, parcourt Twitter et Instagram tout l'après-midi. Elle déjeune avec une amie pour se tenir au courant des derniers ragots. Qui a fait quoi à qui et en quoi ça la concerne. Elle programme de nouvelles injections pour ses lèvres. Elle prévoit des vacances et un shooting photo pour montrer cette nouvelle intervention. Elle essaie les nouveaux vêtements qu'on lui a offerts. Elle répond à des mails concernant ses différentes entreprises. Elle jette un coup d'œil sur Internet. Elle planifie un week-end avec des amis sur un yacht. Elle prévoit quels maillots elle va emporter.

Lorsqu'elle tombe sur les infos, elle éteint, il est question d'une élection. Elle ne veut pas savoir, ça ne la concerne pas. Elle trouve un endroit dans sa chambre avec une lumière flatteuse, déplace quelques objets et se prend en photo. Elle joue avec les filtres. Des heures se sont écoulées. Il fait nuit.

Lorsqu'elle se réveille, elle a le sentiment d'être en train de flotter. Elle a peur. Elle atterrit sur le dos et se réveille, trempée de sueur.

Bien réveillée, elle regarde son dernier post. Un million et demi de *likes*.

Elle descend l'escalier et il lui faut plus de temps pour que ses pieds touchent le sol, comme si la gravité avait changé, comme si elle était sur la Lune.

Nouveaux ongles, extensions dans les cheveux, exfoliation, une heure de maquillage. Elle essaie différentes tenues, incapable de se décider. Rien ne lui plaît, elle n'a pas envie de sortir, elle se sent agacée. Elle lit des magazines, les pages qui dressent la liste des défauts des femmes sont ses préférées ; ça l'effraie mais en même temps, elle adore voir les défauts des autres.

Elle va sur Instagram. Se demande comment choquer avec sa prochaine photo. Les lèvres l'aideront. Ses implants fessiers sont presque prêts à être exhibés.

Quand elle se dirige vers sa voiture, elle se sent un peu étourdie, plus lente que d'habitude, ses pieds ne se connectent pas correctement au sol. Elle se demande si c'est la faute de ses nouvelles cuissardes, qu'elle porte avec un jean *skinny* déchiré et un body en dentelle noire.

Elle boucle sa ceinture de sécurité plus étroitement que d'habitude, elle a l'impression que ça l'aidera à rester protégée dans son siège.

Elle est interviewée par un magazine pour ados à propos de son nouveau gloss repulpant. Elle répond aux questions, rien ne la désarçonne, on ne lui pose jamais de questions auxquelles elle ne sait pas répondre. Elle ment à propos des injections. Ses insécurités ne concernent qu'elle. C'est tellement dur d'être une adolescente alors que les yeux du monde entier sont rivés sur elle. Elle subit une pression permanente. L'interview et la séance photo ont lieu dans son nouveau restaurant de yaourts glacés.

Elle poste sur Instagram une photo d'elle en train de lécher une cerise, avec son nouveau gloss couleur cerise et ses ongles couleur cerise. Un regard affamé et séducteur. Elle vérifie ses *likes* plus tard : deux millions.

Alors qu'elle regagne sa voiture, ses pieds quittent le sol et elle ne parvient pas à redescendre. Les paparazzi la mitraillent. Elle flotte plus haut, ils continuent à la prendre en photo. Tout le monde clique, elle voit les flashs, elle essaie de garder son calme mais elle panique. Que se passe-t-il ? Elle commence à perdre son sang-froid, se met à agiter les jambes et hurler. Ses pieds atteignent le niveau du toit de sa voiture flambant neuve, ses escarpins l'égratignent lorsqu'elle bat furieusement des pieds pour essayer de marcher dans l'air. Elle ne parvient pas à redescendre.

Le photographe du magazine pour ados se précipite hors du restaurant et l'attrape par la cheville. Il la fait descendre. Secouée, elle court vers le restaurant, qui est assiégé par la presse. L'incident est devenu viral. Les affaires s'envolent. Elle gagne cinq millions de nouveaux *followers*. Elle fait la une de tous les journaux et passe même devant les élections sur certaines chaînes.

Lorsque sa mère, qui est aussi son manager, fait irruption chez elle, elle trouve sa fille en train de lire les articles la concernant sur son téléphone, le dos contre le plafond.

Les pompiers l'aident à descendre. Ils l'emmènent à l'hôpital et elle lit les articles sur sa santé sur son téléphone. Elle gagne encore un million de *followers*, elle est à soixante-dix millions. Elle se remet à flotter.

Les machines bipent quand elle décolle, les tuyaux se tendent.

Le spécialiste l'observe.

Sa mère et manager lui ordonne en hurlant, paniquée, de faire quelque chose. Le médecin n'a jamais vu une chose pareille de toute sa vie.

— Qu'est-ce qu'elle fait sur son téléphone ?

— Je suppose qu'elle est sur Instagram. Chérie ?

— Tout le monde parle de moi, lance-t-elle depuis le plafond, incapable de détourner les yeux de l'écran. Maman, le gloss est épuisé.

Elles discutent maquillage entre le sol et le plafond.

— A-t-elle eu son bac ?

— Oui.

— Était-elle sociable ?

— Elle était scolarisée à la maison.

— Elle va à la fac ? Elle fait des études ? Elle a un job à temps partiel ?

— Elle n'en a pas besoin. Elle possède sa propre entreprise.

— C'est elle qui la dirige ?

— Non, son équipe. Elle est directrice artistique.

— Je vois. Vous aimez lire ? demande-t-il en levant la tête vers le plafond.

— Je suis en train de lire, répond-elle sans détourner les yeux de son écran.

— Des livres ?

Elle fronce les sourcils et secoue la tête.

— D'accord. Est-ce que vous regardez le journal télévisé ? Des documentaires ?

— Je ne regarde pas vraiment la télé. Je possède ma propre émission de télé-réalité. Je fais de la télé, explique-t-elle en riant.

— Je crois que je comprends ce qui se passe, fait remarquer le spécialiste en se tournant vers sa mère et manager. Son cerveau est vide. Il est occupé mais rempli de pensées qui tournent surtout autour d'elle-même. À cause de ça, aucune matière importante ne remplit son cerveau. Il n'y a rien pour l'ancrer, aucun poids.

— C'est ridicule, c'est une femme d'affaires. *Forbes* l'a placée dans la liste des vingt adolescents à suivre cette année. Elle vaut des centaines de millions.

— Ce n'est pas vraiment le problème. (Il fronce les sourcils.) Ces marques tournent autour d'elle. Et ne servent qu'à faire de l'argent, je suppose, ce n'est que de l'autopromotion.

— C'est comme ça que marchent toutes les affaires.

— La plupart des gens sont passionnés par leur sujet. La passion amène avec elle un certain degré d'intensité, une affinité positive avec un sujet en particulier, de l'attention, de la motivation, de l'ambition, des choses qui ont du *poids.* La passion de votre fille est l'autoadulation, l'autopromotion, elle n'est passionnée que par elle-même. On ne peut pas remplir son esprit de soi-même, ça n'a aucun poids.

Elle flotte vers la fenêtre pour filmer les fans qui scandent son nom dehors. Elle veut mettre le film sur Snapchat mais elle ne fait pas attention et se retrouve entraînée par la fenêtre ouverte, loin de sa mère et manager qui ne peut la rattraper, loin du spécialiste. Elle flotte au-dessus des têtes des fans qui la filment au lieu de l'aider. Elle s'élève de plus en plus haut dans le ciel jusqu'à ce qu'elle finisse par disparaître complètement.

Elle gagne dix millions de *followers* supplémentaires après ça et devient la personne la plus suivie sur Instagram, avec plus de cent millions de *followers*, mais bien sûr, elle ne le saura jamais. Ses pensées et ses actes sont tellement pleins d'elle-même qu'il n'y a plus de place pour autre chose qui ait du poids, de la substance ou du sens.

Elle est devenue si légère, sa tête s'est remplie de tellement de vide qu'elle a fini par s'envoler.

20

La femme qui avait un point fort[1]

C'est un entretien d'embauche pour un job qu'elle n'avait pas décroché qui la poussa à entamer sa quête.

— D'après vous, quel est votre point fort ? lui avait-on demandé.

La femme demeura silencieuse un instant.

— Pardon ?

— Votre point fort. C'est quoi ?

La femme fronça les sourcils, perplexe. C'était la première fois qu'on lui posait cette question.

— Je suis désolée, mais je ne pense pas en avoir.

— Vous en avez forcément un.

La personne en face d'elle se pencha vers elle comme si les mots qui sortaient de sa bouche l'intéressaient enfin même si ce n'était pas les bons.

— Non, je vous assure.

– Tout le monde en a un.

1. Toute la nouvelle est fondée sur un jeu de mots intraduisible en français. En anglais « avoir un point fort » se dit « to have a strong suit », « suit » signifiant aussi « costume, tailleur ». Le personnage principal du récit comprend cette expression de manière littérale ce qui la pousse à chercher un vêtement. (*NdT*)

— Tout le monde ?

— Oui, absolument tout le monde.

Elle maudit sa sœur aînée. Encore une chose qu'elle aurait dû lui apprendre.

— Les femmes aussi possèdent ce… ce point fort ?

L'autre fronça les sourcils.

— Oui, même les femmes.

C'était comme si elle venait de découvrir qu'elle avait porté toute sa vie ses chaussures à l'envers. Elle se sentait déstabilisée, désorientée. Un point fort que tout le monde possédait sauf elle. Pourquoi n'était-elle pas au courant ? Elle songea à sa garde-robe, à tous ses vêtements en se demandant si l'un d'eux était le fameux point fort qu'elle aurait possédé sans le savoir. Rien ne lui vint à l'esprit.

— Et ce point fort, poursuivit-elle en s'éclaircissant la voix, tout en essayant de ne pas paraître trop idiote, c'est quelque chose que je possède depuis toujours ou on me l'a donné ?

— Vous le possédez même si certains affirmeraient qu'il vous a été légué par les générations précédentes.

— Non. Pas dans ma famille, affirma-t-elle en secouant la tête. On ne garde rien et ma mère ne portait pas de tailleurs pantalons.

Il éclata de rire, prenant sa remarque pour une plaisanterie avant de la considérer avec curiosité.

— Merci d'être venue.

Il se leva, la main tendue, et elle comprit que l'entretien était terminé.

Elle rentra chez elle, furieuse que personne ne l'ait prévenue qu'elle devait se trouver un point fort. Ça ne figurait pas sur l'annonce. Elle possédait un master, un doctorat, toutes les références et l'expérience requises pour cet emploi mais personne ne lui avait dit quand elle était enfant qu'il était nécessaire d'avoir un point fort. Pourquoi ses amis le lui avaient-ils caché ? Est-ce que c'était comme pour ses règles ? Un truc qu'elle était censée découvrir seule parce que ses parents étaient trop gênés et trop paresseux pour le lui expliquer ?

Elle appela sa sœur.

— Comment s'est passé l'entretien ?

— Horrible. Est-ce que tu as un point fort ? fulmina-t-elle.

— « Un point fort » ? Pourquoi ?

— Réponds-moi.

— Eh bien, oui, certainement. Je…

La femme poussa un petit cri. Même sa sœur en possédait un, sa sœur aînée qui était censée tout lui dire et qui l'avait laissée tomber quand il avait fallu lui expliquer comment rouler une pelle et tout le reste.

— Et Jake et Robbie ? (C'était leurs frères.) Ils en ont un aussi ?

— Un quoi ?

— Un point fort ! hurla-t-elle presque dans le combiné.

Elle se força à respirer.

— Tu le sais aussi bien que moi, ma chérie… bien sûr que oui. Surtout Robbie. Il en a deux.

Elle poussa un cri. « Deux » ?

— Ce sont papa et maman qui vous les ont donnés ? Ils vous les ont légués ?

Si c'était le cas, pourquoi n'y avait-elle pas eu droit ?

— Tu plaisantes, n'est-ce pas ? Tu vas bien ? Tu as l'air… bizarre.

— Je vais très bien, répliqua-t-elle sèchement. Non, en fait, je suis sûre que je ne décrocherai pas le job. Il m'a demandé quel était mon point fort et je n'ai pas su quoi répondre.

— Hein ? Mais tu es la deuxième plus intelligente de toute la famille !

— L'intelligence ne suffit pas. Il faut autre chose, un point fort. Je vais m'en trouver un.

Elle raccrocha brusquement.

Elle ouvrit son dressing pour passer en revue ses vêtements. Elle cherchait un deux-pièces. Soit une jupe et une veste assorties, soit un pantalon et une veste et peut-être un chemisier. Elle était toujours sidérée : elle n'avait jamais vu sa sœur porter de tailleur. Elle était cependant bien déterminée et elle sortit toute sa garde-robe pour l'essayer. Elle mélangea les pièces et fit les cent pas dans sa chambre pour tenter de voir si une tenue lui permettait de se sentir différente, plus forte. Elle possédait une robe rouge dos nu qui lui donnait envie de se redresser, les épaules droites, la poitrine bombée. Elle l'avait portée au mariage de son frère et s'était sentie incroyablement bien. Ce soir-là elle avait rencontré James, son meilleur coup, mais elle ne pensait pas que son point fort ait un quelconque rapport avec une nuit qui l'avait fait grimper aux rideaux ni que ça intéresse un potentiel employeur. Et dans le cas contraire, ça ne lui donnait pas vraiment envie de décrocher cet emploi.

Sa colocataire passa dans le couloir et remarqua l'état de la chambre. Elle passa la tête dans l'encadrement de la porte.

— Qu'est-ce que tu fais ?

— Tu as un point fort ?

L'autre réfléchit un instant.

— Mon père dit que quand je quitte une pièce, la joie revient, répondit-elle en souriant.

Voyant qu'elle n'obtenait en réponse qu'un regard perplexe, elle haussa les épaules et s'éloigna.

La femme fronça les sourcils. La totalité de sa garde-robe était entassée sur le sol et sur le lit. Elle avait passé des heures à tout essayer méticuleusement et avait même créé un algorithme sur son ordinateur pour voir quels vêtements allaient ensemble. Et après six heures, elle n'avait toujours pas trouvé son point fort.

Elle attrapa son sac à main et décida d'aller faire du shopping dans un grand magasin.

Pendant le mois qui suivit, elle essaya, résolue, toutes les jupes et tous les pantalons du magasin. De 10 heures à 18 heures, elle employa les services de personal shoppers qui lui apportèrent tous les vêtements dans la cabine d'essayage. Il y avait cinq étages dans ce grand magasin. Elle essaya tout. Elle leur donna même son numéro de téléphone et son adresse mail afin qu'ils puissent la prévenir des nouveaux arrivages. Le soir, elle travaillait sur l'étude de cas qu'elle avait développée pour résoudre le problème. Elle avait dressé la liste par ordre alphabétique des milliers de couturiers que vendait le magasin, d'Acne Studios à Zac Posen. Elle avait fouillé dans leurs collections de la saison en cours et de celle à venir, pris des notes sur tous les tailleurs et fait des projections sur la probabilité de la présence de tailleurs pantalon ou jupes dans les futures collections en fonction des collections passées. Elle avait classé leurs noms sur des listes d'attente et mis une dizaine de marques de côté. Au début, elle pensait qu'un bon tailleur devait être intemporel et ne pas refléter les modes, mais elle s'était rendu compte ensuite qu'elle ne pouvait pas se reposer sur cette idée et avait modifié son étude en conséquence. Elle ignorait tant de choses qui ne faisaient que nourrir son étude. Elle inclut un mood board des tissus qu'elle préférait et une section annexe détaillant quels vêtements pouvaient être assortis et désassortis, combinant les textures et les motifs en fonction des modes pour fabriquer le tailleur idéal qui mettrait son corps en valeur.

Le lendemain d'un jour banal où elle s'était de nouveau rendue au magasin pour occuper une cabine d'essayage pendant plusieurs heures, la directrice vint rendre visite aux différents chefs de rayon. Elle surprit les vendeurs en train de discuter de la façon de traiter leur cliente pénible. Devaient-ils lui demander de quitter le magasin ? La bannir ? La prévenir ? Elle monopolisait tous les personal shoppers, à la recherche d'un tailleur : personne ne comprenait ce qu'elle voulait et elle n'avait pas encore dépensé un centime. Et, fait encore plus troublant, ils avaient découvert une sacoche qu'elle avait oubliée dans la cabine. Tout le monde avait eu une peur bleue lorsque la sécurité était venue l'enlever. Les vendeurs se penchèrent autour de la chemise en carton contenant les fichiers de la cliente.

— Est-ce que c'est une espionne au service d'un autre magasin ? demanda l'une d'entre eux.

— C'est ce qu'on va voir, répondit une autre en sortant un ordinateur portable de la sacoche.

Elle s'apprêta à l'allumer.

La directrice toussota.

Ils sursautèrent, surpris de la voir sur le seuil. Ils se reprirent et l'ordinateur disparut dans la sacoche.

— Est-ce que cette cliente porte les vêtements avant de les rendre ? demanda-t-elle en leur faisant signe de lui donner la sacoche.

— Les vêtements ne quittent pas le magasin. Elle n'achète rien, expliqua une des personal shoppers. Je veux bien l'aider mais elle me prend du temps que je pourrais consacrer à quelqu'un qui veut vraiment acheter quelque chose.

La directrice feuilleta le contenu de la chemise et tomba sur le mood board qu'elle examina. Son intérêt piqué au vif, elle observa attentivement les tableaux puis referma la sacoche.

— J'aimerais lui parler, dit-elle. Envoyez-la-moi quand elle sera là.

Lorsque la femme arriva à 10 heures tapantes, le chef de la sécurité lui demanda de le suivre dans le bureau de la directrice. Malgré sa surprise, elle obéit. Elle s'assit, un peu effrayée, et aperçut tout de suite sa sacoche posée sur le bureau.

— Je suis vraiment navrée d'avoir oublié mon sac, je ne voulais vraiment pas vous causer le moindre ennui. Je ne m'en suis rendu compte que tard hier soir. J'ai tout de suite appelé le magasin mais il était trop tard, il était fermé. J'ai laissé un message en m'expliquant, au cas où son contenu vous aurait inquiétés. Je comprends quels sont les risques quand on trouve un sac abandonné.

— Inutile de vous excuser, répondit la directrice. Nous n'avons pas allumé votre ordinateur mais nous nous sommes permis de fouiller votre sac pour vérifier qu'il ne contenait pas de bombe.

— Bien sûr.

La femme détourne les yeux, embarrassée.

— On m'a dit que vous êtes venue tous les jours pendant un mois et que vous avez tout essayé sans rien acheter, constate la directrice.

— Est-ce un crime ?

— Non, en effet. Mais vous comprenez bien à quel point nous trouvons ça étrange.

— J'ai l'intention d'acheter. Je ne vous fais pas perdre votre temps. J'ai de l'argent, je vous le promets.

Elle sort son portefeuille de son sac à main et exhibe des billets et des cartes bleues.

— Inutile de me montrer tout ça, répond gentiment la directrice. Je voudrais juste savoir ce que vous cherchez exactement.

— Je ne peux pas vous répondre.

— Pourquoi ?

— Parce que c'est gênant.

— Je ne vous jugerai pas. Si je vous pose la question, c'est parce qu'en tant que directrice de six grands magasins, je m'inquiète quand une cliente passe un mois à essayer tout notre stock sans trouver ce qu'elle cherche. S'il n'y a rien ici, alors peut-être faudrait-il essayer les magasins de New York ou Chicago. Ou Los Angeles. Et si on ne trouve rien là-bas, alors il faut que je discute avec nos acheteurs. Ça m'ennuie de posséder cent cinquante mille mètres carrés de vêtements et d'être incapable de satisfaire une fidèle cliente.

— Oh, fait la femme, soulagée. Eh bien, même si c'est embarrassant, vous pouvez peut-être m'aider, alors. J'ai passé un entretien d'embauche le mois dernier. J'ai une licence en affaires – j'ai fini major de ma promo. J'ai aussi un doctorat en finance et d'excellentes références. Mais je n'ai pas décroché le job. J'aurais dû, pourtant.

— Avez-vous eu droit à une remarque sur votre tenue ? demande la directrice qui cherchait à comprendre.

— Non. Il m'a demandé si je possédais un point fort. (Elle rougit, de nouveau embarrassée.) Je lui ai répondu que non. Je ne pensais pas qu'il en fallait un mais apparemment tout le monde en possède. Comme une mode que j'aurais ratée. Du coup, je suis venue tous les jours en chercher un.

La directrice se redresse, les yeux écarquillés ; elle tente de comprendre ce que l'autre vient de dire.

— Vous cherchez un tailleur depuis tout ce temps ?

— Oui.

— Les graphiques, les commentaires et le mood board vous ont permis d'associer tous nos articles pour trouver votre tailleur ?

— Oui, répond-elle à mi-voix. Je me disais que si je trouvais la bonne combinaison, je le saurais en l'essayant. Mais je n'en suis plus certaine à présent.

La directrice esquisse un sourire.

— Dites-moi, à présent que vous savez votre quête impossible, allez-vous laisser tomber ?

— « Laisser tomber » ? Bien sûr que non. Attendez, je vous montre…

La femme s'empare de sa sacoche et en sort son ordinateur portable. Elle exhibe les graphiques détaillés qu'elle a dressés au cours du mois et se lance dans une analyse compliquée des différents couturiers, styles et modes concernant les tailleurs féminins. Elle pointe du doigt plusieurs faits surprenants à propos des patrons et des prix.

— J'attends le réassort hebdomadaire. Si les prochaines collections ne me conviennent pas, je trouverai peut-être mon bonheur au printemps ou à l'été. Je continuerai de venir jusqu'à ce que je trouve mon tailleur. Peut-être moins souvent, cela dit… (Elle esquisse un sourire timide.) J'admets que ma routine est un peu obsessionnelle. Pouvez-vous m'aider ?

Les idées se bousculent dans la tête de la directrice.

— J'ai besoin de vous dans mon équipe.

— Excusez-moi ?

— Je veux vous embaucher.

La femme est sidérée.

— Vous voulez que je travaille pour vous alors que je n'ai pas de point fort ?

L'autre sourit.

— Vous avez passé un mois complet de 10 heures à la fermeture à fouiller les portants pour trouver un tailleur. Vos recherches et vos analyses sont plus pointues que celles de mon équipe. Ma chère, vous avez trouvé votre point fort.

— Comment ça ?

— Vous n'abandonnez jamais, pas vrai ?

— Bien sûr que non. Mais où est mon tailleur, alors ? Au quatrième étage, au rayon contemporain ? Si c'est le cas, c'est forcément le bleu marine avec la couture rose : je l'ai essayé cinq fois et il me plaît beaucoup.

Les yeux de la femme brillent sous l'effet de l'excitation de se savoir si près du but.

— Non, répond la directrice. Vous le portez déjà. Il fait partie de vous. L'expression « point fort » désigne des cartes puissantes, cartes qu'on tient en main et qui peuvent nous aider à gagner.

La femme fronce les sourcils.

— Non. Pendant l'entretien, il n'a pas été question de cartes à jouer.

La directrice sourit.

— C'est un point fort personnel, un talent caractéristique développé, une compétence, un don.

La femme comprend enfin et le soulagement qu'elle éprouve à l'idée que tout ça n'a jamais été une conspiration contre elle se transforme rapidement en embarras.

— N'ayez pas honte, dit rapidement l'autre. Je suis contente que vous n'ayez pas décroché l'autre emploi, sinon je ne vous aurais jamais rencontrée. Vous avez largement fait la démonstration de votre talent. Votre ténacité est votre point fort et je serais honorée de vous voir rejoindre mon équipe.

Elle lui tend la main et la femme la contemple, surprise, ravie de la tournure imprévue prise par les événements.

— Alors ? la presse la directrice. Qu'en pensez-vous ?

— Je pense que je vais tenter ma chance, répond-elle en souriant tout en serrant la main que l'autre lui tend.

21

La femme qui parlait le femme

L'instrument le plus puissant du gouvernement est un cabinet ministériel qui exerce l'autorité exécutive dans tout le pays. Les habitants du pays sont des hommes et des femmes ; cependant, le gouvernement et son cabinet sont uniquement composés d'hommes. Deux cents hommes politiques siègent au parlement national et quinze d'entre eux sont des ministres dans ce cabinet. Ces quinze hommes se réunissent tous les jours pour discuter des problèmes importants du pays. Un jour, le conseiller principal du chef du gouvernement, Numéro Un, pénètre dans la salle de réunion du cabinet avec un sondage.

— J'ai un sondage de la plus grande importance. Il apparaît qu'un grand nombre de femmes de ce pays est chagriné par notre gestion.

Il leur explique comment le sondage a été mené, traduit et analysé par d'autres hommes du gouvernement.

— Quel est le problème de ces femmes ? demande le chef.

— Elles sont déçues qu'aucune femme ne siège au cabinet ou dans le gouvernement. Elles ne se sentent pas représentées.

Certains hommes rient.

— Mais nous représentons tout le monde, s'étonne l'un d'eux. Nous agissons au nom de tous nos concitoyens.

— Mais elles affirment que nous n'agissons pas en *leur* nom. Et que nous n'écoutons pas leurs préoccupations.

— On n'écoute pas quoi ? Qui parle ? Y aurait-il un rapport qui m'aurait échappé ? demande le chef.

— Ce sondage a été spécifiquement créé pour la population féminine du pays. Du moins la plupart d'entre elles.

— Qu'en est-il de la partie de la population féminine qui ne proteste pas ?

— Ces femmes-là protestent contre celles qui sont mécontentes, elles pensent qu'elles essaient de ressembler aux hommes. Elles aimeraient les faire taire.

— Il y a une guerre civile entre les femmes ?

Les membres du cabinet s'esclaffent de nouveau.

Le chef réfléchit et étudie le diagramme joint au rapport. Les chiffres ne sont pas bons, les pourcentages de mécontentes sont en hausse. Ça l'ennuie, surtout dans ce type de sondage de la plus haute importance. Il a appris qu'il valait mieux tenir compte de ce genre de résultats et il voue une confiance absolue à Numéro Un.

— Chef, si je puis me permettre…, commence un ministre. S'il n'y a pas de femmes dans ce cabinet ou au gouvernement, alors il n'y a pas de problèmes féminins à résoudre. Si nous permettons aux femmes de nous rejoindre, de nouveaux problèmes surgiront de nulle part bon gré mal gré.

« Bon gré mal gré », effectivement. C'est un vrai dilemme et ils ont déjà beaucoup de dossiers à traiter sans se rajouter du travail.

— Est-on certain que ce n'est pas monté de toutes pièces par l'opposition histoire de créer une distraction un peu nunuche ?

— C'est nous qui avons commandé ce sondage, chef, avoue Numéro Un. Vous nous aviez demandé d'enquêter discrètement sur le taux de satisfaction des votants.

— Oui, mais je ne vous ai jamais demandé d'interroger les *femmes* !

Il se rend compte qu'il a élevé la voix et il fait un effort pour retrouver son sang-froid. Ce n'est pas pour rien qu'il est le chef, c'est à lui que reviennent les réflexions et les décisions. Il réfléchit. Il décide.

— Nous devons agir. Trouvez une femme qui veuille bien être leur porte-parole : voyons ce qu'elles ont à dire.

Elles envoient une femme intelligente et cultivée. Et jolie. Ils l'observent, certains à la dérobée, d'autres franchement.

La femme parle. Pendant longtemps. Ça semble ne jamais devoir s'arrêter.

Le chef fronce les sourcils et regarde les autres. Il se sent mal à l'aise, dérouté. Il boit une gorgée d'eau. Entend-il correctement ? Il examine ses collègues et voit des froncements de sourcils, des airs inquiets et quelques sourires narquois. Leurs réactions n'améliorent pas son état ; cette femme le sidère.

Lorsqu'elle finit de parler, ils se tournent tous vers lui. Un lourd silence s'abat sur la pièce. Il s'éclaircit la voix, remercie la femme pour le temps qu'elle leur a consacré et la congédie.

Il regarde autour de lui.

— L'un d'entre vous a-t-il compris un mot de ce qu'elle a dit ?

Ils secouent tous la tête en marmonnant et en grommelant dans leur barbe. Il voit bien qu'ils sont soulagés de ne pas être les seuls à ne pas avoir compris un traître mot. Lui aussi est très soulagé, ce n'était pas juste lui, il n'a pas perdu la main.

— Pourquoi avoir envoyé une femme qui ne parle pas notre langue ?

— Elle parlait notre langue, mais la version féminine.

Ils réfléchissent.

— Ceci explique cela… Je comprenais les mots mais pas la syntaxe. Et son ton… (Un des membres du cabinet frissonne.) Il était inhabituel.

— Strident, entend-il quelqu'un murmurer.

— Les femmes devraient être plus douces. Ce n'est pas constructif d'utiliser un ton pareil.

— Un peu je-sais-tout, renchérit un autre.

— Oui, chef, ajoute Numéro Un en prenant des notes.

— C'est donc ainsi que les femmes parlent ? demande le chef.

— Oui, patron. Nous pensons que c'est un dialecte différent.

— Et les femmes de notre pays voudraient que *nous* parlions comme elles ?

— Il y a deux choses, chef. Les femmes de ce pays voudraient que vous compreniez leur dialecte et que des femmes qui parlent cette langue siègent au gouvernement pour se faire entendre.

— Pourquoi ne pas se débarrasser des hommes, tant qu'on y est ? explose l'un d'entre eux.

— Calmez-vous. Des femmes politiques pour représenter les citoyennes ?

Le chef examine l'idée. Il voit ses avantages, ce serait une façon de déléguer ces dossiers supplémentaires inattendus à celles qui les ouvrent mais que se passerait-il si elles prenaient des décisions avec lesquelles les hommes ne seraient pas d'accord, voire pire, qu'ils ne comprendraient pas ?

— Non, chef, rectifie Numéro Un, interrompant le fil de ses pensées. L'idée serait que les femmes du gouvernement représentent *tous* les citoyens de ce pays, pas uniquement les femmes.

Des rires et des protestations s'élèvent.

— C'est grotesque ! Comment pourraient-elles représenter les hommes ? Ce sont des femmes et elles parlent le femme.

— C'est exactement ce qu'elles reprochent aux hommes politiques, chef.

Le silence s'abat sur le cabinet.

— Et si je peux me permettre, ajoute Numéro Un en brisant le silence, ce n'est pas uniquement leur langage, mais aussi leurs pensées, qui diffèrent des nôtres.

Ces nouvelles sont graves. Idéologies différentes. Nouvelles voix. Perspective effrayante pour un gouvernement stable.

Le chef examine ce casse-tête.

— Mais comment une femme politique pourrait-elle représenter un citoyen alors qu'elle parle et qu'elle pense différemment ? Aucun homme ne supportera une chose pareille, affirme-t-il en sentant la sueur maculer son front. L'électorat masculin n'aimera pas ça.

— Chef, si vous regardez le graphique, vous verrez qu'une grande partie de l'électorat est composé par les femmes.

— Oui, mais l'électorat masculin est *plus bruyant.* Et parce qu'il est plus bruyant, ses pensées et ses problèmes ont droit à des unes de journaux de plus grande taille. J'ai appris ça de la bouche d'un éditeur d'un de nos journaux les plus importants. Ils couvrent plus de problèmes masculins dans les pages les plus populaires parce qu'ils ont plus de lecteurs que de lectrices, parce que les mains des hommes sont plus grandes et plus adaptées à la taille de ce journal.

— Chef, nous pensons que les femmes lisent des journaux de la même taille que les hommes et la part des médias numériques ne fait que croître. Il y a beaucoup d'autres sources maintenant. Les unes des journaux et la taille de la police de caractères n'ont plus aucune importance.

— Mais vous venez de voir une femme ici et personne n'a compris un traître mot de son discours ! Comment pourrait-on travailler ensemble ?

— Les femmes pensent que les hommes apprendraient à les comprendre avec le temps, exactement comme elles ont appris le langage masculin. Toutes les femmes parlent l'homme, elles sont élevées dans les deux langues. Aucun homme dans cette pièce ne parle le femme. Les sondages indiquent que les femmes pensent que ça devrait marcher dans les deux sens.

Le chef soupire. Quel pétrin. Et l'idée que les femmes possèdent leur langage secret depuis tout ce temps ne lui plaît guère.

— Combien de pourcentage de l'électorat féminin a voté pour moi ?

— La moitié, chef. L'autre moitié s'est abstenue. Voyons le bon côté des choses : c'était vous ou personne.

— Si je fais entrer une femme au gouvernement, les autres femmes voteront pour elle.

Il essaie de s'empêcher de gémir.

— Ou alors elles voteront pour vous parce qu'elles se rendront compte que vous effectuez des changements, que vous les écoutez et que vous vous intéressez à elles. Ça pourrait doubler vos votes.

Le chef n'a pas envie d'ajouter qu'il n'a pas eu besoin d'elles pour être élu. Il soupire.

— On a un interprète pour nous apprendre à parler le femme ?

— C'est grotesque ! s'exclame soudain le ministre de la Justice et de l'Égalité en se levant, tremblant de rage. Je démissionne !

Il se rue hors de la pièce.

Numéro Un perçoit le changement d'humeur et il en profite pour intervenir.

— Chef, nous pensons que certaines femmes peuvent se glisser dans le costume et la langue des hommes… pour mettre un pied dans la place. Elles parlent notre langue. Le fait que ce soient des femmes ne détourne pas l'attention des dossiers qu'elles traitent. Leurs traits féminins ont été minimisés et peuvent être facilement ignorés.

— Je pense qu'on peut tous se mettre d'accord sur le fait que ça ferait une énorme différence pour nous tous ?

Hochements de tête et marmonnements approbateurs.

— Moins nous remarquerons que ce sont des femmes, mieux ce sera. Nous pourrons ainsi accomplir plus efficacement notre travail. Pour le pays.

Murmures affirmatifs.

— Si les femmes étaient en quelque sorte dé-féminisées et parlaient notre dialecte masculin, on pourrait trouver une façon de communiquer avec elles.

Cette décision remporte l'adhésion.

— Mmm. Il nous faut donc trouver des femmes-qui-parlent-l'-homme et qui ne nous soûlent pas avec les problèmes des femmes.

— Ça va être difficile, répond Numéro Un en étudiant la liste. Elles veulent exprimer leurs opinions féminines.

— Les hommes seront en majorité dans le gouvernement, explique le chef. Les femmes devront adopter la ligne du parti.

— La ligne du parti est masculine.

— Oui.

— Et qu'en est-il de la perspective masculine ?

— Sur quoi ?

— Sur les problèmes des femmes ?

— Ils seront pris en considération par les hommes.

— Et les idées des femmes sur les problèmes masculins ?

— C'est-à-dire ?

— Seront-elles prises en considération ?

— Non ! s'exclame-t-il en riant. Ce serait grotesque. Comment une femme pourrait-elle avoir une opinion sur les problèmes masculins ?

— Parce que tous les hommes de ce cabinet ont des opinions sur les problèmes des femmes, ils en ont toujours eu. Dans les trente-cinq cabinets successifs, c'est-à-dire toute l'histoire du pays.

Silence gêné.

— C'est parce que nous sommes la majorité ! Je commence à avoir l'impression que vous êtes du côté des femmes.

— Pas du tout, monsieur, affirme Numéro Un en sentant la sueur maculer sa lèvre supérieure. Je veux juste traiter ce sondage avec le sérieux qu'il mérite. Quand un pourcentage aussi important de la population est malheureux depuis aussi longtemps, ça peut avoir les conséquences d'une bouteille de soda qu'on aurait secouée.

— Je vois, dit son chef, déjà ennuyé. Commençons par autoriser quelques femmes-qui-parlent-l'-homme à nous rejoindre. Nous discuterons de ce que nous pourrons mettre en place et nous verrons ensuite où tout ça nous mène.

Les membres du cabinet opinent. C'est un bon compromis. Ce sera un progrès mais avec les femmes de leur choix, qu'ils pourront utiliser comme bon leur semblera.

— La réunion est terminée.

Au moment où tout le monde se dirige vers la porte, il rappelle Numéro Un.

— Je voudrais vous parler en privé.

Ils attendent que la porte se referme derrière le dernier ministre.

—Je me dis que les femmes, par leur simple présence, font souvent perdre leurs moyens aux hommes.

—On dirait bien, oui.

—On peut utiliser ça à notre avantage.

—Vraiment ?

—Oui. Trouvez-moi ces femmes-femmes. Vous savez de quoi je parle.

—Oui, chef.

—On va les utiliser pour faire contre-feu sur certains sujets. Lorsqu'elles parleront, les gens seront troublés et ne comprendront pas ce qu'elles diront. Ça peut nous aider, nous et le parti.

—Tout à fait, chef. Donc, pour résumer, nous avons besoin de femmes-qui-parlent-l'-homme au gouvernement pour discuter des dossiers de tous les jours, de femmes-qui-parlent-l'-homme pour traduire les problèmes des femmes et de femmes-femmes pour détourner l'attention du peuple quand on se retrouve face à des problèmes masculins perturbants.

—Oui, répond le chef en se renfonçant dans son siège, très content de lui.

—Et comment allons-nous utiliser les hommes du gouvernement ?

Le chef s'esclaffe comme si cette remarque était ridicule.

—Les hommes sont juste des hommes, leur rôle est d'être des hommes, sans distraction. Quand ils s'expriment, ils parlent l'homme et tout le monde les entend.

—Bien sûr.

Numéro Un griffonne à toute allure, puis rassemble ses notes et quitte rapidement la salle de réunion. Il pose ses feuilles sur son bureau et se dirige vers les toilettes. La sueur coule dans son dos. Une fois dans la cabine, il verrouille la porte, défait sa cravate et ouvre les premiers boutons de sa chemise. Il a du mal à respirer. Il a dû faire appel à tout son sang-froid pour ne pas se mettre à hurler pendant la réunion. La sueur coule sur son front et il l'essuie avec un mouchoir. Il pince sa peau entre deux doigts et retire lentement son crâne chauve.

Ses cheveux tombent en cascade sur ses épaules. Elle se frotte la tête, frustrée, et s'autorise un moment de liberté. Combien de temps cela va-t-il durer ? Elle est la conseillère la plus respectée du gouvernement et doit pourtant garder son identité secrète.

Mais aujourd'hui, des progrès ont été accomplis. C'est presque une victoire.

Elle reste assise un moment, prend des notes, consulte son téléphone. Puis elle enfile de nouveau son crâne chauve en prenant bien garde à ce qu'aucun cheveu ne dépasse. Elle boutonne sa chemise, rajuste le nœud de sa cravate, lustre ses mocassins, s'éclaircit la voix pour ajuster sa tessiture et sort des toilettes pour hommes.

22

La femme qui trouva le monde dans son huître

Elle se rend à un déjeuner caritatif. Depuis que l'invitation est arrivée, elle est nerveuse. L'enveloppe dorée avec l'écriture familière lui a tordu le ventre. Si elle doit un jour passer l'examen pour être une vraie femme, alors ce jour est arrivé. Elle a fait un gommage, un soin du visage, une manucure, une pédicure, et elle est épilée à la perfection. Elle a choisi sa tenue avec soin, une robe droite sophistiquée rose pâle, rien de trop impertinent, de grossier ou de vif. Un cardigan en cachemire orné de perles pour recouvrir ses épaules. Des escarpins du même rose avec un petit talon – elle n'est pas encore bien habituée aux talons et ne veut pas risquer de tomber devant ces dames – et une minaudière facile à tenir dans une main tout en buvant du champagne. De cette manière, elle n'aura pas les mains libres et ne pourra pas les agiter nerveusement ni tripoter quoi que ce soit. Et elle porte évidemment un collier de perles. Il a appartenu à sa mère. Sa sœur s'est approprié tous ses bijoux après sa mort sans savoir que la femme aurait aimé en garder quelques-uns, mais elle lui a offert le collier de perles quelques jours auparavant parce qu'elle savait qu'elle était très nerveuse et qu'elle voulait être acceptée à tout prix.

Lui faire cadeau de ce bijou était une manière de lui montrer que leur mère aurait été fière d'elle, de sa bravoure, de son courage pour devenir elle-même. Et même si la femme a apprécié le geste, elle n'est pas certaine que sa mère aurait pensé ça. Mais bon. C'était quand même gentil. Les perles sont considérées par beaucoup comme les joyaux les plus féminins et les plus magiques, les seuls créés par un organisme vivant, et comme la joaillerie est un héritage familial, sa sœur a compris le lien.

Le déjeuner a lieu au *Nacre*, un restaurant étoilé au Michelin situé dans un quartier prospère, un ancien port de pêche gentrifié par l'arrivée d'une série de cafés artisanaux, de poissonniers hors de prix et de restaurants tenus par des chefs célèbres. L'ex-femme de la femme, Charlotte, siège au comité de l'association caritative. C'est elle qui l'a invitée cette année ; c'est le premier contact qu'elles ont eu depuis longtemps, et le premier contact courtois depuis encore plus longtemps. La femme se méfie de l'invitation de Charlotte, elle trouve sa générosité suspecte.

Elle suit les autres femmes dont les talons vacillent sur les pavés. Elles se tiennent toutes par les coudes, tête baissée, concentrées. Elle est soulagée d'avoir choisi des talons bas. Elle reconnaît ces femmes, elle les a croisées à l'école, au moment de déposer et de récupérer les enfants, aux anniversaires, mais surtout dans sa bijouterie en ville, ce commerce familial dont elle a hérité après la mort de son père. Elle ne les a pas encore rencontrées en tant qu'elle-même, elle s'est tenue à l'écart de la boutique depuis un an, elle a tout géré à distance. Quelles que soient les intentions de son ex-femme, elle ne se permettra pas de penser que cette journée est censée tester sa féminité. Elle est allée trop loin pour ça.

En approchant de l'entrée, elle sent une goutte de sueur glisser dans son décolleté. Deux femmes, assises à une table, cochent les noms sur une liste. Elle est convaincue que cette invitation est destinée à la faire trébucher, à lui faire comprendre qu'elle n'est pas des leurs. Elle a ressenti ça toute sa vie.

Elle lève le menton et suit les femmes, vêtues en Hervé Léger, Roland Mouret et Chanel, vers la porte. Les femmes à l'entrée n'ont même pas besoin de regarder leur liste quand elle approche, elles la reconnaissent tout de suite. Grands sourires, embrassades chaleureuses. Le trans est arrivé. Elle attrape une flûte de champagne sur un plateau et le sirote tout en pénétrant dans la pièce. Elle avale une nouvelle gorgée puis une rasade plus importante quand personne ne la regarde.

— Te voilà !

Elle se retourne en entendant l'exclamation de son ex-femme, qui se dirige droit sur elle, bras écartés, accueillante, et la serre contre elle.

— Bonjour, Charlotte. Merci pour l'invitation.

— Tu es magnifique, lance Charlotte en examinant sa robe. (Son regard s'attarde sur ses seins.) Cette couleur te va à ravir.

Elles sont toutes deux conscientes des regards dont elles sont l'objet et agissent donc en conséquence, en faisant semblant de ne pas les remarquer. Charlotte lui presse fortement le bras.

— N'est-ce pas super ?

Charlotte porte le même parfum depuis vingt ans, celui que la femme lui offrait tous les ans pour son anniversaire : N°5 de Chanel. Elle se souvient d'avoir senti le lait pour le corps soyeux et luxueux pendant des années, dévorée par la jalousie et l'envie de l'utiliser. Elle a projeté ces sentiments sur Charlotte et utilisé la rage qu'elle ressentait contre elle-même contre sa femme. Elle avait refoulé tant de choses pendant tant de temps : elle lui devait de ne plus rien refouler.

Charlotte est très belle. Elle porte du noir, comme d'habitude. Ses bras musclés sont mis en valeur par sa robe droite Dolce & Gabbana. Ses pieds sont chaussés d'escarpins noirs au talon démesuré qui subliment ses mollets fins et bronzés. La femme lui envie cette capacité à porter des chaussures aussi hautes et à marcher sans difficulté avec, pas comme les autres femmes qui titubent dans la pièce. Elle portait ces escarpins en toute circonstance, même quand elle poussait la poussette des enfants. Ses cheveux, son maquillage, tout en elle est splendide et apparemment facile, mais la femme sait combien de temps et d'efforts cache cette apparente simplicité.

Elle connaît Charlotte par cœur, elle sent sa nervosité, que personne d'autre ne peut percevoir. Elle connaît les ruses de Charlotte. Elle remarque ses yeux un peu trop brillants, sa voix un peu trop aiguë et son pas un peu trop rapide.

Ça l'apaise. Elles sont mal à l'aise toutes les deux. Elle lui prend la main, la serre fort, comme pour lui dire qu'elle comprend. C'est un geste familier, un reste de toutes les années passées à être son mari, mais au lieu de calmer Charlotte, il ne fait que l'embarrasser. Elle se dégage aussitôt. Elle croit peut-être qu'il est plus facile de prétendre que la femme est une étrangère, une nouvelle amie. La femme se sent gênée.

Charlotte la regarde droit dans les yeux.

— Tu es toujours là, dit-elle gentiment.

Elle a l'impression de voir les yeux de Charlotte s'embuer, puis, aussi rapidement que les larmes lui sont montées aux yeux, elles disparaissent, et elle revient en mode organisation ; elle la conduit jusqu'à sa table, la présente aux neuf autres femmes déjà pompettes à cause du champagne avec qui elle va passer l'après-midi.

À sa grande surprise, sa table ne se trouve pas près de la sortie de secours avec les marginales. Elle est bien en vue, en plein centre, et elle est assise avec des femmes intelligentes, accomplies et intéressantes. Une fois installée, elle se met à s'amuser ; le champagne fait son effet et elle se sent bien, un peu partie, heureuse. L'entrée arrive. Des huîtres.

La femme sourit. Pour de nombreuses raisons, elle a une affinité avec les huîtres. La plus évidente est qu'elles produisent ses joyaux préférés, les perles. C'est un paradoxe, ce rappel que dans la nature comme dans la vie, on ne peut tout avoir ; les huîtres comestibles ne produisent pas de perles et les huîtres perlières ne sont pas comestibles, leur chair est grasse et nauséabonde.

Les perles naturelles sont très rares : seule une huître sur dix mille contient une perle et un pourcentage très faible de ces perles possède la taille, la forme et la couleur désirées. La femme sait tout ça parce que c'est son métier, bien sûr ; et c'est en partie pour ça qu'elle les aime.

La deuxième raison, c'est que pendant leur première année, les huîtres se reproduisent en tant que mâles en expulsant du sperme dans l'eau. Puis, les années suivantes, elles développent de grandes réserves d'énergie et se reproduisent en tant que femmes en libérant des œufs.

Mais il y a une troisième raison, qui implique Charlotte. Elle la cherche du regard pour voir si elle se rappelle mais Charlotte est en train de bavarder, elle tient salon en étant la maîtresse de sa propre table et elle n'a pas touché à ses huîtres.

La femme s'empare de sa première huître et déplace la chair avec sa fourchette. Elle s'interrompt lorsque quelque chose attire son regard. Un éclat brillant et iridescent. Une petite boule. Une perle ! Mais c'est impossible, ce n'est pas une huître perlière. Elle repousse la chair du bout de sa fourchette pour examiner la perle, indifférente aux conversations.

Elle a besoin de ses lunettes mais elle ne les a pas prises parce qu'elles ne rentraient pas dans sa minaudière. Il lui faudrait surtout sa loupe de bijoutier pour l'étudier correctement. Elle est en train de se demander où elle pourrait bien la mettre pour la rapporter chez elle lorsque le tintement d'une cuillère contre un verre attire l'attention de toute la salle sur la table de Charlotte.

Charlotte est mesurée et assurée, elle s'exprime avec aisance en public, c'est une grande défenseuse des droits des femmes. Elle commence par les accueillir, elle leur annonce combien d'argent a été récolté l'année passée et comment il a été utilisé pour aider ceux qui en ont eu besoin. Elle ne leur épargne aucun détail, ces femmes ne sont pas uniquement là pour s'amuser, elles ont besoin d'entendre tout ça et elle ne passe rien sous silence.

— Comme vous le savez, à chaque année son thème. Nous avons passé du temps avec des femmes et des enfants, nous avons collecté des fonds pour les aider, les encourager et les aider à prospérer dans ce monde. Nous voulons qu'ils aient la possibilité de saisir les chances qui s'offrent à eux. Cette année, le thème est « Le monde est ton huître », ce qui explique pourquoi nous sommes ici, dans ce cadre remarquable, et nous tenons à remercier infiniment le chef Bernard et son équipe pour ce déjeuner qui s'annonce incroyable et mémorable.

Le cœur de la femme bat à tout rompre. Charlotte continue à parler mais elle est incapable de se concentrer ; elle est émue et perplexe. Pourquoi a-t-elle trouvé une perle dans son huître ? Pendant un instant, elle se demande si Charlotte l'a délibérément placée là, et si oui, pourquoi ? Elles se livrent une guerre sans merci depuis deux ans. Depuis plus longtemps si on inclut leurs années de mariage.

Lorsque Charlotte se rassied sous un tonnerre d'applaudissements, elle regarde en direction de la femme. Elle hausse légèrement les épaules, presque taquine. Elle hèle un serveur et lui murmure quelque chose à l'oreille. Il lève les yeux vers la femme et traverse la pièce pour la rejoindre, une carafe d'eau à la main, mais il ne la sert pas. Il se penche et chuchote au creux de son oreille :

— Elle m'a dit de vous dire qu'elle est contente que vous ne vous soyez pas étouffée avec.

La femme porte une main à son cœur en entendant ça. Elle caresse son rang de perles. Vingt ans plus tôt, quand elle a demandé Charlotte en mariage dans un restaurant, elle l'a regardée, nerveuse, ouvrir une coquille d'huître et découvrir une bague de fiançailles glissée à l'intérieur.

— Je suis content que tu ne te sois pas étouffée avec, avait dit alors la femme à Charlotte pour remplir le silence ainsi qu'elle avait toujours l'habitude de le faire à l'époque et qu'elle ne fait plus jamais.

Elle a appris à aimer le silence.

Elle baisse les yeux sur l'huître et sa perle.

Aujourd'hui, Charlotte n'a pas prévu de l'humilier, bien au contraire. La femme a reçu son message : elle l'accepte et lui propose d'être amies.

Le monde est son huître.

23

La femme qui protégeait les couilles

— J'aimerais me faire faire une vasectomie, dit l'homme en tripotant son alliance, qu'il fait glisser le long de son doigt.

Assis à une table de réunion, il se sent mis à nu et vulnérable face à trois femmes en tailleur rayé. Malgré son expérience d'employé en entreprise, cette visite est personnelle et il se sent intimidé par leur attitude. L'atmosphère tendue fait planer un air interrogateur sur leur réunion ; ce n'est pas du tout ce à quoi il s'attendait. Il s'adresse à la femme au centre parce que depuis le début c'est la seule qui parle. Il s'empare du verre d'eau froide posé devant lui et avale une gorgée.

La femme sur la droite se hérisse en entendant sa requête, la femme à gauche est raide comme la justice ; elle le regarde de haut mais, encore une fois, c'est la femme du milieu qui répond.

— Il est normal d'éprouver des sentiments mitigés sur le désir d'enfants, surtout quand ils ne sont pas prévus.

Ne me dites pas ce que je veux ni ce que je ressens, enrage-t-il en silence.

— On devrait toujours les planifier, ajoute la femme trapue sur la droite.

— Nous sommes ici pour vous conseiller, poursuit celle au centre, sur votre décision de pratiquer une vasectomie.

— J'ai déjà deux enfants, dit-il. Je comprends les responsabilités, j'aime mes enfants, mais on ne pourrait pas supporter d'en avoir d'autres. Nous avons le sentiment que notre famille est complète et financièrement, ce serait impossible. Ma femme ne veut plus d'enfant.

— Puis-je vous demander où vous avez entendu parler des vasectomies ?

— Sur Internet.

— Alors vous savez que c'est une procédure illégale dans ce pays.

— Vraiment ? Pourquoi ? J'ai lu que c'était simple et facile, une opération de dix minutes.

— Pas ici.

— Mais je veux partager le fardeau de la contraception. Je veux prendre le contrôle de ma propre fertilité.

— Non, proteste la femme trapue.

— Comment ça, « non » ?

— Vous n'en avez pas le droit.

— D'après qui ?

— La loi.

Il sent monter sa colère.

— Pardonnez à Mary, elle est très enflammée, dit gentiment la femme au centre. Quand vous dites que vous ne pourriez pas supporter d'en avoir d'autres, est-ce que ça veut dire que vous vous sentez suicidaire ?

— Non ! s'écrie-t-il.

— Oh. Dommage, déclare-t-elle. C'est la seule raison pour laquelle on aurait pu pratiquer une vasectomie.

— Ou si le sperme contenu dans votre pénis était sur le point de vous tuer, ajoute la maigrichonne de gauche.

Il la regarde, alarmé.

— Ça peut arriver ?

— Merci, Amanda, reprend la femme du centre en posant une main apaisante sur le bras de sa collègue. Monsieur Smith, avez-vous pensé aux responsabilités morales de votre sperme ?

Il écarquille les yeux.

— Le sperme n'est pas une vie.

Mary pousse un petit cri.

— La science de l'embryologie et de la génétique prouve que la vie humaine commence à la fertilisation, lâche l'homme, en colère.

— Est-ce que votre femme aurait pu avoir deux enfants sans votre sperme ? demande Mary.

— Non. Bien sûr que non.

— Eh bien voilà. Sans sperme, la vie est impossible. Avec le sperme vient la création de la vie. On ne peut pas annihiler la création de la vie, affirme Mary.

— Et que dire de votre absence de pensée pour votre sperme ? Pourquoi lui dénier le droit de vivre ? demande Amanda, sur sa gauche.

— J'ai le droit de choisir ce que je veux faire de mon sperme, répond-il, furieux.

— Je sais que c'est difficile à comprendre mais vos droits de reproduction sont notre affaire, réplique la femme au centre.

— C'est ridicule, hurle-t-il en se levant. Que vous soyez d'accord ou pas, là n'est pas la question ! Vous n'avez pas le droit de prendre des décisions concernant *mon* corps en vous fondant sur *votre* opinion personnelle. C'EST MON SPERME ! CE SONT *MES* TESTICULES ! rugit-il, écarlate, les veines de son cou pulsant.

Un silence lourd s'abat sur la pièce.

— Ce n'est pas notre opinion personnelle, rétorque la femme d'un ton neutre afin de ne pas l'énerver. C'est la loi. Ça change tout.

— Mais c'est ridicule, proteste-t-il. C'est mon... comment pouvez-vous..., bafouille-t-il. Vous n'avez pas le droit de dire à un homme ce qu'il doit faire avec son corps. Je n'ai jamais entendu un truc pareil. C'est... inédit.

La femme au centre hausse un sourcil.

— Pourquoi ne pas m'avoir dit tout ça au téléphone ? explose-t-il.

— J'imagine que la personne qui vous a répondu a agi comme ça parce qu'il est illégal de donner un conseil par téléphone. Ça doit être fait en face à face.

— Vous êtes censées me conseiller, pas me dissuader... je vais porter plainte contre vous. De toute façon, je me fiche de ce que vous dites, je vais prendre un avion pour me rendre dans un pays où cette opération est légale.

Amanda, à gauche, secoue la tête.

— Oh, bon sang.

— Vous n'auriez pas dû nous dire ça, intervient la femme au centre. Nous sommes dans l'obligation d'avertir les autorités, qui peuvent vous interdire de voyager.

— Hein ?!

— Mais si vous parvenez quand même à voyager sans vous faire arrêter, contactez-nous à votre retour, suggère-t-elle. Nous serons ravies de vous offrir un bilan postvasectomie gratuit ainsi qu'une thérapie.

Mary jette un coup d'œil par-dessus son épaule.

— Revoilà Evelyn.

Il se retourne.

Il aperçoit une femme avec une affiche sur laquelle est collée la photo détaillée d'un pénis.

« SAUVEZ LA SEMENCE. »

— C'est répugnant, crache-t-il.

— Très grossier, acquiesce la femme au centre.

— Et tout près d'une école, en plus, ajoute la maigrichonne.

— « Sperme » est quand même un mot plus joli, déclare celle du centre.

— Toujours mieux que « jute », réplique la trapue.

— Ou que « foutre », renchérit la maigrichonne.

L'homme les regarde, abasourdi, incapable d'en croire ses oreilles. Il leur adresse un dernier regard et quitte la clinique. Il passe près de la manifestante silencieuse.

— C'est mon corps, lui crie-t-il. Ce que j'en fais ne vous regarde pas !

Elle retourne l'affiche. Il voit une image de testicules très détaillées surmontée du slogan : « Protégeons les couilles. »

24

La femme qui avait été étiquetée

— Excusez-moi ! s'écrie-t-elle à l'intention de l'employée derrière le bureau en dessous d'elle.

Cette dernière ne répond pas. Elle est très occupée à envoyer à toute allure des feuilles dans les cases qui l'entourent et où tout est immédiatement catégorisé en fonction de sa couleur, de son sujet ou de son thème.

— Youhou ! crie la femme en agitant les bras.

L'employée continue de l'ignorer ou ne peut pas l'entendre vu que la femme est coincée dans un cube sur son bureau. Elle se tortille et essaie de bouger les bras et les jambes mais elle est bloquée.

— Excusez-moi ! répète-t-elle. (Mais l'employée ne lève pas les yeux.) Je n'ai rien à faire ici, laissez-moi sortir !

L'autre continue de classer les dossiers dans les cases qui l'entourent.

Elle est vexée d'avoir été enfermée dans cette case. Elle est beaucoup plus qu'une case. Elle aurait pu être placée dans une vingtaine de cases différentes, car elle est beaucoup d'autres choses.

— Elle ne t'écoutera pas, dit une voix qui vient d'en dessous.

Elle baisse les yeux.

— Salut, lance la femme rangée dans une case quelques rangées plus bas. Janet. Mère solo. Incapable de finir ce que j'ai commencé.

— Salut, Janet.

— Je joue du ukulélé aussi, mais une certaine personne s'en fout royalement, ajoute Janet en haussant la voix afin que l'employée puisse l'entendre.

Aucune réaction.

— Ha ! Moi je suis la mère folle et déchaînée, ravie de faire ta connaissance, intervient une autre femme dans un coin.

La femme regarde en diagonale sur sa droite.

— Salut, dit-elle.

— Je sors une fois tous les quinze jours et alors, je ne te cache pas que je bois comme un trou, poursuit-elle. Et je danse, ce qui apparemment fait de moi une femme déchaînée. Tellement folle ! Attention, c'est Mary, elle est dangereuse, elle aime le gin ! hurle-t-elle, sarcastique, en direction de l'employée.

Cette dernière continue à trier frénétiquement les dossiers sans prêter le moins du monde attention à celles qui ont déjà été classées.

— Je joue aussi au tennis, ajoute Mary. J'aime les coloriages pour adultes et les balades sur la plage, mais elle s'en fiche.

La femme entend un ricanement et elle tourne la tête vers la case près de la sienne.

Une femme, qui est en train de se vernir les ongles, lève les yeux.

— Salut, je m'appelle Brooke. Je suis timide.

Elle se penche et balance sa lime à ongles sur l'employée, qui ne réagit pas. Elle soupire.

— Bonjour de la mère hélicoptère ! crie une femme quelque part.

— Salut, mère hélicoptère, moi c'est la mère foot ! répond une autre voix féminine. J'en ai rien à foutre du sort du monde et je suis prête à tout pour que mon gamin réussisse et je fais des cookies !

Elles éclatent toutes de rire.

— Je suis bizarre.

La femme entend une voix nouvelle. Elle baisse les yeux et voit une main qui s'agite dans une case.

— Salut.

— Je suis une mère qui bosse et qui donc est égoïste et déteste ses enfants ! ajoute soudain une voix.

Elles s'esclaffent en chœur.

Deux mains font un *high five* d'une case à l'autre.

— Je suis grosse. Rien de plus ! affirme une femme, ce qui provoque des grognements.

— Je suis une accro au fitness qui juge la vie des autres, déclare une voix.

— Je suis une grosse qui fait du sport, avoue une autre.

Elles applaudissent.

— Je suis la femme que son mari a trompée.

— Je suis la femme diabolique qui a eu une liaison avec le mari d'une autre ! s'exclame une nouvelle voix.

— Nicola Nagle, c'est toi ?

— Non.

— Heureusement.

Les femmes rient.

— Œdipe non réglé !

— Control freak.

— Dragueuse !

— Belle-mère chiante.

— Sournoise !

— Bonne Samaritaine, mais s'ils savaient la vérité…

Elles entonnent toutes « ouuuuh » à l'unisson.

— Deuxième épouse.
— Troisième épouse.
— Salope stalkeuse.
— Autoritaire.
— Menteuse !
— Victime.
— Survivante.
— Superficielle !
— Matérialiste !
— Femme de footballeur !
— Mère Nature !
— Épouse !
— Mère !
— Épouse sans mère !
— Femme sans mari !
— Junkie.
— Complexe de supériorité.
— Féministe qui hait les hommes !
— Salope !
— Lesbienne lipstick !

Elles éclatent toutes de rire et le silence s'installe quand elles ont fini d'échanger leurs étiquettes.

— C'est juste plus facile, déclare soudain l'employée, rompant le silence, en levant les yeux vers l'immense pigeonnier.

— Quoi donc ? demande la femme.

— C'est comme un gros titre. Quand on lit l'article, on découvre le contenu. Lorsque les gens vous rencontrent, ils découvrent qui vous êtes.

— Mais ils ne nous rencontreront pas s'ils n'aiment pas le gros titre, réplique la femme. (Les autres acquiescent.) Et les gros titres sont toujours sortis de leur contexte.

Tout le monde balance quelque chose à l'employée. Elle se met à l'abri puis émerge avec un casque de vélo sur la tête pour se protéger des projectiles.

— Inutile de m'en vouloir, je me contente de faire mon boulot. C'est plus facile comme ça, croyez-moi.

— Plus facile pour qui ? Pour vous ? demande la femme.

— Oui. Pour moi et pour tout le monde. Parce que comme ça, on sait où vous trouver et comment penser à vous. Je sais où regarder quand on viendra vous chercher. C'est efficace.

— Mais je n'ai rien à faire là ! Je suis un peu de toutes les cases, explique la femme. Vous m'empêchez d'atteindre mon potentiel.

Elle se tortille, gênée aux entournures.

— Exactement ! opine une autre. Je suis une salope, grosse, féministe et qui hait les hommes. Je devrais être au moins dans quatre cases.

Elles éclatent de rire.

— Vous voulez que je vous coupe en morceaux ? demande l'employée.

— Non ! Ne soyez pas ridicule. Laissez-nous sortir, dit la femme. Inutile de nous mettre dans des cases.

— Et ensuite ? Vous serez toutes entassées sur mon bureau. Personne ne saura ce que vous êtes.

— Les gens pourraient fouiller dans la pile et se faire leur propre opinion.

L'employée ricane.

— De la clarté. Tout le monde veut de la clarté. Les gens veulent savoir dans quoi ils s'engagent. Regardez autour de vous !

Elles obéissent. Elles sont entourées par des centaines, des milliers, des millions de cases comme les leurs, toutes occupées, tandis que l'employée trie adroitement les dossiers.

— Et s'ils prenaient le temps de nous comprendre une fois qu'ils nous ont rencontrées ?

— Trop de boulot. Les gens aiment qu'on leur dise quoi penser.

— Pas moi, rétorque la femme en se cognant au plafond. (Elle aimerait vraiment avoir plus de place.) J'aime découvrir les choses par moi-même et me forger ma propre opinion, et je sais que ce n'est que la mienne et pas un fait.

— Vous êtes un oiseau rare.

— Exactement. Mais je ne suis pas dans la case « oiseau rare ».

— Il vaut mieux vous adapter à ce qui vous ressemble le plus, essaie de leur expliquer l'employée.

— Je n'en ai pas envie.

— Vous connaissez l'effet Pygmalion ? Des attentes plus élevées mènent à de meilleures performances. À l'inverse, l'effet Golem prouve que plus les attentes sont basses, plus les résultats sont mauvais. Vous ne rendez service à personne en nous étiquetant en fonction de nos besoins et de nos défauts au lieu de nous attribuer des places en fonction de nos forces et de nos atouts.

— Toutes les cases ne sont pas négatives. Il y en a une « marrante ».

— Mais je veux être prise au sérieux, proteste une voix dans ladite case.

L'employée revient à son classement sans leur prêter attention plus avant.

Mais la femme n'abandonne pas. La case lui donne chaud et sa colère monte.

— Si quelqu'un cherche mon vrai moi, il ne me trouvera pas ici. Vous trompez les gens. Et ceux qui pourraient vraiment m'apprécier me rateront.

— Peut-être. Mais ça simplifie la paperasse.

— Et ce que je veux, moi ?

— Cessez d'être pénible.

— Je ne suis pas dans la case « pénible », pas plus que je ne suis dans la case « oiseau rare », proteste-t-elle, furieuse. Ce sont deux épithètes que vous m'avez attribuées et qui ne sont même pas sur mon étiquette.

Elle croise les bras, se rassied et regarde l'employée classer le monde entier.

— Vous savez ce que vous êtes ? crie quelqu'un à l'intention de l'employée, en dessous. Rien d'autre qu'une étiqueteuse !

Elles éclatent toutes de rire.

L'employée cesse son travail et les regarde, furieuse.

— Qui a dit ça ?

— Moi, réplique la timide.

— On va vous déplacer, parce que cette réaction ne correspond pas à quelqu'un de timide.

— Où vais-je ?

— Case « pénible ». Troisième colonne cinquième case en partant du haut.

La femme jadis timide mais à présent pénible sort de sa case et utilise l'échelle pour gagner sa nouvelle place.

Une nouvelle employée arrive pour remplacer l'autre. Elle porte le même uniforme : pantalon et chemise beiges.

— Le chef dit que tu dois arrêter et te mettre en B1.

— « B1 » ? lance l'employée, en colère.

— C'est quoi B1 ? demande une femme.

— Arrêtez de jouer les fouineuses, rétorque l'employée.

— Je ne suis pas fouineuse. Je suis « ménopausée ».

— B1 est la case « étiqueteuse », explique la nouvelle employée d'un ton confus.

— Mais c'est ridicule. Je me montrais juste efficace.

La nouvelle employée hausse les épaules.

— Désolée, je me contente d'obéir aux ordres.

L'autre pose ses dossiers et se dirige à contrecœur vers sa case. Elle s'assied et croise les bras.

— Vous savez, je m'étais toujours dit que si ça devait m'arriver un jour, je me retrouverais dans la case « artiste ». J'adore peindre.

— Bienvenue dans l'équipe, répond la femme.

Elle frappe sur le plafond qui finit par bouger. Elle ôte l'étagère pour lire l'étiquette. « Tenace ». Elle glousse et s'installe plus confortablement dans la case un peu plus spacieuse à présent, puis donne un coup de pied dans le mur. Heureusement, la case mitoyenne est vide et le mur cède, ce qui lui permet d'allonger les jambes dans la case « libertine ».

25

La femme qui monta dans la calèche

Elle conduisait sans but le long des routes de campagne sinueuses lorsqu'elle a aperçu pour la première fois la femme qui marchait sur le bas-côté devant elle. Elle tenait un panier, perdue dans ses pensées, et n'a même pas levé les yeux à l'approche de la voiture alors que c'était certainement le premier véhicule qui passait depuis des heures. À dire vrai, la femme dans sa voiture s'ennuie et a besoin de compagnie. Et d'un copilote parce que même si elle sait où elle va, elle ne sait absolument pas comment s'y rendre.

Elle se gare donc juste devant la femme et attend que cette dernière la rejoigne. Elle baisse la vitre mais l'autre femme ne s'arrête pas et poursuit son chemin en regardant droit devant elle, dans un état second. Elle la hèle, sans quoi elle aurait certainement continué sa route.

— Bonjour ! s'exclame-t-elle en se penchant par la vitre.

La marcheuse sort de sa transe et s'immobilise. Elle pivote et semble surprise de voir la voiture alors qu'elle vient tout juste de la dépasser.

— Oh, bonjour, répond-elle en revenant sur ses pas.

— Vous voulez que je vous dépose quelque part ? demande la femme.

— Oh, merci beaucoup, répond l'autre en souriant, mais je suis contente de tracer mon propre chemin. Mais merci, c'est très gentil.

Sa réponse ennuie la femme dans la voiture. Elle est agacée que l'autre veuille rester seule, et, pire, qu'elle ait l'air heureuse de cheminer seule.

— Vous êtes perdue ? demande la piétonne, préoccupée.

La femme dans la voiture décide de ne rien lui dire.

Elle sait où elle veut se rendre, elle a juste des difficultés à y aller ; ça ne veut pas dire qu'elle est perdue. Elle vise le haut de la montagne.

— Vous allez au sommet de la montagne ? demande la femme dans la voiture.

— Oh. (L'autre lève les yeux comme si elle était sidérée de voir l'immense montagne qui se dresse devant elles.) Peut-être ! répond-elle en riant. Je suppose que je verrai bien si j'y parviens, je profite juste du voyage.

Sa réponse ennuie de nouveau la femme dans la voiture qui tente désespérément d'atteindre sa destination. Elle ne comprend pas que tout le monde ne partage pas son but. Elle essaie de jeter un coup d'œil à la dérobée dans le panier pour deviner ce qu'il contient mais l'autre anticipe son geste et écarte son panier.

Irritée, la conductrice redémarre et elles se séparent après avoir échangé des civilités.

L'air résolu de la femme à pied, l'assurance de sa démarche, le contenu secret de son panier, la contradiction avec son expression blasée forcent la femme à la regarder dans le rétroviseur en s'éloignant. Elle est tellement concentrée sur ce qu'elle fait qu'elle quitte la route et tombe dans le fossé. Juste avant que la roue avant gauche ne s'enlise dans l'ornière, elle voit la femme couper à travers un champ et disparaître.

Elle espérait ne pas la perdre de vue dans le rétroviseur et la suivre des yeux.

Incapable de sortir le véhicule du fossé et incapable de le pousser, la voilà coincée sur une route de campagne déserte, à des kilomètres de tout et de tous. Pire encore, il n'y a pas de réseau. Elle est perdue, troublée et désespérée. C'est alors qu'elle entend les sabots d'un cheval venir dans sa direction.

Elle époussette ses vêtements pleins de terre et de brindilles et regarde dans la direction d'où provient le son. Elle entend alors de la musique. C'est un joyeux air de trompette qui la fait sourire aussitôt. Quand il s'approche, elle aperçoit une calèche découverte du xixe siècle occupée par une bande de musiciens qui jouent à l'air libre. Deux cochers qui portent une espèce de veste militaire rouge avec des coutures dorées sont assis devant. Ils tirent sur les rênes et la calèche s'immobilise juste à côté d'elle. La musique s'arrête instantanément. La calèche est éblouissante ; des panneaux de velours rouge décorés par des motifs dorés : des anges triomphants, des lions royaux et des harpes. Les crinières des chevaux sont tressées et ornées de rubans dorés. Sur le toit de la calèche se tiennent six musiciens, chacun d'eux vêtu du même costume imposant, avec des chapeaux hauts-de-forme dorés.

— Bien le bonjour ! la salue avec enthousiasme un des cochers.

— Bonjour, répond-elle, émerveillée par le spectacle.

Les six musiciens sont accompagnés d'une percussion : une gigantesque grosse caisse est suspendue sur le côté, menaçant de renverser la calèche.

— Vous êtes en dépression ? demande le tromboniste.

— Ma voiture, uniquement, même si j'avoue que je n'en étais pas loin.

Ils éclatent de rire. Le batteur ponctue sa blague d'un petit coup sur sa caisse.

— J'étais en train de suivre une piétonne, mais je l'ai perdue quand elle a bifurqué dans un champ.

— Il n'y a pas de sentier dans les champs, affirme le trompettiste.

— Elle a pris sa propre route, explique-t-elle avec envie.

— Vous aimeriez monter avec nous ? demande le trompettiste.

Les musiciens se penchent sur le côté pour la regarder, inclinant la calèche dorée.

— Où allez-vous ? demande-t-elle.

— Jusqu'au bout, bébé ! annonce le batteur.

Ils entonnent aussitôt le chant de la victoire.

Elle écarquille les yeux.

— « Jusqu'au bout » ? Au sommet ? demande-t-elle une fois qu'ils se sont calmés.

— Bien sûr !

— C'est parfait. C'est ce que je veux depuis toujours. Vous pouvez m'emmener ?

— Bien sûr ! s'exclame le tromboniste. Montez !

La femme obéit sans réfléchir à deux fois au fait qu'elle abandonne sa voiture. Le groupe joue sans s'arrêter. Elle s'assied avec les musiciens et se laisse emporter le long de la route sinueuse sans jamais la quitter des yeux pour voir qui est derrière, qui les suit ou qui est devant et qui ils peuvent dépasser. Ils aperçoivent soudain la marcheuse solitaire qui émerge d'un champ. Elle a l'air toujours aussi résolue, elle est concentrée, le regard rivé droit devant elle. Elle tient deux paniers à présent.

— Devrait-on lui proposer de l'emmener ? demande le batteur. Elle est au milieu de nulle part.

Elle a envie de répondre par la négative mais ils se sont montrés très généreux en l'emmenant. Les cochers tirent sur les rênes et la calèche ralentit.

On dirait que l'autre femme n'a pas entendu le lourd martèlement des sabots sur le sol et les six musiciens qui jouent un air entraînant.

— Coucou ! s'exclame la femme.

— Oh, vous revoilà ! la salue la piétonne avec un grand sourire, la main en visière sur son front pour se protéger de l'éclat du soleil. Quelle magnifique calèche !

Elle admire les fioritures dorées sur le côté et l'autre femme sent une délicieuse fierté briller en elle.

— Voulez-vous monter ? demande-t-elle. On va jusqu'en haut.

— Oh, comme c'est gentil. Mais si ça ne vous ennuie pas, j'apprécie vraiment la marche, répète-t-elle. Et j'ai des choses à faire.

La femme est dérangée par cette réponse : elle lui a donné par deux fois la possibilité de la rejoindre et celle-ci a refusé deux fois. Les bottes de la marcheuse sont crottées par la marche à travers champs et aussitôt que le soleil sera couché, nul doute qu'elle aura froid. Tandis que les musiciens échangent des plaisanteries, la femme se rassied et croise les bras, vexée : si la marcheuse ne la rejoint pas pour le trajet, alors elle le fera toute seule, et la femme fera tout ce qui est en son pouvoir pour la ralentir.

Les cochers font repartir les chevaux et la calèche s'ébranle. Elle ressent une profonde satisfaction quand ils dépassent la femme à pied, mais elle est gâchée par le fait qu'elle semble se ficher d'avoir laissé passer cette chance d'avoir de la compagnie, elle est perdue dans son monde, elle vit sa vie en balançant deux paniers mystérieux à bout de bras. La femme la regarde jusqu'à ce qu'elle ne soit plus qu'un petit point.

Après un long voyage, la femme et la calèche finissent par arriver dans un joli petit village. Le groupe joue si fort qu'il attire l'attention de tout le monde. Les villageois sortent en courant de leurs boutiques et de leurs maisons pour rejoindre la calèche qui se dirige sur la place du village. Le trajet est cahoteux : ils roulent sur des pavés et les enfants les accompagnent en courant tout en acclamant les musiciens, qui, dans leur élément, jouent leurs meilleurs morceaux. Ils sont guidés par des guirlandes qui bordent la rue et quand ils parviennent sur la place, le maire, étole en travers de la poitrine, les attend sur une estrade de fortune.

— Bienvenue ! tonne-t-il, courbé par le poids de l'épaisse chaîne en or avec le blason de la ville pendue à son cou. Vous y êtes arrivée. Vous êtes la deuxième femme à nous rejoindre depuis une heure. Savez-vous où vous êtes ?

— Pas exactement, répond-elle, tout excitée, avant de froncer les sourcils à la pensée qu'elle est la deuxième femme. Je ne peux pas aller plus loin ? demande-t-elle, pleine d'espoir. C'est le sommet ?

— Pas exactement… Et si vous nous faisiez l'honneur de dévoiler la plaque ? Comme ça vous verrez.

Elle tire sur la corde et le petit rideau de velours rouge dévoile leur emplacement : « Presque Aussi Loin Que Vous Puissiez Aller. » Tout le monde applaudit.

— C'est une immense réussite, braille le maire.

Et les musiciens jouent pour fêter ça.

Elle leur adresse un sourire forcé pour tenter de montrer sa reconnaissance mais en réalité elle est un peu déçue par le vide qui s'est emparé d'elle à l'idée d'avoir atteint ce point. Presque, c'est bien, mais pas suffisant. Elle doit monter plus haut mais elle n'est pas certaine que la calèche l'y conduise. Les chevaux sont fatigués, les musiciens ont besoin d'une pause, les instruments d'être accordés, et la calèche doit être entretenue : ils ont décidé de s'arrêter pour la nuit. Elle ne veut pas s'attarder. Elle pressent qu'ils ne l'emmèneront pas plus loin.

— Je vous remercie infiniment pour votre accueil, dit-elle au maire. Mais malheureusement, je ne peux pas rester. Pouvez-vous me dire comment atteindre le sommet de cette montagne ?

— Je vous suggère de vous diriger dans cette direction.

Elle suit son doigt des yeux et aperçoit la marcheuse solitaire en train de s'éloigner du village vers le flanc escarpé de la montagne. Elle fronce les sourcils, ennuyée que la femme ait réussi à la devancer. Comment a-t-elle fait ?

Elle envisage de se mettre à courir pour la rattraper mais ses deux refus successifs la retiennent. Elle peut cependant la suivre. C'est du moins son plan jusqu'à ce qu'elle entende un air inconnu lui parvenir. Elle n'en croit pas sa chance : une nouvelle calèche sort de l'étroit sentier et rejoint la route qui s'éloigne du village. Celle-ci est recouverte de velours rose pâle et ses décorations sont argentées. Les deux cochers sont vêtus de rose pâle avec de jolies broderies sur leurs uniformes somptueux. Les musiciens qui sont sur le toit de la calèche portent des tenues similaires avec d'excentriques chapeaux argentés.

Elle n'a pas besoin d'invitation cette fois, elle ne se donne même pas la peine de leur demander de s'arrêter, elle les rattrape en courant et saute à bord de la calèche. Assise à l'arrière, les jambes ballantes, elle agite la main pour dire au revoir à « Presque Aussi Loin Que Vous Puissiez Aller ».

Alors qu'ils roulent sur la route de campagne qui quitte le village et les conduit vers la montagne, ils dépassent la marcheuse solitaire qui porte deux paniers encore plus volumineux à présent et chantonne son propre air. Elle ne remarque pas la femme assise à l'arrière en train de balancer ses jambes. La femme se raidit en la voyant puis, avant d'avoir le temps d'y réfléchir à deux fois, elle déverrouille la porte arrière de la calèche, l'ouvre et regarde son contenu s'éparpiller sur la chaussée. La marcheuse s'écarte d'un bond de la route pour ne pas être renversée. Elle laisse tomber ses paniers et ses affaires s'éparpillent autour d'elle. La femme se concentre pour voir ce qui est tombé mais ils s'éloignent trop vite pour qu'elle distingue quoi que ce soit. La femme est d'abord choquée par sa propre agressivité et elle met une main devant sa bouche, mais en voyant la marcheuse éviter les obstacles et se hâter de ramasser ses affaires, elle se met à rire.

Les cochers et les musiciens ne remarquent ni la femme qui s'est incrustée ni la perte de leurs possessions. Elle ne perd pas une miette de leurs conversations animées, absorbe leur passion et leur talent, dévore leurs opinions, leur savoir et leur idéologie tandis qu'elle est emmenée plus haut et encore plus haut dans la montagne.

Quand le soir tombe, elle est fatiguée par cette longue journée de voyage. Elle grimpe dans l'espace de rangement, se roule en boule et s'endort, bercée par le doux balancement de la calèche et le son apaisant du saxophone.

Des coups sur le toit la réveillent en sursaut. Paniquée, elle se demande un instant où elle se trouve. Elle s'assied, regarde les boîtes rose et argent, s'oriente et remarque soudain que les sabots se sont tus. La calèche s'est arrêtée. Elle bouge doucement lorsque les musiciens marchent au-dessus de sa tête pour en descendre. Elle ne tardera pas à être découverte et ils lui en voudront d'avoir fait tomber leurs sacs de couchage et leur matériel. Elle rampe en silence vers la porte et l'ouvre lentement. Il fait nuit, les musiciens et les cochers ne sont nulle part en vue, mais elle les entend discuter de l'endroit où dresser le camp pour la nuit.

Elle se glisse dehors, se faufile dans la direction opposée et disparaît dans l'obscurité. La nuit est calme et parfumée, le ciel est clair et les étoiles lui paraissent si basses qu'elle pourrait presque les toucher. Elle serre son cardigan en cachemire étroitement contre elle, elle se sent à l'aise et heureuse et lorsque les musiciens constatent la disparition de leurs affaires, elle a disparu depuis longtemps. Elle sent qu'elle est près du sommet ; c'est plus isolé que jamais, l'air se raréfie et elle a du mal à respirer. Elle aperçoit les lueurs d'un village au loin, qui brille au clair de lune, et après un court trajet à travers la campagne, elle retrouve la route qui mène au village en haut de la montagne.

Alors qu'elle s'en approche, un villageois l'aperçoit et appelle les autres. Une foule amicale et excitée l'accueille et l'entraîne vers la place du village où le maire la salue.

— Félicitations, lui dit-il. Voulez-vous nous faire l'honneur ?

Elle regarde le rideau en velours mais il est déjà ouvert.

— Oups, déclare le maire en le remettant rapidement en place. Quelqu'un est arrivé juste avant vous.

Un peu déçue, la femme tire sur le cordon et le petit rideau en velours révèle « Le Point Le Plus Haut ». Elle sent des larmes de joie lui monter aux yeux, *elle a réussi*, mais elle est éreintée.

— Nous formons une merveilleuse communauté de gens accomplis aux talents extraordinaires, aux connaissances et à la résolution sans pareilles, explique le maire. Il nous tarde de découvrir les fruits de votre labeur et d'apprendre ce qui vous a permis d'atteindre le sommet. Comme je le dis à tous les nouveaux arrivants, le voyage pour nous rejoindre était sans conteste difficile, mais demeurer ici sera le prolongement de votre immense travail. (Il baisse la voix et pose sur elle un regard sévère.) Mais je dois vous mettre en garde ;

malgré les talents innés de ceux qui ont vécu parmi nous, malheureusement certains se sont laissés aller à la paresse et (il désigne un portail en métal noir au loin qui mène à une route sinueuse) ils ont dû prendre le chemin de la spirale descendante. Leur dire au revoir est toujours triste, mais je suis certain que vous ne suivrez pas leurs traces et que votre diligence l'emportera.

La foule se disperse rapidement. Les gens rentrent chez eux ou au travail pour réfléchir à ce qui leur a permis d'atteindre le sommet. La femme traîne, incertaine, avec l'impression de ne pas être à sa place, mais contente de regarder en bas et de voir tout le monde à ses pieds. Pour la première fois depuis longtemps, elle pense à sa voiture abandonnée, à l'endroit qu'elle a laissé derrière elle et à la circulation qu'elle a demandé à la calèche de dépasser pour la mener jusque-là. Elle n'a pas besoin de songer à eux, elle ne reviendra pas en arrière. Elle ne croisera pas ceux qu'elle a doublés, abusés ou ignorés sur son chemin.

Alors qu'elle est en train de penser à tout ça, ses yeux se posent sur trois paniers non loin d'elle. Elle se dirige vers eux et aperçoit la marcheuse solitaire non loin devant, au bord du sommet, en train de contempler la vue majestueuse et de songer à son propre voyage. Ses vêtements sont sales et déchirés. Elle est à bout de souffle et en nage mais elle sourit toujours. La femme fronce les sourcils, sidérée que cette femme solitaire, malgré tous les obstacles et l'aide qu'elle a refusée, soit arrivée avant elle.

— Oh, vous revoilà, dit la marcheuse, toujours polie, même si son regard s'est durci depuis leur dernière rencontre. N'est-ce pas magnifique ici ?

C'est plus fort qu'elle, cette marcheuse l'irrite.

— Vous comptez rester ici ?

— Je n'en sais rien, répond celle-ci en regardant au loin. Je verrai.

Ce détachement flou la met hors d'elle. Elle ne peut pas s'en empêcher.

— Ça vous arrive de faire des plans ?

La marcheuse solitaire la dévisage d'un air sévère qui la déstabilise. Il n'y a plus aucun flou chez elle.

— Vous et moi avons peut-être atteint le même endroit mais nous ne nous ressemblons pas. Je n'avais pas l'intention d'arriver ici, réplique la marcheuse. J'aimais ce que je faisais et je le faisais bien, et ça m'a menée là. Alors que vous n'avez rien fait d'autre que de vouloir monter ici. Maintenant que je suis là, je vais continuer à faire ce que je faisais avant. Et vous, que ferez-vous ?

Elle n'attend pas de réponse et la plante là, sur le bord de la montagne. Piquée au vif, la femme lève le menton mais l'air est raréfié et elle a du mal à respirer.

26

La femme qui souriait

Elle était en route pour aller travailler. Il était 7 heures du matin, encore tôt mais elle était matinale et elle aimait son job. Elle était heureuse. Mais elle ne souriait pas. Parce que parfois, on ne sourit pas.

— Un aller-retour adulte, s'il vous plaît, dit-elle en faisant glisser la monnaie dans l'espace réservé à cet effet devant le vendeur.

Il leva les yeux vers elle et sourit.

— Allez, souriez, conseilla-t-il en prenant l'argent.

— Pardon ?

— Souriez ! répéta-t-il en riant. Ça ne peut pas être aussi grave que ça.

Elle regarda autour d'elle pour voir si quelqu'un avait entendu. L'homme derrière elle avait des écouteurs dans les oreilles et était concentré sur son portefeuille mais il ne souriait pas non plus.

— Euh… d'accord, acquiesça-t-elle, perplexe.

Elle fronça les sourcils puis se reprit, saisit son ticket et s'éloigna. Elle regarda l'homme qui ne souriait pas poser sa monnaie sur le comptoir. Le vendeur ne lui dit rien. Il prit son ticket en échange de l'argent sans que le guichetier lui demande de sourire.

Elle attendit sur le quai, déroutée par le fait qu'un inconnu lui ait ordonné de contrôler son visage. Elle n'était pas malheureuse. Pourquoi un étranger lui avait-il demandé de sourire ? Elle observa son reflet dans la vitre de la station de métro et s'analysa sous toutes les coutures. Non, elle n'avait pas l'air malheureuse. Elle avait l'air normale, exactement comme les autres personnes qui attendaient avec elle sur le quai.

Une fois descendue du métro, elle s'arrêta sur le chemin de son bureau pour acheter une barre chocolatée pour le déjeuner. Elle était d'humeur à se faire plaisir.

— Souriez, ça risque de ne plus jamais se produire, lui dit l'employé avec un clin d'œil.

Elle s'immobilisa.

— Pardon ?

— Ça risque de ne plus jamais se produire, répéta-t-il en gloussant.

— Quoi donc ?

— Ah, c'est juste une façon de parler !

— Je ne suis pas malheureuse, affirma-t-elle, désarçonnée.

— D'accord, d'accord, dit-il en levant les mains. Comme vous voulez.

Il adressa un signe de tête au client suivant pour la congédier, de nouveau professionnel, et elle fit un pas de côté. Elle examina le client suivant, un homme plus âgé. Il ne souriait pas non plus. Ils n'échangèrent pas un mot. Il paya et partit avec son journal. Ce fut un échange simple et rapide. L'homme ne fut pas forcé de s'analyser, lui et son visage, à cause d'un inconnu dans une boutique.

— Je peux vous aider ? demanda le marchand de journaux en voyant qu'elle le fixait.

— Pourquoi vous ne lui avez pas dit de sourire ?

— À qui ?

— À lui.

Il regarda la porte puis fronça les sourcils comme si elle était folle.

— Écoutez, une jolie fille comme vous ne devrait pas avoir l'air aussi…

Il grimaça comme un personnage de dessin animé.

— Je ne grimaçais pas comme ça, protesta-t-elle.

— Si, je vous ai vue.

— Et ça vous dérange parce que je suis jolie ?

— Moi ? répondit-il, sur la défensive. Je m'en fiche.

— Vous aimez demander à des inconnues de sourire sur commande ?

— Ah, ça suffit, répliqua-t-il en désignant la porte du doigt, mécontent de son attitude.

Elle quitta la boutique, furieuse.

Le lendemain, elle retourna à la station de métro. Elle acheta son ticket. Le vendeur leva les yeux vers elle.

Elle avait enfilé ses lunettes et sa moustache de farces et attrapes et avait coincé une langue de belle-mère entre ses dents. Elle souffla dedans de toutes ses forces : elle fit un bruit de klaxon, se déplia et heurta la vitre qui les séparait. Elle agita les mains pour faire bonne mesure.

Il se rencogna dans son siège et croisa les bras, pas le moins du monde impressionné.

Elle se rendit ensuite dans la boutique. Une fois devant la caisse, le commerçant la reconnut.

Elle prit tout son temps pour se dessiner un énorme sourire de clown qui atteignait les fossettes de ses joues avec son rouge à lèvres rouge. Elle enfila un nez rouge, appuya sur son iPod et de la musique de cirque s'éleva. Elle se mit à danser dans la boutique sous le regard des autres clients. Elle attrapa trois oranges et se mit à jongler.

Elle finit par un « Ta-da ! »

Un silence.

— Voilà, vous vous sentez mieux ? Je suis plus jolie à présent ? demanda-t-elle, le souffle court.

Le commerçant ne sourit pas.

Mais elle, si.

27

La femme qui croyait que l'herbe était plus verte de l'autre côté

La femme se tenait devant la fenêtre de la cuisine de sa maison sur la colline en ce chaud matin de juillet. De là, elle avait une vue imprenable sur la scintillante Great Rift Valley River qui séparait les collines basses de Gorse Mountain Range. Elle avait été baptisée ainsi (la Montagne aux Ajoncs) à cause des fleurs jaunes qui illuminaient le paysage quand elles étaient ouvertes. Malgré sa beauté, le buisson était une masse de piquants et d'épines qui lui permettaient de se protéger des hivers rigoureux mais son merveilleux parfum de noix de coco les faisait oublier. Elle se réchauffa les mains sur une tasse de café et poussa un soupir joyeux et satisfait. Puis elle jeta un coup d'œil sur le cottage de l'autre côté de la rivière et sentit son corps se raidir et sa poitrine se serrer. Ce cottage lui gâchait la vue ; c'était lui l'épine dans le flanc de la colline.

Derrière elle, les membres de sa famille étaient plongés dans une conversation animée tout en mangeant leurs céréales : ils débattaient de ce qu'ils allaient faire ce week-end. Elle cessa de les écouter et attrapa sa paire de jumelles posée près des pots d'herbe aromatique sur l'appui de la fenêtre. Lorsqu'elle les porta à ses yeux, l'odeur du romarin monta à ses narines. Le parfum l'apaisa, ce qui était exactement ce dont elle avait besoin avant de se repaître de la vue du voisin.

— Ne fais pas ça, la prévint Tony, son mari.

— Elle est en train de le faire, chantonna Tina, leur fille, en réponse.

— Oh oh, renchérit Terry, son fils, en se cachant derrière la boîte de céréales.

La femme observa le cottage de l'autre côté et soupira. Tony enfourna un morceau de bacon, amusé.

— Quoi encore ? demanda-t-il en souriant. De nouvelles fenêtres ? Leur pommier est plus gros que le nôtre ?

Les enfants gloussèrent.

— Ils n'ont pas de pommier, grommela-t-elle.

— Un point pour nous alors, la taquina-t-il.

— On n'en a pas non plus, rétorqua-t-elle.

— Ben on devrait en planter un, assura-t-il avec bonhomie.

— Il a acheté une nouvelle voiture.

Tony cessa de mâcher. Il se leva et lui prit les jumelles des mains. Les enfants se moquèrent de lui. Il se servit des jumelles en silence.

— Quel veinard, cet enculé, finit-il par dire.

— Comment ils ont eu les moyens ? demanda la femme. On jurerait qu'ils habitent Hollywood Hills et pas un minuscule cottage sur le pire flanc de la colline.

— Miaou, la taquina Tina.

— Il a eu une promotion, expliqua Terry en sortant la tête de derrière le carton de céréales. Je l'ai entendu hier.

Un silence respectueux s'abattit sur la cuisine. La pomme de discorde entre Tony et son boulot était qu'il occupait le même poste depuis quinze ans. Tout le monde semblait gravir les échelons et le dépasser, le laissant loin derrière, mais il ne se rendait pas compte qu'il ne faisait rien pour mériter une promotion. Il avait l'impression qu'il la méritait parce que ça faisait des années qu'il était là et ne comprenait pas qu'il devait bosser pour ça.

— Ça ne me dérange pas, dit-il.

Mais personne ne le crut.

Il rendit les jumelles à sa femme qui reprit son espionnage.

— Je pense qu'ils font agrandir la maison, constata-t-elle soudain.

— Qu'est-ce qui te fait penser ça ? demanda Tony, grincheux à présent.

— Je vois les ouvriers.

— Fais voir, déclara-t-il en lui prenant les jumelles.

Il regarda.

— C'est Bob Sanderson. Ça va leur coûter une fortune et la première tempête emportera certainement tout.

— Tu ne devrais pas les prévenir ?

Elle faisait semblant d'être préoccupée mais était en réalité secrètement ravie qu'ils soient coupés dans leur élan de toutes les manières possibles.

La femme et Tony échangèrent un regard coupable.

— Ce qu'ils font de leur vie ne nous regarde pas, conclut-il en se rasseyant.

Ils continuèrent leur petit déjeuner en silence. Tony ouvrit le journal. Les enfants scrollaient sur leur téléphone, en proie à l'ennui.

La femme regarda de nouveau par la fenêtre et même si elle ne pouvait plus voir le cottage de là, elle l'imaginait dans sa tête avec eux à l'intérieur. Ils faisaient les fiérots. Elle qui se la jouait artiste avec son chevalet et sa palette en train de peindre dehors.

— Jake a été pris dans l'équipe de natation, annonça Tina à son frère, les yeux toujours rivés sur son téléphone.

La femme lança un regard irrité à sa fille.

Terry soupira.

— Je sais, j'étais là, tu t'en souviens ? (Il avait perdu tout appétit, à présent, il jouait avec ses céréales et revivait le chagrin qu'il avait éprouvé la veille quand il avait constaté que son nom n'était pas sur la liste.) Il est certainement en train de courir dans le jardin avec son maillot rouge juste pour m'emmerder.

— J'aimerais bien voir ça, lança Tina en se levant pour mettre son bol dans l'évier.

Elle ne put s'en empêcher et s'empara des jumelles. Elle poussa un petit cri.

— Il est vraiment en maillot ? demanda Terry en se redressant.

— Pourquoi la voiture de Jacob Kowalski est-elle dans l'allée de Sally ? cria-t-elle.

Son cri effraya le chat qui bondit hors de la tache de soleil dans laquelle il était en train de faire la sieste.

— Tina ! rugit son père. C'est quoi ton problème ?

— Désolée, marmonna-t-elle en reposant bruyamment les jumelles.

— Elle a le béguin pour Jacob, expliqua la femme.

Tony, d'abord surpris, puis en colère, mit un moment pour encaisser les sentiments humains de son adolescente de fille.

— Je suis sûr que ce Jacob est un con, finit-il par dire.

— Non.

— Bonjour tout le monde, les salua Tabitha, la mère de la femme, en débarquant dans la cuisine en chemise de nuit.

— Bonjour Mamie Tabby, répondit Tina en l'embrassant.

— Elle s'est levée. On était sur le point d'appeler les pompes funèbres, plaisanta Tony.

La femme leva les yeux au ciel.

— Je suis réveillée depuis 6 heures. J'étais juste en train de reposer mes yeux, rétorqua Mamie Tabby, agacée. Je pensais finir le jardin aujourd'hui, ma chérie. Qu'est-ce que tu en dis ? Le rosier a besoin d'être taillé.

— Tu l'as déjà taillé lundi.

— Il a encore besoin qu'on y travaille. (Elle les considéra tour à tour et sentit leur humeur maussade.) Qu'est-ce qui ne va pas ?

Seuls des grommellements lui répondirent. Elle plissa les yeux, soupçonneuse, et pivota vers la fenêtre de la cuisine. Elle s'en doutait.

— Sérieusement, il faut absolument que vous cessiez ces absurdités. (Elle se tourna vers sa fille.) Tu vois ce que tu encourages ! Cet espionnage est ridicule ! Ça vous rend tous malheureux et incapables d'apprécier ce que vous possédez.

— Je n'espionne pas, se défendit la femme en se tortillant sur sa chaise, mal à l'aise. Et puis difficile de ne pas regarder, ils sont tout le temps en train d'exhiber leur vie !

Mamie Tabby fronça les sourcils. Leurs voisins habitaient trop loin pour exhiber quoi que ce soit.

— Vous devez vous rappeler que vous avez de la chance. D'être une famille. De posséder cette maison magnifique. Souvenez-vous de tous les bienfaits dont vous bénéficiez. Vous devez arrêter de comparer votre vie à celle des autres. Surtout eux. C'est ridicule et c'est en train de vous dévorer de l'intérieur, de pourrir vos cœurs et de provoquer disputes et contrariétés.

Ils baissèrent tous la tête, honteux.

— Croyez-moi, ils sont certainement en train de vous espionner et de penser la même chose que vous. L'herbe est toujours plus verte ailleurs, conclut-elle en se dirigeant vers la bouilloire.

—Leur herbe a l'air effectivement plus verte, rétorqua Tina avec une moue.

Mamie Tabby s'esclaffa.

—C'est juste une expression, ma chérie.

—Non, je suis sérieuse. Personne n'a remarqué ? demanda Tina en les regardant. Leur herbe *est* plus verte.

Ils se levèrent tous en hâte pour se précipiter vers la fenêtre, Mamie Tabby y compris. Soudain, ce qu'elle n'avait jamais remarqué lui sauta aux yeux. Pas besoin de jumelles pour constater que la pelouse qui entourait le cottage de l'autre côté de la montagne était beaucoup plus verte qu'ailleurs.

Ils sortirent tous dans le jardin.

—Notre pelouse est peut-être plus ensoleillée, dit Tony en examinant le ciel, les yeux plissés. Elle est brûlée par le soleil.

—Le soleil se lève à l'est et se couche à l'ouest, on a tous le même soleil, aboya Mamie Tabby d'un ton qu'aucun d'entre eux ne l'avait jamais entendue utiliser auparavant. Je m'occupe du jardin tous les jours. Je l'arrose toutes les semaines. Leur herbe ne peut pas être plus verte. C'est impossible ! s'écria-t-elle.

Ils commencèrent à se disputer et ne cessèrent que parce que chacun s'éloigna de son côté, emportant sa colère, sa jalousie et sa rage et se comparant à tout le monde jusqu'à en vouloir à la Terre entière, se faisant le baromètre de ce que les gens possédaient et eux pas.

De l'autre côté de la rivière, la femme remarqua que toute la famille était sortie de la maison. Elle les entendit se quereller, même de là, le vent transportant leurs paroles haineuses jusqu'à elle.

Elle se dissimula rapidement derrière un buisson d'ajoncs pour les espionner : leurs visages étaient tordus de déplaisir, ils avaient les mains sur les hanches ou en visière sur le front. Elle avait l'impression d'être une enfant en train de jouer à cache-cache, le cœur battant. Elle gloussa, puis posa sa main gantée sur sa bouche pour étouffer le son même si elle savait qu'ils ne pouvaient pas l'entendre.

Tous les jours depuis que sa famille et elle avaient rénové ce cottage en ruine avant d'emménager, elle avait vu leurs visages contre la fenêtre, jumelles devant les yeux. Son mari les avait surpris un jour qu'il admirait la vue avec des jumelles et ils savaient qu'ils les avaient surveillés depuis le premier jour.

Tous les matins, elle sentait leurs regards sur elle. Elle se sentait mal à l'aise dans sa nouvelle maison depuis longtemps mais elle avait des choses bien plus importantes à gérer ; l'argent qu'ils avaient englouti dans les travaux, l'asthme chronique de leur fils qui faisait de la natation pour le contrôler, le premier chagrin d'amour de leur fille qui avait pleuré tous les soirs dans son lit jusqu'à ce qu'elle rencontre Jacob, le garçon sympa qui était passé ce matin. Et puis il y avait eu la promotion récente de son mari, qui le maintenait en déplacement plus que prévu, la laissant seule sur le flanc de la colline. C'était une bonne nouvelle pour lui même s'il était épuisé, et elle avait plus de temps à consacrer à son art mais elle avait du mal à vendre ses toiles ici et la moitié d'entre elles avaient été détruites par la fuite dans la salle de bains que les ouvriers étaient en train de réparer. Elle avait emprunté la voiture de sa sœur qui était partie en vacances pour ne pas être isolée et pour pouvoir se déplacer à sa guise.

C'était la peinture qui lui permettait de s'évader depuis toujours et un matin, alors qu'elle était en train de peindre dans le jardin, fascinée par le jaune lumineux des ajoncs qui se détachait contre le vert, elle avait eu une idée formidable. Elle en avait assez de l'espionnage constant de ses voisins, de leurs regards critiques sur sa famille et sur elle, et elle était effarée par leur jalousie irrationnelle et leur comparaison permanente. Elle leur avait donc envoyé un message de son cru.

Le sac sur son dos était lourd et l'obligeait à se pencher. Elle portait un masque, des lunettes de protection, des gants épais et une combinaison spéciale : ils ne l'auraient probablement pas reconnue, même si elle n'avait pas plongé derrière un buisson quand ils étaient sortis dans leur jardin. Elle s'était levée aux aurores et avait passé la matinée à peindre au spray la pelouse autour de son cottage. Elle avait passé deux couches. Elle n'aurait pas besoin de mentir à sa famille quand ils reviendraient, elle avait peint, juste pas sur la toile habituelle. Elle n'avait eu besoin que de sel Epsom pour le magnésium, de fertilisant, de colorant alimentaire vert et d'un spray pour obtenir une herbe d'un vert brillant.

Elle aimait sa vie, elle faisait de son mieux pour régler ses problèmes et profiter de ce qu'elle possédait, elle se fichait de ce qui se passait chez ses voisins mais elle s'était bien amusée. Quoi qu'ils pensent d'elle, de ses actes et de ses paroles, l'herbe serait toujours plus verte de son côté de la rivière.

28

La femme qui s'effilochait

Tout arriva à cause de sa façon de sortir de son lit. À moitié endormie, elle vacilla et dut s'appuyer sur la table de chevet pour ne pas tomber. Elle s'égratigna le doigt contre le coin, s'arrachant la peau. Un peu mieux réveillée mais agitée par ses pensées, elle alla de la chambre à la salle de bains, puis de la salle de bains au dressing, puis du dressing aux chambres de ses enfants, puis des chambres de ses enfants à la cuisine au rez-de-chaussée, où elle prépara le petit déjeuner et les déjeuners pour l'école, ouvrant et refermant le frigo, les tiroirs et les placards trente-cinq fois pour prendre et ranger, les sacs à dos des enfants à l'étage ; les vêtements des enfants, au rez-de-chaussée ; les manteaux, les sacs, les cheveux, le spray antipoux, les clés, et dehors. Ce n'est que lorsque son fils, debout dans l'entrée, la regarda, figé, ébahi, comme dans un état comateux, qu'elle s'immobilisa enfin.

— Qu'est-ce qu'il y a, mon chéri ?

— Maman. Il te manque un bras.

C'était vrai. Elle n'avait plus de bras droit. Elle tenait ses clés dans la main gauche et elle se demanda depuis combien de temps il avait disparu, pendant combien de temps elle avait accompli ses tâches matinales sans se rendre compte qu'elle avait un bras en moins. Un fil de peau pendait de son épaule et se dévidait dans les différentes pièces de la maison. Son fils courut le ramasser comme si c'était un jeu. La peau formait un tas si haut dans ses bras qu'elle ne voyait plus que ses yeux marron aux cils très longs. Elle lui prit la pile de peau des mains.

— Merci, mon cœur.

— Qu'est-ce qu'on va faire ? demanda-t-il.

— On n'a pas le temps de s'en occuper maintenant, tu vas être en retard à l'école et je dois aller au travail. Je réglerai ça plus tard.

Elle choisit un manteau plus ample et fourra la peau dans le bras droit du vêtement.

— Tu ressembles à un épouvantail, pouffa son fils en l'aidant à répartir la peau pour que le bras ait l'air normal.

Mais quand elle arriva au travail après avoir déposé ses enfants à l'école, elle avait oublié son bras effiloché. Elle suspendit son manteau à la patère démodée, loin de la parka couverte de pellicules de son chef, et vaqua à ses occupations. Elle coinça son bras spaghetti dans la manche de son pull, s'assit à son bureau et alluma son ordinateur. Elle se mit au travail avec une seule main. En dehors d'une réunion dans la salle de conférence, elle ne quitta pas son bureau. Vers 11 heures, lorsqu'elle s'arrêta pour fumer une cigarette avec son café, elle se rendit compte que l'homme à côté d'elle la fixait, sa cigarette pendue au bec.

— Bonjour, le salua-t-elle avec un sourire aimable.

— Ça va ? On dirait que vous êtes en train… de vous effilocher.

— Oh, ça. Oui, oui, c'est juste. Je me suis écorché le doigt sur la table de nuit, c'est tout. Je m'en occuperai plus tard.

Elle inhala rapidement la dernière bouffée de sa cigarette et écrasa le mégot. Mais c'était difficile. Sa jambe droite s'était effilochée sans qu'elle s'en rende compte et avec une seule jambe, elle dut sautiller sur le mégot. Tout en se demandant quand elle s'était effilochée jusqu'au pied, elle regagna le bâtiment et monta l'escalier à cloche-pied jusqu'à ce qu'elle remonte jusqu'à la source du problème. Sa jambe s'était coincée dans un siège de la salle de conférence. Le bras et la jambe roulés en boule sous son bras intact, elle sautilla jusqu'à son bureau. Elle s'assit. Et réfléchit.

Quand vous êtes une jeune femme qui a commencé à s'effilocher, ça peut être perturbant. Son corps formait des filaments autour d'elle et pourtant ses pensées étaient claires. Plus claires, en réalité. Comme si cet effilochage la fabriquait, elle savait soudain exactement ce qu'elle voulait faire. Elle ne pouvait pas rester assise à son bureau dans cet état ; c'était improductif et certainement peu professionnel. Elle attrapa son sac à main et son manteau et empaqueta son corps emmêlé. Elle sautilla dans l'ascenseur sans rien dire à personne.

Elle appela sa sœur aînée, Dahlia, pour lui expliquer la situation. Dahlia téléphona à leur jeune sœur, Camellia. Il valait mieux que plusieurs personnes soient au courant. Lorsqu'elle se gara devant chez Dahlia, elle aperçut Camellia qui l'attendait dehors.

Cette dernière ouvrit la portière et la considéra de haut en bas.

— Mon Dieu. Qu'est-ce qui s'est passé ?

— Je me suis écorché le doigt sur la table de nuit et je ne m'en suis rendu compte que lorsque mon bras avait disparu.

Camellia réfléchit sérieusement et ce ne fut qu'alors que la femme qui s'effilochait remarqua qu'il manquait une pièce sur la tête de sa sœur. Elle avait un tout petit trou aux contours d'une pièce de puzzle au-dessus du front qui permettait à sa sœur de voir directement le buisson d'hortensias qui se tenait derrière elle, comme un trou de serrure dans son crâne.

— Ça va ? Tu as un trou en forme de pièce de puzzle dans la tête.

— J'ai juste perdu une pièce.

— Ça t'est déjà arrivé ?

Au moment où elle posa la question, un autre morceau tomba de la poitrine de Camellia, près de son cœur, dévoilant une autre partie du buisson d'hortensias. Elle se pencha, le ramassa et le mit dans sa poche.

— Je vais bien, répondit-elle distraitement, mais pas elle.

Camellia baissa les yeux sur le sol et la femme qui s'effilochait remarqua une flaque gluante à côté d'elle, enroulée autour d'une jolie paire de chaussures et d'un sac à main.

— Dahlia a craqué, expliqua Camellia.

— Encore ?

Elles contemplèrent le liquide suintant qui était leur sœur aînée, perplexes et inquiètes.

— Désolée, les filles, dit la flaque.

— Je devrais peut-être la ramasser et l'emmener.

— Bonne idée, on ne peut pas la laisser ici. Les seaux et les pelles des enfants sont dans le coffre, tu peux les utiliser.

Camellia contourna la voiture et sortit du coffre un seau et une pelle tandis que la femme qui s'effilochait surveillait le plasma cireux et gluant qui était tout ce qui restait de sa sœur. Quelques instants plus tard, elles étaient toutes les trois dans la voiture.

— Désolée, les filles, dit la voix de Dahlia depuis le seau sur la banquette arrière. J'ai eu un mauvais jour. Je n'arrêtais pas de penser.

— Tu n'as pas à t'excuser, assura la femme qui s'effilochait tout en conduisant. Je n'aurais pas dû t'appeler et t'inquiéter, je sais que tu as beaucoup de choses à régler.

— N'hésite jamais à me téléphoner quand tu as besoin d'aide. Je préfère être ici, affirma Dahlia.

Les deux sœurs devant ne purent s'empêcher de rire.

— Enfin, pas exactement *ici*, reprit Dahlia.

Elles choisirent un pub tranquille à la campagne. Elles gagnèrent l'arrière-salle et s'installèrent devant le feu de cheminée crépitant qui les réchauffa.

— Mince, dit Camellia lorsqu'une pièce de sa main tomba dans son gin tonic.

Elle la repêcha et la glissa dans sa poche.

— Comment tu te sens à présent, Dahlia ? demanda la femme en regardant dans le seau.

— Beaucoup mieux. Vous devriez me sortir du seau, je me sens un peu plus forte, plus ferme, je ne veux pas me retrouver coincée là-dedans.

Elles la tirèrent avec précaution du seau et la posèrent sur un tabouret.

— C'est moche ? demanda la flaque gluante.

— Tu n'as jamais eu aussi bonne mine, rétorqua Camellia tandis qu'une pièce de sa tête tombait sur la flaque.

— Aïe.

— Désolée.

La femme la regarda la glisser elle aussi dans sa poche.

Camellia sirota une gorgée de son cocktail en essayant de garder sa dignité.

— On devrait toujours boire un gin au déjeuner, déclara-t-elle en fermant les yeux, détendue.

— Si on me voyait boire au déjeuner…

La femme frissonna et jeta un coup d'œil autour d'elle, ravie que ses collègues ne sachent pas où elle était.

— Je ne pense pas que l'alcool les inquiéterait, affirma Dahlia.

— On a besoin de cette pause, rétorqua la femme. Il faut qu'on écoute nos corps. Ils nous disent d'arrêter.

— Ils nous disent quelque chose, marmonna Dahlia.

— Tu peux m'aider à ôter mon manteau ? J'ai bien peur d'avoir perdu l'autre bras.

Seuls sa tête, son torse et une de ses jambes étaient intacts.

— Ça a déjà été à ce point ? demanda Camellia en l'aidant à enlever son manteau et en examinant sa sœur effilochée.

Elle ressemblait à une pelote de laine, tout emmêlée. Difficile de dire où elle commençait et où elle s'achevait.

— Ça n'a jamais été si grave. C'est déjà arrivé quelques fois mais c'était gérable. J'ai toujours réussi à me ré-enrouler. Je pense que cette fois-ci c'est plus grave.

— C'est pour ça qu'on est là, affirma Dahlia.

Et soudain elle fut de retour dans sa forme normale et complète.

Elles acclamèrent son retour et s'étreignirent.

— Tu as du sable dans les cheveux, constata la femme en riant.

— Je pue le poisson.

Dahlia renifla et chercha son parfum dans son sac.

— On a ramassé des crabes sur la plage. Désolée. Je devrais toujours avoir une boîte en plastique sous la main pour toi, au cas où. On devrait toutes faire ça.

— Peut-être qu'elle devrait arrêter d'avoir besoin qu'on la ramasse, suggéra Camellia.

— C'est toi qui dis ça, espèce de puzzle sur pattes ! rétorqua sèchement Dahlia.

Camellia et Dahlia cessèrent de se chamailler pour aider leur sœur qui s'effilochait.

— Non, cette partie va là et cette autre ici, expliqua Dahlia. Si tu fais ça, son pouce va se retrouver sur son bras.

— Non, non, parce que son coude est emmêlé, répondit Camellia en déroulant un fil avec soin.

— Tu es tout emmêlée, ma chérie, constata gentiment Dahlia en dénouant ses doigts. On ne peut pas laisser une chose pareille se reproduire.

— C'est toi qui dis ça.

— Je sais, je sais.

— Qu'est-ce qui s'est passé ? demanda la femme à Dahlia.

— Tu veux vraiment savoir ?

Elle devint écarlate, comme si ses problèmes étaient montés sur le devant de la scène de son esprit. Elle avait l'air prête à exploser. Mais avant qu'elle ait eu la possibilité d'expliquer quoi que ce soit, elle disparut de nouveau. Dans une flaque cireuse sur le sol.

— Merde, éructa la flaque.

— Calme-toi, arrête de t'énerver comme ça, conseilla la femme.

— Je sais, désolée, donnez-moi une minute.

Dahlia en bouillie prit de profondes inspirations en tremblant comme une méduse palpitante.

Camellia continua à remettre sa sœur d'aplomb.

— Ça fait mal ? lui demanda-t-elle.

— Non, pas vraiment, c'est juste… perturbant et inquiétant. Et vous deux ?

— J'ai chaud, répondit Dahlia la flaque.

La femme éventa sa sœur de sa main libre.

— Ah, ça me fait du bien. Merci.

— Tu dois arrêter de prendre les choses aussi à cœur, suggéra Camellia en retrouvant l'écorchure et en enroulant doucement la peau tout autour.

Un morceau tomba de nouveau de son corps. Elle le glissa dans sa poche.

— Qu'est-ce que tu fais avec toutes ces pièces ? demanda la femme.

— Je les remettrai à leur place plus tard.

— Je ne te crois pas, rétorqua Dahlia.

— Moi non plus, renchérit la femme.

— Oh, s'il vous plaît.

Lorsque le bras de la femme fut de nouveau intact, elle retroussa la manche de Camellia d'un geste vif. Son bras était un puzzle, un fin contour de pièces de veines bleues. Certaines pièces manquaient et on apercevait le sol en pierre à travers elle.

— Bon sang...

Elle ne fut pas la seule à le remarquer.

— Vide tes poches.

Dahlia était redevenue elle-même et elle était prête à en découdre. Elle se leva et, contre la volonté de Camellia, vida ses poches : des dizaines de pièces tombèrent au sol.

Elles poussèrent un petit cri.

— Tu avais dit que c'était juste une pièce ou deux de temps en temps, s'écria Dahlia.

— Et tu dois te calmer et arrêter de t'effondrer, rétorqua sèchement Camellia. Si tu n'y prends pas garde, tu n'auras plus personne pour te ramasser sans arrêt. On te remettra dans le seau qui pue le poisson et on te laissera croupir là.

La femme ricana et elles explosèrent de rire toutes les trois, ravies d'être capables de rire de leur situation.

— Je me sens juste... encore moins épanouie que d'habitude, expliqua Camellia. Un peu vide. Comme s'il me manquait quelque chose – je ne sais pas vraiment comment l'expliquer.

De toute façon, elle ne put pas en dire plus parce que sa bouche tomba dans son verre, la privant de la parole.

La femme repêcha le morceau et le remit à sa place.

— Ça ne m'était jamais arrivé avant, constata Camellia en se léchant les lèvres.

— Camellia, dit doucement la femme. Il faut que tu t'occupes de toi. Quand une partie de toi tombe, tu dois la remettre tout de suite en place et non attendre que les choses empirent.

— C'est valable pour toi aussi, affirma Dahlia en la regardant. Dès que tu sens une écorchure, tu dois mettre un pansement.

— Quant à toi, déclara Camellia en se tournant vers Dahlia, tu dois te calmer. Arrête de tout prendre à cœur comme ça.

— Je sais, je sais, acquiesça Dahlia.

— Remettre les morceaux en place est plus long que prévu, expliqua Camellia. Tu n'imagines pas, ou alors peut-être que si. J'essaie, mais qui a le temps de s'occuper de soi à la fin de la journée ? J'ai juste envie de manger, de me coucher et de dormir. D'en finir avec la journée.

— Tu veux dire que tu es trop occupée à te sentir vide pour faire en sorte de régler ce problème ? fit remarquer la femme.

— Peut-être que tu serais plus épanouie si tu ne cachais pas des morceaux de toi dans tes poches, constata Dahlia.

Elle s'agenouilla pour ramasser les morceaux qui étaient tombés des poches de sa sœur tandis que Camellia continuait à retisser la femme.

Dahlia aida Camellia, Camellia aida la femme qui s'effilochait et la femme contempla ses sœurs en se demandant pourquoi elles ne faisaient pas ça plus souvent. Elle se sentait déjà nettement mieux.

Il lui fallut du temps pour retrouver la sensation dans ses orteils. Ils restèrent ankylosés jusqu'à ce que le sang se remette à circuler et, après la douleur et les picotements, elle retrouva lentement ses sensations. Elle enroula les bras autour des épaules de ses sœurs et, soutenue par elles, elle se leva.

Elles firent très lentement les cent pas dans l'arrière-salle afin que ses articulations se remettent à fonctionner et, satisfaite du travail de tissage de Camellia, la femme s'assit près de l'âtre pour laisser la chaleur achever la guérison.

De nouveau elles-mêmes, la femme et Dahlia considérèrent Camellia.

— Quoi ? demanda cette dernière, sur la défensive.

— C'est à ton tour. Enlève ton manteau pour nous montrer l'étendue des dégâts, ordonna Dahlia.

Sachant qu'il était inutile de protester, elle ôta son manteau, dévoilant ses bras nus. Elle attendit leurs critiques parce qu'elle avait laissé la situation dégénérer, mais ses sœurs ne dirent rien.

— Bien, déclara la femme. Tu sais comment on fait ; étalons toutes les pièces sur la table. On commence par les bords.

Elles avaient l'impression d'être de nouveau des enfants assises à la table de la cuisine pour faire un puzzle ensemble, mais cette fois, c'était leur petite sœur qu'elles remettaient d'aplomb. Les yeux de Camellia devinrent humides et une larme de gratitude coula sur sa joue.

— Merci, je vous aime, les filles, renifla-t-elle.

— Oh, ma chérie ! (Dahlia s'interrompit pour essuyer la joue de sa sœur.) Je ne sais pas ce que je ferais sans vous moi non plus.

— Câlin groupé, ordonna la femme. (Les trois sœurs s'étreignirent.) Au fait que nous nous remettons toujours d'aplomb mutuellement.

— Bien dit !

Et elles se serrèrent étroitement les unes contre les autres.

29

La femme qui triait sur le volet

La femme avait commencé à travailler à la ferme à l'âge de quatorze ans. Ses frères aînés, Yamato et Yuta, et elle étaient employés pendant les mois d'été, de juin à fin août, pendant les longues journées chaudes de la saison de la lavande. La ferme appartenait à la famille Chiba et comptait mille cinq cents arbres fruitiers pour trente variétés de cerisiers. Le propriétaire de la ferme était un homme taciturne dur à la tâche ; il avait une femme fouineuse qui adorait donner des ordres. Ils avaient une fille, une bonne à rien paresseuse que la femme trouvait soit endormie sous un arbre, du jus de cerise plein la figure, soit assise sous un arbre en train de se gaver de cerises. L'un ou l'autre.

Elle n'avait jamais mangé de cerises avant de travailler ici. La première fois, ce fut le jour de son arrivée alors que tous les cueilleurs étaient réunis au pied de la véranda pour une leçon sur les cerises et apprendre comment les cueillir correctement. Ils faisaient un essai sur un cerisier sous la supervision du fermier et chaque fois qu'ils commettaient une erreur, ce dernier leur fouettait les doigts avec une lanière en cuir. Les hommes silencieux ne sont pas forcément tendres.

La femme s'intéressa immédiatement aux cerises. Contrairement à ses frères, qui étaient des matheux, elle comprenait leur langage. Pendant le trajet de retour en bus qui durait une heure, alors qu'il faisait nuit et que tout le monde dormait, elle lisait les brochures et apprenait le nom des cerises et à les distinguer en fonction de leur couleur et de leur forme. Pendant la journée, elle poursuivait ses recherches en les goûtant. Elle parvint à distinguer rapidement la chair sucrée et sans acidité de la cerise de Gassan-Nishiki. La populaire de Nanyo était parfaite. La Beni-Shuho était moins présentable (elle avait une peau plus sombre et tavelée) mais son goût délicieux rattrapait son apparence et alors que la Taisho-Nishiki, en forme de cœur, était celle qu'elle trouvait la plus belle, elle n'en aimait pas le goût, ce qui la conduisit à conclure que l'intérieur et l'extérieur étaient rarement assortis – une leçon importante. La Summit était violette, la Yuda-Giant passait mystérieusement du mauve à l'orange et la Red Glory, en dépit de sa nuance rouge vif, était techniquement une cerise noire très rare.

Son respect pour la Hanokoma s'accrut. C'était une cerise tendre mais l'arbre était trop chargé, ce qui le drainait et rendait ses cerises trop sucrées. Pour le bien de l'arbre, il aurait fallu l'élaguer, mais ça provoquait alors une acidité désagréable : c'était un délicat équilibre.

La Hinode était une cerise noire, riche en anthocyane, ce qui était bon pour la vue et pour soulager les douleurs oculaires. Elle en ramassait pour sa grand-mère ; mais ce qui était bon pour sa grand-mère était mauvais pour ses vêtements : les taches étaient impossibles à ôter.

Trente variétés de cerises différentes sur mille cinq cents arbres. Le fermier maussade ne lui fouetta pas souvent les doigts. Elle apprit vite. C'était un monde qu'elle voulait comprendre.

Les arbres descendaient bas vers le sol, ce qui permettait à des travailleurs plus jeunes et plus petits de participer à la cueillette. Même si elle savait qu'elle devait se contenter des branches les plus basses, elle grimpait pour atteindre les cerises du haut. Elle apprit à reconnaître les plus goûteuses de loin.

Tous les jours, elle prenait le bus avec ses frères qui l'ignoraient. Mais alors que les semaines et les mois passaient à la ferme, elle devint plus difficile sur tout et décida un matin qu'elle ne voulait pas prendre le bus qui s'était arrêté devant eux. Elle voulait attendre le suivant, un meilleur bus. Elle insista. Elle discuta. Elle dit à qui voulait l'entendre que ce bus n'était pas assez bien. Ses frères la traînèrent derrière eux contre son gré : elle protesta et lutta de toutes ses forces en battant des pieds et en hurlant. Dix minutes plus tard, le bus tomba en panne et ils se retrouvèrent coincés, obligés de rester assis en plein soleil en attendant que le bus suivant les ramasse. Le lendemain, ses frères l'écoutèrent. Ils prirent le troisième bus et arrivèrent à la ferme avant le premier bus. La semaine suivante, tous les gens qui attendaient le bus au même arrêt qu'eux l'écoutaient.

Apprendre à évaluer les cerises la transforma lentement, élargissant sa vision de la vie. Elle apprit à analyser, inspecter et scruter le goût, l'odeur, la sensation, la forme et la couleur de tout.

Lorsqu'un garçon du coin l'invita à danser, elle refusa. Il invita une de ses amies et lui marcha sur les pieds à chaque pas ; les orteils de son amie se couvrirent de bleus et manquèrent de peu de se mettre à saigner avant la fin de la soirée. La jeune femme attendit que le partenaire parfait l'invite, quelqu'un possédant un excellent sens du rythme avec qui elle dansa toute la nuit. Elle décida de ne pas l'embrasser alors qu'il en avait envie, parce qu'elle savait qu'un garçon dans la salle embrassait mieux que lui. Comme le fermier taciturne, elle souhaitait le meilleur pour elle-même et, dans la vie, tout nécessitait d'être soigneusement étudié. Elle apprit à évaluer ses besoins avec précision tout le temps avant de choisir. Douceur ou acidité. Embrasser ou danser. Humour ou conversation. Divertissement ou savoir. Sécurité ou excitation. Elle avait toujours raison et ne se trompait jamais.

Elle observait le fermier silencieux au travail mais il se mit rapidement à l'étudier en retour et à apprendre des choses. Ils apprirent tous à suivre la femme et l'autorisèrent à les guider.

Elle aida la ferme à se développer. La famille Chiba acheta de nouveaux terrains, portant la totalité de leurs terres à quarante mille mètres carrés, bâcha le tout et organisa des journées réservées aux familles. Elle encouragea la femme fouineuse et la fille paresseuse à développer un commerce de tartes, de confitures, de vinaigres qu'elles confectionnaient pour nourrir les ouvriers. Le fermier taciturne gagna un prix pour sa ferme, sa femme s'acheta des robes chères et il offrit une voiture à sa fille.

Au bout de quatre ans, la jeune femme pénétra dans le bureau du fermier.

Il leva les yeux de sa paperasse et elle posa son panier.

— Monsieur Chiba, il est temps pour moi d'évoluer.

C'était un homme sévère et silencieux mais fier. Il ne la supplia pas de rester mais lui offrit une augmentation. Elle refusa son offre généreuse qu'il n'aurait jamais faite à personne d'autre et il comprit qu'elle savait ce qu'elle voulait faire et que rien ne la ferait changer d'avis. Témoin du don incroyable que la vie lui avait fait et qu'il aurait aimé que sa fille partage, il sut que l'œil avisé de la femme voyait que quelque chose de meilleur l'attendait sur une branche plus haute. Elle avait besoin de grimper.

Une fois le lycée terminé, elle emménagea en ville, où elle choisit de louer le cinquième appartement qu'elle visita et de vivre avec la septième colocataire à qui elle fit passer un entretien. Elle trouva un travail dans une usine, à la chaîne. À la fin du premier jour, elle fut convoquée dans le bureau.

— Tu ne travailles pas aussi vite que les autres, la gronda le contremaître. Tu es lente. Tu te contentes d'observer les pièces. Je voulais te virer mais le patron a décidé de te donner une deuxième chance. Si tu n'accélères pas le rythme, tu seras licenciée !

— Mais, monsieur Maki, je ne suis pas paresseuse.

— On s'y tromperait, rétorqua-t-il en agitant la main pour la congédier.

— Je choisis les meilleures pièces, expliqua-t-elle. Je suis certaine que la plupart des pièces qui défilent sur le tapis sont défectueuses.

Il ricana et la congédia mais à sa grande satisfaction, elle comprit à l'expression de son contremaître à la fin de la journée, après la visite du patron, que sa fournée était la seule qui ne présentait aucun défaut.

Au bout d'un certain temps, elle distingua une branche plus haute et plus intéressante : elle quitta la chaîne de fabrication pour un job dans les ressources humaines afin de choisir les meilleures personnes pour des emplois spécifiques. Elle fut reconnue pour son attention au détail, sa capacité à identifier les traits de caractère recherchés et les attributs requis. Avec les bons employés aux bons endroits, l'entreprise décolla et l'équipe fut rajeunie, revitalisée et enthousiaste. Elle était le secret du succès de tous.

Elle accepta d'épouser le troisième homme avec lequel elle sortit, après sa deuxième demande en mariage, et ils achetèrent la sixième maison qu'ils visitèrent. Elle aima ses trois enfants dès la seconde où elle posa les yeux sur eux.

Elle ne crut pas les deux médecins qui la diagnostiquèrent quand elle tomba malade et contre l'avis général, elle demanda l'opinion d'un troisième docteur qui commença le traitement contre le cancer qui lui sauva la vie.

Pour se divertir, elle se forma sur la Bourse de Tokyo. Elle observa, analysa, choisit. Elle surpassa tout le monde et les propositions se mirent à pleuvoir. Elle prit du grade, passant de trader à directrice de la gestion des risques. Mais alors, chaque fois qu'elle se sentait bien, elle se rappelait la cerise de Hanokoma, elle se souvenait de la complexité des arbres et de la difficulté de faire pousser leurs fruits sucrés. La complexité et l'échec rendaient le succès beaucoup plus gratifiant. Elle finit par diriger une banque d'investissement internationale et étant donné que les banques sont des institutions en grande partie politiques, elle se découvrit une nouvelle force : elle avait un don pour la politique.

Elle grimpa et grimpa et lorsqu'elle se retrouva sur une estrade, lors d'un événement prestigieux, remerciée pour ses contributions au commerce et à la culture, elle contempla la mer de visages qui la regardaient en attendant qu'elle dise quelque chose de profond. Elle chercha. Elle aperçut ses deux frères et leurs femmes, ses parents, ses enfants et leurs conjoints, ses petits-enfants.

Elle songea au fermier taciturne qui faisait pousser des cerisiers quand elle avait quatorze ans. Elle se souvint de son premier jour, lorsqu'ils étaient réunis au bas des marches de la véranda de la maison des Chiba. Le fermier portait un seau plein de cerises, prêt à commencer sa leçon sur la façon de les identifier. Il avait brandi le seau en leur demandant de le regarder. Puis il avait plongé son regard dans le leur, les uns après les autres, pour s'assurer que tout le monde était attentif. Après un long silence, il avait dit quatre mots qui s'étaient gravés en elle à jamais.

Elle prit une profonde inspiration et se pencha vers le micro. Quatre mots.

— Faites les bons choix.

30

La femme qui rugissait

Elle vit dans une ville côtière ordinaire, un endroit idyllique, plein de jeunes familles et de retraités. Elle a deux enfants, elle siège bénévolement au comité parents-profs, accompagne tous les voyages scolaires et les événements sportifs, et enseigne bénévolement le badminton à l'école. Elle fait pousser un potager dans son jardin et, l'été, elle vend de la confiture de fraises maison dans des bocaux recouverts d'un tissu à carreaux rouge et blanc avec un nœud blanc. Elle n'oublie jamais le prénom de personne, enfants comme parents, et invite toujours les autres enfants à venir jouer chez elle. On lui fait confiance, elle est calme, organisée et détendue. Quand on a une question, c'est vers elle qu'on se tourne, elle a toujours réponse à tout. Elle ne boit pas d'alcool mais elle est très sociable, c'est elle qui tient les cheveux de ses copines quand elles vomissent après le dîner annuel d'anciens élèves et elle ne le leur rappelle jamais. Elle n'a jamais fumé. C'est l'incarnation du style. Quand il pleut, les autres mères plissent les yeux pour voir si elle aussi est mouillée.

Elle aime son mari. Il le lui rend bien.

Mais elle a un secret.

Quand les enfants sont à l'école et son mari au travail, quand elle a fini ses courses, elle entre dans son dressing et ôte une boîte à chaussures de l'étagère derrière laquelle se cache un clavier secret.

Elle y entre un code à six chiffres : la date de naissance de sa sœur jumelle. C'est aussi sa date de naissance à elle, bien sûr, mais c'est celle de sa sœur qu'elle pianote. S'ensuit un cliquetis. Les étagères à chaussures alignées contre le mur reculent et glissent sur la droite derrière sa rangée de robes, dévoilant une pièce secrète.

Accueillie par des murs recouverts de velours rose pâle et un doux tapis de la même couleur, elle ôte ses chaussures et entre. Le mur se referme automatiquement derrière elle et elle attend que ses yeux s'habituent à la lumière tamisée rosée.

Elle sourit, en paix.

Puis elle ouvre la bouche. Et elle rugit.

Elle est juge à la Cour suprême et elle a décroché le barreau en 1970. Femme coriace, elle a connu une carrière longue et prospère et a supervisé quelques-uns des cas les plus célèbres et les plus brutaux du pays. Face à ces actes macabres et horribles, elle s'est promis de ne jamais être indifférente, surtout dans les moments où elle sentait qu'elle s'endurcissait. Heure après heure, jour après jour, elle sent l'assaut permanent des pires facettes de l'humanité sur son esprit, saupoudré par les rares étincelles d'humanité et de décence humaine.

Elle a deux enfants et cinq petits-enfants, une maison de vacances près de la mer où elle passe tous les étés et c'est une fervente supportrice de football américain qui assiste à tous les matchs de la saison. Elle est capable, stable, stoïque et, plus important que tout, elle est juste. Elle est célébrée pour cette caractéristique, a reçu de nombreuses récompenses et a même dîné avec le Président.

Elle terrifie la plupart des gens qui travaillent avec elle, elle n'a pas le temps de dorloter les autres ni de parler pour ne rien dire. Trop de gens dépendent de ses décisions de justice : les innocents incarcérés à tort qui pourrissent en prison dans l'attente que leur innocence soit prouvée ; les victimes d'assassinat dont l'énergie vole autour d'elle comme de la matière noire jusqu'à ce que leurs meurtriers soient condamnés. Elle n'a pas de temps à perdre en futilités.

Elle aime marcher pieds nus sur le sable. Son parfum est son armure. Son premier amour était un danseur classique français. Elle n'a pas réussi à le lui dire et songe souvent à lui. Elle n'aime pas la cuisine sophistiquée ; les restaurants chic sont une corvée pour elle. Son petit-fils au sens de l'humour mordant est son petit-enfant préféré même si elle ne l'avouera jamais.

Elle est terriblement sensible et tendre mais seuls son mari et ses petits-enfants le savent. Elle s'est montrée trop dure envers ses enfants.

Elle a un secret.

Quand la cour est ajournée pendant un procès particulièrement répugnant, elle suspend sa robe noire au portemanteau près de sa bibliothèque. Elle déplace les gros livres de lois qui dissimulent un clavier secret sur le mur. Le code pour le déverrouiller est le numéro d'un cas dans lequel une femme a été sauvagement assassinée par son mari. Ce procès l'a marquée si profondément qu'elle en garde une cicatrice sur le cœur. À l'époque, elle était l'avocate de la partie civile et elle avait perdu. C'est ce procès qui l'a modelée, elle s'est juré de ne jamais devenir ce juge qui avait relaxé le mari. Utiliser ce numéro comme code est sa façon de dire à cette femme que malgré la manière dont elle a été maltraitée par la vie, elle ne sera jamais oubliée, même morte.

Une fois le code entré, la bibliothèque s'ouvre sur une pièce lambrissée. Du noisetier, son bois préféré. Sous le lambris, les murs sont insonorisés.

La bibliothèque se referme derrière elle, la plongeant un instant dans l'obscurité jusqu'à ce que la lumière de nuit se déclenche, rouge. La couleur de sa colère.

Elle ouvre la bouche.

Et rugit.

Elle est paysagiste, elle a quarante-quatre ans. Elle adore planter les doigts dans la terre pour travailler le sol. Elle aime restructurer des zones, trouver la bonne lumière, créer des espaces de vie sur mesure pour les besoins des gens autant que les aspects pratiques de l'horticulture. Quand elle jardine, elle préfère le faire quand il pleut, elle se sent davantage connectée aux éléments comme ça. Elle vit avec sa petite amie dans une maison écolo, à des kilomètres de tout, ce qui est exactement ce dont elle a besoin. Le boulot est trépidant, elle vient juste de finir un jardin terrasse compliqué sur le penthouse de centre-ville d'un homme qui lui a donné envie plusieurs fois de sauter du balcon.

Elle adore la réglisse, elle pourrait manger son poids en houmous. Elle n'a aucune oreille et est capable de se battre en jouant au Monopoly. Elle aime suivre les écureuils roux. Elle trouve la voix du présentateur météo de la radio nationale apaisante et quand sa copine est en déplacement, il l'aide à dormir.

Après une longue journée, elle regagne sa maison avec ses turbines hydroélectriques et son énergie géothermale. Les immenses baies vitrées exploitent au maximum la lumière du soleil tout en mettant en valeur les montagnes qui l'entourent et l'herbe plantée sur le toit empêche toute perte de chaleur.

C'est son oasis, mais toute oasis est une échappatoire et embrasse les frontières de l'endroit auquel on veut échapper.

Elle a un secret.

Dans l'appentis de son jardin, derrière l'étagère sur laquelle poussent des boutures de cannabis qu'elle ne tardera pas à replanter dehors, il y a un clavier secret. Elle pousse les pots et pianote le code secret, la date à laquelle elle a l'intention de demander sa petite amie en mariage et qui a déjà changé trois fois parce qu'elle a peur d'être rejetée. Elle entend un cliquetis et l'étagère disparaît dans le sol.

C'est une petite pièce ; l'herbe pousse sur les murs et le sol insonorisés. Aussitôt qu'elle y pénètre, la porte se referme automatiquement derrière elle. La lumière verte nocturne réchauffe la pièce.

Elle s'agenouille. Ferme les yeux. Serre les poings.

Et rugit.

Elle est prof. Elle enseigne la géographie à des élèves de seize ans. Elle adore son job et elle apprécie la plupart de ses élèves. Elle a un petit ami qui a deux enfants d'un précédent mariage. Son ex-femme la trolle sur Facebook sous un pseudonyme qui les fait rire tous les deux. Son père a la maladie de Parkinson. Sa mère collectionne les cloches en céramique. Elle adore les festivals d'humour. Elle aime rire. Elle aime s'entourer de gens heureux, elle aime les élèves qui ont du caractère, elle aime les clowns, même quand ils perturbent son cours. Quand elle rit, tout le monde la reconnaît. Son rire est sonore et sincère, il vient des profondeurs de son ventre. Elle est drôle et elle le sait. Elle pourrait sans problème se nourrir de lasagnes au bœuf toute sa vie.

Elle a un secret.

Quand c'est l'interclasse, elle ferme la porte de sa salle. Elle se dirige vers un énorme planisphère et ôte le Botswana, le pays natal de ses grands-parents, derrière lequel se cache un clavier. Le code secret – les coordonnées du Botswana – est suivi par un cliquetis : la carte du monde et le mur avancent de cinq centimètres et coulissent sur le côté, révélant une petite pièce.

Les murs sont recouverts de liège sur lequel sont punaisées des cartes. L'idée que la vie lui réserve plus que cette pièce, dans cette école, dans cet État, dans ce pays, sur ce continent, l'aide. Les murs sont insonorisés.

Elle attend que le mur se referme derrière elle et que la pièce soit baignée dans une lueur orangée.

Elle prend une profonde inspiration.

Et rugit.

Elle est femme de ménage dans un hôtel cinq étoiles. Son superviseur a mauvaise haleine. Elle a une petite fille de neuf mois dont sa grand-mère s'occupe dans la journée. Sa mère boit trop pour supporter la vie. Sa mère est aussi la personne la plus drôle qu'elle connaisse et elle la fait rire plus que quiconque. Elle vient de quitter le lycée et elle aime la liberté de travailler, de faire quelque chose pour elle. Elle aime aussi rentrer chez elle pour retrouver le sourire édenté et les mains potelées que lui tend sa fille.

Il y a un type qui travaille chez le boucher en face de chez elle et à qui elle pense tout le temps. Elle le voit depuis la fenêtre de sa chambre. Elle ne peut pas s'empêcher de sourire chaque fois qu'elle pense à lui. Sa fille a la même réaction quand elle le voit. C'est un signe qui ne trompe pas. Elle a mangé plus de viande ce mois-ci que jamais auparavant.

Il lui reste trois chambres à nettoyer et elle aura terminé. Parfois, elle vole les chocolats de l'hôtel que les clients ne mangent pas et elle les pose sur l'oreiller de sa mère. Sa mère adore.

Elle a deux secrets. Personne ne sait qui est le père du bébé. Et ça.

Elle entre dans le placard à fournitures et pousse une boîte de shampoings qui cache un clavier secret. Elle pianote la combinaison : le code de son casier au lycée.

Un cliquetis s'ensuit et les étagères sur lesquelles sont rangées les serviettes de toilette blanches coulissent pour dévoiler une petite pièce. Elle sent la lessive, la brise d'été et le propre. Elle ôte ses chaussures et y pénètre. Le sol est en coton, les murs sont recouverts de tissu et insonorisés.

Une fois que le mur s'est refermé derrière elle, l'emprisonnant dans un éclat lilas et le parfum de la lavande, elle inspire et expire lentement.

Elle ouvre la bouche.

Et rugit.

Elle est infirmière pédiatrique. Elle n'a pas encore d'enfants mais espère que ça viendra un jour. Ses services de nuit rendent les rencontres difficiles et l'empêchent de vivre avec quelqu'un. Elle ne vit que pour son job, ses bébés sont toute sa vie. Elle pense à eux tout le temps, même quand elle ne travaille pas. Ceux qui s'en sont sortis, ceux qui y sont restés. La nuit, quand elle dort, elle entend parfois les pleurs et les rires de ceux qu'elle a perdus, elle sent leur peau de marshmallow contre son visage et sa chambre sent le talc pour bébé. Quand elle se réveille, l'odeur a disparu.

Elle joue magnifiquement du piano. Elle ne tient pas du tout l'alcool. Pour une raison inconnue, quand elle est bourrée, elle ressent le besoin impérieux de montrer ses sous-vêtements, ce que ses amis trouvent hilarant. Elle a un crush énorme pour un homme marié. Par culpabilité, elle suit sa femme sur Twitter. Chaque fois qu'elle termine un livre, elle le donne au SDF qui fait la manche dans sa rue. Il ne la remercie jamais. Elle s'en fiche. Son odeur préférée est celle du purin de la ferme dans laquelle elle a grandi. Elle adore les choses que les gens détestent.

Au travail, elle est d'une patience infinie. Les parents de ses bébés disent que c'est un ange. Elle se sent claustrophobe quand elle fait la queue. Elle adore entendre son père chanter. Elle est presque sûre à cent pour cent que son frère est gay. Elle pense que sa femme l'ignore. Elle se demande au moins cinq fois par jour si elle devrait lui en parler.

Elle a un secret.

Dans le dortoir des infirmières, une fois qu'elle est certaine d'être seule, elle tire le rideau bleu autour de son lit. Assise sur son matelas, elle s'empare de la télécommande du lit et appuie en même temps sur les boutons « monter » et « descendre », ce qui ouvre le tiroir de sa table de nuit. À l'intérieur, il y a un clavier. Le code secret est le numéro du bracelet du dernier bébé qu'elle a perdu.

Le mur derrière le lit coulisse sur une petite pièce noire. Elle escalade la tête de lit pour y entrer ; la chambre sent le talc pour bébé. Le sol et les murs sont doux et pelucheux comme un ours en peluche. Lorsque le mur se referme, une lumière bleutée illumine l'obscurité.

Elle s'allonge sur le sol et se met en position fœtale.

Et rugit.

Elle est mère au foyer avec quatre enfants de moins de trois ans. Elle adore ses enfants. Elle ne vit que pour le coucher, pour ces deux heures où elle peut rester assise sur le canapé avec une bouteille de vin. Son bruit préféré est celui de leurs conversations. Personne ne la fait autant rire qu'eux.

Elle excelle pour avoir l'air d'écouter attentivement ce qu'on lui dit alors qu'en fait, elle est ailleurs. Elle adore faire des cadeaux toute l'année ; quand elle voit quelque chose qui plairait à quelqu'un, elle est obligée de l'acheter. Elle adore conduire vite. Le sexe avec son mari est son passe-temps favori. Elle aime regarder des films pornos. Elle n'a jamais détesté personne de sa vie mais elle n'est pas loin de haïr la femme de son frère. Elle adore danser. Elle évite les conflits. Elle est très gênée en société. Elle est maladroite. Elle a perdu cinq fois les clés de la maison en un an.

Faire les courses au supermarché lui donne chaud et la met en colère. Quand elle court, elle se fait pipi dessus. Elle a abandonné le jogging. Elle n'est jamais en retard. Elle est toujours de bonne humeur. C'est une très bonne mère. Elle fait toujours brûler les toasts. Elle ne sait pas faire les œufs pochés. Elle a une voix magnifique quand elle chante. Ses cheveux sont son meilleur atout.

Tout le monde lui dit toujours : « Je ne sais pas comment tu fais. »

Elle a un secret.

Quand les quatre enfants font la sieste, elle se rend dans leur salle de jeux et tourne la poignée du diable à ressort. Quand il sort de sa boîte, il active à distance un clavier sur le mur au milieu des Transformers des garçons.

Elle pianote le code : 6969, ce qui est immature mais la fait rire, et le mur glisse pour dévoiler une petite pièce.

À l'intérieur, les murs sont recouverts de cuir rouge. Elle adore le toucher.

Aucune lumière ne l'éclaire quand le mur se referme derrière elle ; elle préfère les ténèbres.

Après avoir gagné le coin en laissant sa main traîner sur le cuir, elle se laisse glisser au sol et contemple l'obscurité pendant un moment en réfléchissant.

Elle ouvre la bouche.

Et rugit.

Achevé d'imprimer en février 2022
Par CPI Brodard & Taupin à La Flèche
N° d'impression : 3046091
Dépôt légal : mars 2022
Imprimé en France
38122314-1